达央阿瓦

白羊子 著

四川民族出版社

图书在版编目(CIP)数据

达央阿瓦 / 白羊子著. -- 成都：四川民族出版社，2022.1

(阿坝作家书系. 第三辑)
ISBN 978-7-5733-0381-3

Ⅰ.①达… Ⅱ.①白… Ⅲ.①散文集–中国–当代 Ⅳ.①I267

中国版本图书馆CIP数据核字（2022）第020220号

达央阿瓦
DAYANG AWA

白羊子 著

出 版 人	泽仁扎西
责任编辑	周文炯
封面设计	力扬文化
责任印制	谢孟豪
出版发行	四川民族出版社
地　　址	四川省成都市青羊区敬业路108号
邮政编码	610091
印　　刷	成都兴怡包装装潢有限公司
成品尺寸	145mm×210mm
印　　张	8.75
字　　数	240千字
版　　次	2022年1月第1版
印　　次	2022年1月第1次印刷
书　　号	ISBN 978-7-5733-0381-3
定　　价	78.00元

版权所属，盗版必究。

多民族文化的羌笛颂
——顺定强散文集《达央阿瓦》序

张 放

如果从民族学、人类学也即学术角度来看,顺定强(白羊子)这部散文集《达央阿瓦》强项无疑在于民族人类学、语言学角度的思考。顺定强的母语是羌语,并精通藏语(他曾经送我一部由他记录译写的阿坝地区藏传民间故事),日常工作用语是汉语文,而其专业出身则是英文。在熟练地掌握多语种的情况下,他对家乡阿坝藏族羌族自治州的书写描绘可称如鱼得水、游刃有余。他讲述历史、考证渊源、辨析得失、抒发情怀,毫无疑问,他的文章别人难以代替,他的能力不是任何人可以一蹴而就的,就像阿坝高原的奇峰异境不是任何一处都可以轻易复制的。这是一种血脉关系、民族认同、心灵生长史,这是川西北多民族生活自古而今融合、迁徙、发展的有力见证。

这部长约二十万言的散文集主要分几个板块,作者工作达二十年之久的阿坝草原生活记述、作者家乡"白草羌"集中地带即白草河畔成长史、现供职处所玉垒山下汶川威州写真,再有即阿坝州内外地区的行旅掇拾。几乎每个板块都有可圈可点、引人入胜的行文，最让我着迷的还是作者与生俱来的那一份抒情气质，这与他高原牧歌般的生活形成强烈呼应，使其行文带有诗歌般的韵味与边塞地理自然的雄浑与美好。如果要给出一个比喻，我想羌族的羊皮鼓铃舞比较雄壮奔放，似有相似，但作者颇多时候，耽于静思，甚至是喁喁独语，行走于高原宝石蓝的天空下奇花异草、人情深邃之间，不无淡淡的是时间的忧伤，我想用"羌笛颂"来加以形容，可称天衣无缝。而顺定强正如那一个在雪域高原向我们演奏着羌笛的"白草羌"史诗传唱者，古老沧桑，清新美好，集于其行文中，让人颇为感动。

而事实上在顺定强当下供职的师范学校，20 世纪 50 年代末国内有名制片厂拍摄片名《羌笛颂》电影，学校师生应邀倾巢出动扮演当年的红军将士，长长的队伍突破那一座在风雨与弹雨中摇曳的岷江竹索桥。那一支羌笛的旋律，至今回肠荡气、袅袅不绝。顺定强接过他祖辈的古老乐器，则用新时代与新世界的胸襟豪情与知识体系，演奏着羌笛颂的续篇，叫人如何不聆音？

我们的先辈是一个历经苦难和沧桑的民族。千百年来，牧羊人出生的先辈摈弃繁华，挺进洪荒，白手起家，逐鹿高原，用智慧和胆识以及骁勇建设出了一种神奇美丽的真实，缔造出了灿烂的游牧文化与堪称富饶的部落生活。

（《我们从远古走来》）

带着岷江大峡谷泥土的母语，宏阔，神圣，流淌成一条永不封冻的岷江河。不变的纯朴，走不出的乡愁。是故乡人的一生。落叶归根，告别陪着明月寂寞的长夜，踏上归程。蹚过那条母语流淌的河流,望着岷江大峡谷的天空,明天更加灿烂辉煌。

(《岷江之歌》)

托马斯·卡莱尔在称赞但丁《神曲》精彩的诗意描写时由衷感叹:"任何一个曾经离开家园,离开挚爱的人,都不能不在内心引起强烈的共鸣!"(《卡莱尔文学史演讲集·第五讲》)顺定强散文集之所以请我为序,缘在二十多年前我曾经为他的创作初集作序,还因为他现供职的单位,即我父母献出青春与热情的历史所在,也即我生命的"摇篮"。阅读顺定强羌山与藏乡的散文篇幅,我仿佛还看见我父亲与学生扮作红军,持着道具枪,听导演呵呼指挥摇摇晃晃冲向惊涛骇浪上的竹索桥。

咿呀学语时,母亲教会的第一个单词沾满了岷江大峡谷的泥土。泥土的单词,沾满谦卑,让母语成为谦卑的土语……然而,谦卑的土语,却是智慧的天籁,在那么厚的时间里,让我们在岷江大峡谷与时空对话。

(《岷江之歌》)

"那么厚的时间里",真让人为之动容!谁不思念自己的母亲、自己的母语?时间的长河并不能隔断人间亲情。我不会羌语,只会方言土话,亦曾会日常藏语(若尔盖草原生活四年)。比较近同的生活轨迹,因此读顺定强的叙事抒情篇章,有如亲历,感同身受,多处阅读,近乎于要高唱低吟,甚至不禁"手之舞之足之蹈之"——

夏天即将逝去，而川西高原的味道还弥留在牛粪火中，酥油糌粑和洁白的奶茶不停地说着"扎西德勒"。甘丹拉姆的一双手高高举过头顶，然后划过头、划过胸，最后双手突然伸开，整个身体虔诚地匍匐在川西高原的脊背上，沉默无声，一切都沉默无声，唯有碎碎的雨脚落在了川西高原尽头那些随风飘摇的格桑枝头，落在大片大片忧郁的草尖上。

(《守望川西高原》)

在阿坝生活的岁月里，每年初春季节，每天天亮的时候我都会匆匆起床，打开窗户，呆呆地望着窗外那一片苍茫的土地，盼望着人参果苗从那片苍茫的土地上冒出新芽。要知道，在阿坝工作的日子里，每个白天和晚上，都是这片苍茫的土地与我为伴。

(《怀念阿坝的春天》)

我比顺定强痴长了十一岁，但阅读及此，我真想向他发问，在你那片"匍匐"过的草原，有没有看到我和知青同伴们住过的帐篷、牧过的牛羊？有没有拾到我和同伴们遗落的青稞穗粒以及青春的梦想？

好文章能够调动熟悉的经验，也能让生活阅历大不相同的读者跨越民族、种族、地域乃至时间的界限实现穿越与拥抱，这就是文艺的魅力，人性息息相通，历久而弥新。屈原如斯，李杜如斯，莎士比亚、弥尔顿亦如斯。

我想做一回黑水人，在芦花古镇的茶楼上饮茶、听藏歌；品荞面面块儿、尝洋芋糍粑；用语调独特的黑水话与他们交流、和他们对话……我想和黑水人一样热爱生活，保持着一份好心情。我想在芦花古镇上去吹一吹那来自达古冰山上的干净的风，看这座古镇和空气一样清新。在街心花园看商贾往来，听商铺里传来的优美乐曲。此刻，即使在芦花古镇做一株绿化带里的小草，也是幸福的。

人生一世，草木一秋。芦花太太的风姿一如那漫山遍野的苦荞，已经渐行渐远，多少向往者在马蹄声里隐去，只有芦花镇外面的那条黑水河，流水顶着雪白的盖头，悄悄地绕过芦花古镇，向下面的红岩、麻窝、色尔古……缓缓流去。

（《达古冰山畅想》）

顺定强散文的抒情气质是他散文最明显的艺术特征。虽然如前所述，他的强项还不仅限于此，但最能动人的也是他这种行文的"诗眼"，他笔下的景物往往令人陶醉。即便艰难岁月，他也对奋斗对文学如饮纯醪。例如这篇写黑水芦花的美文，让人不由想起六十年前著名诗人梁上泉先生的诗作《黑水芦花》：

黑水河的水呀，\ 为什么这样黑？\ 两岸的古森林，\ 新叶催败叶。\ 芦花镇的花呀，\ 为什么这样白？\ 经霜洗过的清风，\ 吹得花苞裂。

（《山泉集》）

正是这样的高原基因、"红色血脉"，在顺定强笔下继承、发扬。他散文接地气，旁征博引，藏羌回汉相印证，古今互文，文笔潇洒磅礴却自然贴切。

如经他考证：

"阿坝"是藏语"阿里瓦"的音译，简称"阿瓦"，"净土阿坝"的藏语音译就是"达央阿瓦"……阿坝州因阿坝县而得名。传说阿坝人是阿里人的后代，是阿曲河上游那座神山莲宝叶则山神的女儿与来自西藏阿里地区的朱拉加人神结合所繁衍的后代。

（《阿曲河的怀想》）

经他查阅：

赶马人的吆喝声以及与店老板的讨价还价声尚不肯在流年里安顿下来，更兼有清代陈克绳所著《保县志》："濛濛朝雨过甘溪，几户人家屋盖泥，云雾不分山左右，汉羌民族河东西。"

（《相遇甘溪》）

经他联想：

身临其境地想到了唐代诗人薛涛吟唱薛城的又一首诗《筹边楼》："频临云鸟八窗秋，壮压西川四十州，诸将莫贪羌族马，最高层上见边头。"再一次感受了这座千年古镇的风采。

（《梓橦塔下南沟水》）

总之，"笔锋常带感情"，往往恰到好处。"如泣如诉，如怨如慕"或"高遏行云"，或"低回徘徊"，都能触景生情、表现人间关怀。文学散文这支"羌笛",在作者应用得来可称得心应手。我也许并不能作为作者的"高山流水",因为我尚不具备作者那样的语言天赋,特别是数十年不移的"根的情怀",即家乡守望,但我乐意细读这二十多万言"羌笛颂",从中获益。"这是人间的故事,是生命的传奇",是川西北多民族文化交融与爱心的正能量传递。

如果说有一点点遗憾的话,那只是觉得作者科班出身的外语文方面的知识信息书写稍为保守了一点,其实还可多些挥洒与映照。也许这是学术方面的期待,毕竟这不是学术论文,而隽永的散文篇幅是有限的,"言有尽则意无穷",更有待于未来。

行文至此,限于篇幅,不能不就此打住。我想,如果顺定强先生再过二十年来请我作序,我仍然乐意。我们都期待着健康长寿的那一天。无他,祖国雪域高原、长江源流山地是我们的保护神和精神家园。

2021 年 5 月 27 日于四川大学新南村

目　录
CONTENTS

守望川西高原	001
阿曲河的怀想	006
雪落在"达央阿瓦"的脊背上	011
牛粪烟的味道	014
莲宝叶则的湖泊	019
夏尔尕牧场	024
寻找灵魂深处的"达央阿瓦"	031
怀念阿坝的春天	038
难忘那片青稞地	044
我们从远古走来	048
岷水泱泱	051
岷江之歌	055
汶川采韵	063
洞开一个民族的历史记忆	075
薛城散记	081

相遇甘溪	086
梓橦塔下南沟水	089
松州古城断想	093
白草羌的怀想	105
怀念故乡的水竹林	138
我从羌山深处走来	144
怀念我的父亲	151
春到九寨	157
达古冰山畅想	167
金川梨花白如雪	175
爱上马尔康	185
梭磨河畔采韵	191
走进天边的若尔盖	200
在若尔盖偶遇"梅朵措"	207
在日干乔寻找秋草地的美丽	214
壤塘的路	219
在小金，追寻红军足迹	222
游阆中古城	241
邛海唱晚	250
再回母校	255
邂逅攀枝花	259
蒙顶山上茶	262
后 记	267

守望川西高原

守望川西高原，借一场比牛毛还细的雨丝清洗我疲惫的心灵。川西高原上空闪烁的繁星，遥不可及，星空下是透彻心灵的冷。

无法感受的寂寞，晶莹而透明，呈现出如梦般心悸的蓝。从1990年大学毕业那一刻开始，我就沐浴着时间的眼泪，刻骨铭心地记忆着无法吹落的羽毛，一路彷徨，守望在川西北高原的蓝天白云下。

在川西高原的尽头，我见到过一个个磕着长头，三步一叩首，徒步迈向雪域圣地的父老乡亲们，见到过一双双虔诚的期盼的眼眸，我的眼睛——怎么擦也是一片模糊。川西高原上的生活从清晨开始，湛蓝的天空就像水洗过的玻璃。我和那些虔诚的朝圣者一样，从脚下开始丈量这片无边的土地。

太阳的光芒为川西高原的青草披上了金色的外衣，整天整月与寂寞作伴，孤独的牧歌飘向远方，白云在唱歌，歌声走过四季。春风吹来的时候，格桑花儿格外美丽。远处，当炊烟散尽，百灵鸟找到了各自的情侣的时候，草原上每一个故事、每一朵花都是一个谜。清晨，低低的曦阳在我的诗中呓语，把深情都融入蜿蜒流淌的阿曲河，让它在溪边饮马。风来了，从东往西，都有骏马的铁蹄声。再看看圆圆的穹庐，山鹰在天上划过了一丝痕迹。从此，我深深地爱上了这片高原。或许，星星闪亮的时候，我将到帐篷外的嘛呢旗下等你，与你一起守望这片圣洁的高原。

夏季牧场里飘来的歌声，仿佛来自夏风中迷路的藏羚羊。我曾经伴着这样的歌声，一次又一次地捡起成熟的牧草，捡起一片片叶子，奔向那可爱的羊群。从此，那首流浪的牧歌，伴着银色的月光，始终萦绕在我的耳际。一个转身的背影，一个川西高原的夏天，一个需要弥补的伤痕，就永远定格在了我的记忆深处。

作为川西高原主体民族之一的安多藏族有着悠久的历史。那里的山，那里的云，那里的路，那里的牧草和风雪造就了这样一个民族：坚韧并且乐观。要真正了解他们，你必须走进那些山和路，用香甜的酥油糌粑、香喷喷的手抓牦牛肉和着香醇的奶茶，盘腿坐在草原上或帐篷里听着阿爸阿妈们讲述关于这个古老民族的古老传说，这时，你就会发现，川西高原真真切切的是一个圣洁的天堂。

2005年春天，我有幸骑马来到靠近青海果洛交界处的尼玛的远牧帐篷里。那天恰恰下着鹅毛大雪，到了那里，尼玛一家人很友好地接待了我们，帮我们拴马、喂马、卸马褡子，并邀请我们进了他家的帐篷。当尼玛掀开黑色牛毛毡帐篷时，里面就是一股股风雪难掩生命气息的暖流。尼玛请我们吃手抓牦牛肉，喝洁白的奶子茶。席间，他们向我们讲诉着一个个莲宝叶则神山下的神奇故事。

在政府尚未实施"牧民定居"工程之前，川西高原上的牧人祖祖辈辈都是追着草情走，哪里落脚哪里就是他们的家。尼玛一家沿着一年周转的牧道,在阿曲河上游盖起了一处冬窝子,莲宝叶则神山下的那片广袤草原是他们的夏牧场。整个夏秋两季,他们几乎都在这片夏牧场上迁徙和游走,逐水草而居。在与青海果洛接壤的那些山口,也就是人迹罕至的地方,有几条峡谷,峡谷走到头儿就是四川的边界。尼玛说每年冬天转场时,莲宝叶则神山下远牧的牧民们都会带着家人驮着帐篷及一应家用,赶着牛羊迁回冬窝子。这段路少则一两天,多则几天,一路风尘,风餐露宿,举家迁徙。在川西高原上,苍天的神秘之手排出一个特别的布景让莲宝叶则神山下的牧人来演绎人生的浩茫飘荡。以牛群为前景,后面是驮着家什的马和牦牛,刚出生的婴儿和牛犊绑在牦牛背上的马褡子里,男人、女人和其他稍大的孩子们骑在马背上,围绕牛群跑前跑后,全力照顾着牛群。

在一个风雪交加的夜晚,狂风呼啸,大雪纷飞,人和牲畜根本无法行走。尼玛一家人立即把牛群赶至一处峡谷里,牛哞哞地叫着,马打着响鼻,人和牛群都很惊慌。实在没有合适的地方遮蔽,人和马只好站成一圈,将牛群围在中间,围成了一个临时的"圈"。晚上,他们拖下牦牛或马背上的行李就地一铺,和衣而睡。深更半夜,雪越下越大,北风呼呼地刮着,尼玛一家人在风雪中围坐在一起。这时牛群中有一头牦母牛产下一头小牛,小牛冷得哼哼直叫,刚生牛犊的牦母牛叫得更可怜,远处时不时还传来狼的嚎叫。尼玛的女儿甘丹拉姆听到叫声,心疼地用藏袍将小牛犊裹上,她说:"小牛就如同我们的孩子,我要将它保护好。"就这样,这个夜晚尼玛的女儿抱着自己的孩子和小牛苦苦地相互依赖、相互取暖、依偎生存。好不容易等到天亮,雪停了,他们赶着牛群来到了阿曲河上游的冬窝子,一家人卸下行李,用牛粪把一炉火点起来，没多大会儿工夫，火旺得就把生铁炉子烧红了，炉火的响声顿使冬窝子里有了生气，炉火驱走了寒冷带来了温暖。这以后尼玛一家人就开始了新的冬牧生活。整个冬季，他们就这样守望着这片圣洁的高原。

尼玛说："我们雪线下的安多藏人，把牛羊视为我们的孩子，我们的生活离不开它们。"听着尼玛的陈述，我感受到了一个高原牧人的万丈豪情，使我们不得不对雪线下牧人对牛羊的爱惜而敬仰，更让我觉得有过这种历经和沧桑后依然内心美好的人生质感比数千万年的火山岩更具韧性，也更有力量。

在帐篷里吃着尼玛给我们煮的手抓牦牛肉，听着故事和那些流传数百年之久的山歌，我记忆深刻。

夏天即将逝去，而川西高原的味道还弥留在牛粪火中，酥油糌粑和洁白的奶茶不停地说着"扎西德勒"。甘丹拉姆的一双手高高举过头顶，然后划过头、划过胸，最后双手突然伸开，整个身体虔诚地匍匐在川西高原的脊背上，沉默无声，一切都沉默无声，唯有碎碎的雨脚落在了川西高原尽头那些随风飘摇的格桑枝头，落在大片大片忧郁的草尖上。连绵不断的草场，天然的酥油茶碗，盛满了高原洁白的牛羊。夕阳红彤彤的马蹄，兴奋轻快地一溜小跑，掠过起伏的山峦，却始终跑不出川西高原的茶碗。

我陡然发现，牧人们祖祖辈辈守望的川西高原是一条飘扬的哈达，它一头系着的是露水，另一头拴着的却是雪花；川西高原的尽头是风雨中敲打出的黝黑帐篷，里边是牛粪火炉闪烁的温暖的阳光，外面是漆黑的夜空。川西高原尽头的夜晚，是一把宁静的弦子，不经意就拨动了风中叮当的脖铃，风点燃帐篷的火把，点燃攒动着的黝黑脸庞。

川西高原尽头的马背，只为我驮载了一个夜晚，而若干年后的梦里，我的耳畔却依然会回响起啾啾的马鸣。

　　我也像这些高原牧人一样，长久地守望着川西高原。那一天，我忽地站了起来，因为我不能让愚昧吞没我眼前这些美好而弥足珍贵的日子，我要悄悄反刍那些苦涩的岁月，把美丽甘丹拉姆活泼可爱的模样继续延长，一直绵延到川西高原盛夏肥沃的牧场。

阿曲河的怀想

　　川甘青三省交界处的阿坝县，汇聚了太多优美元素。大自然的鬼斧神工赠予这片土地辽阔的草原、神秘的高山、幽深的峡谷，还毫不吝惜地赠予人类一处仙境——莲宝叶则神山。

　　莲宝叶则神山是藏族聚居区著名的神山之一，位居十大神山的第八位，山神莲宝叶则系安多地区众山神之首。

　　阿坝境内的曼扎塘湿地大草原，作为长江、黄河上游重要水源涵养地和生态功能保护区，被赋予"地球之肾"的美誉；还有茸安柯河峡谷，是一片未被开垦的处女地，是中国最原始的峡谷；更有神座，"世外桃源""2017年中国最美休闲乡村""乡村旅游示范村"，被称作"神仙居住之地"；还有安多藏式民居，古朴典雅、内装豪华，这种"外不见木，内不见土"的堡垒式夯土平顶建筑，堪称藏式建筑艺术大观。待你走进"达央阿瓦"，便会发现冰川海子、森林峡谷、高山草原、万物生灵、民俗风情、珍馐美味都汇聚于此。在我的记忆深处，阿曲河更是刻骨铭心。

　　25年前一个晴和的秋日，大学刚刚毕业的我，被分配到位于川西北高原深处的阿坝县工作，放下简单的行装，便急不可待地去看阿曲河了。

在我的记忆里,阿曲河是蓝色的。我看见她那松耳石般的雪浪花,从云山雪谷汹涌排闼而来,在我的面前留下了一片永生难忘、挥之不去的蔚蓝。她比我家乡的白草河和涪江还要蓝,比我后来看到的岷江和邛海还要蓝。她蓝得那样晶莹,那样剔透,那样纯粹,那样叫人惊心动魄。像一条刚刚抛出的蓝色哈达,像满河跳荡不息的蓝色水晶,像融化了一大片高原深秋蓝得不能再蓝的天空。于是,我向这条蓝色的圣河顶礼致敬,用她清凉的雪水洗涤我身上的尘灰和灵魂。

其实,在那以前,还在岷江河畔上高中的时候,我对阿曲河和阿坝高原就心仪已久。一踏上这片土地,我就努力搜寻和阅读有关阿曲河的历史、文化、传说、故事和歌谣。从此,我在她岸边的高原小镇定居了下来,长达20年之久,渐渐融入她深厚的历史氛围,感染她浓郁的民俗风情和文化积淀。我在这里学习语言,适应生活,成了川甘青三省结合部这座高原小镇居民中颇为活跃和相当积极的成员。白天,我奔走在阿坝县城的大街小巷以及县城附近的村庄和藏寨,出入各种人物之家。夜晚,我枕着阿曲河的涛声入梦,做着种种关于自己人生事业和前程的蓝色梦。在阿坝县中学执教的那些躁动的岁月里,每当我遇到不公正的待遇,生活上、感情上受到伤害的时候,总是要跑到阿曲河边久久地漫步凝思,把满腔的心思投向她蓝色的波浪。从此,我对阿曲河越来越熟悉、越来越亲近了。

后来,我被调至县委宣传部工作,从此和宣传文化工作结下了不解之缘。那时候,我每年都要用很多的时间,和同事们一起,走进阿曲河的上游和下游,农村和牧区,城镇和村寨,要么巡回演出,要么调查采访,学习民间艺术,深入生活。在阿曲河的源头，我们骑着马抑或牦牛，从一条河谷到另一条河谷，从一个牧场到另一个牧场，在熊熊的篝火周围，通宵达旦地歌舞狂欢。我们住牧民的黑帐篷，农民用泥土夯筑的抑或用牛粪敷成的柳枝房，喝清冽的青稞酒，饮浓酽的酥油茶、洁白的奶子茶，烤芳香的牛粪火，在牛皮口袋里抓糌粑，听老人们讲述"达央阿瓦"和阿曲河的故事、传说和种种掌故。这些总是让我感叹嘘唏，激动不已，久久难以忘怀。

阿曲河是大渡河上游一条重要的支流。它发端于巴颜喀拉山南麓的莲宝叶则神山，流经 200 里草原、崇山峻岭和大大小小的峡谷，又一路纳清流接悬瀑汇溪涧，然后舒舒坦坦地在马尔康境内注入脚木足河，再汇入大渡河，而后又与岷江一道流入中华民族的母亲河长江。许多人走过阿曲河下游的茸安大峡谷，惊叹于自然风光后，面对一河与黄河上游之水不相上下的涛涛巨流，会不由对天长叹一声：要是大渡河之水永远这样清澈见底该多好啊！但我们谁会想到，如今的大渡河沿途仍有无数条碧水清流在向它汇拢拥抱。阿曲河就是这样一个无法比喻的美女，她的美态令任何人惊叹，腰的纤细处，柔软轻曼；胸的丰满处，涓涓不息的乳汁供应着人间烟火中善男信女们的生活。阿曲河的水四季清澈见底，水中的游鱼、河边的卵石、岸头的沃土，构成了这里宁静而富饶的生活景致。

阿曲河源头的莲宝叶则神山，高高耸立于四川阿坝和青海果洛交界处。由无数奇峰怪石构成的陡峭峰峦，组成了一座旷世难寻的石头城堡，是阿坝藏族人顶礼膜拜的著名神山之一，相传为果洛藏族的发祥地，素有"昆仑天梯，蜀山之源"之美誉。据当地老百姓讲，莲宝叶则山神为玛钦邦拉雪山神之外甥，系大渡河上游智氏诸藏族部落之保护神和战神。他头缠青色绫巾，身披青色战袍，腰系虎皮裙，乘黄骠青鬃马，手持长矛，腰悬弓箭，主司境内祸福。据说四川阿坝和青海果洛人死后的魂灵都要皈依此山。还传说因其前妻被念青山神抢去，莲宝叶则山神发兵征讨，射伤了念青山神的眼睛，他们从此成为世仇。莲宝叶则神山有四个通道通往主峰之下，分别为莲宝叶则东西南北四大门，各有神将把守。

"阿坝"是藏语"阿里瓦"的音译，简称"阿瓦"，"净土阿坝"的藏语音译就是"达央阿瓦"。因此，"净土阿坝"就是"达央阿瓦"，"达央阿瓦"也叫"净土阿坝"。阿坝州因阿坝县而得名。传说阿坝人是阿里人的后代，是阿曲河上游那座神山莲宝叶则山神的女儿与来自西藏阿里地区的朱拉加人神结合所繁衍的后代。青海果洛及四川阿坝人因此把莲宝叶则雪山神尊为先祖。当地牧民还告诉我，莲宝叶则山神至今还居住在阿曲河源头的神山主峰之上，山神居住的山峰插入天庭，山根深入地心。山里落着毛毛细雨，细雨随着阿曲河水缓缓流向下游，阿曲河两岸长满了果实累累、绿叶茂盛的树丛。莲宝叶则山神就住在阿曲河源头某一块神秘的地方。那儿有一座由一百根水晶柱支撑的宫殿。神山之中有一匹绿松石鬃毛的神马，备有缀有宝石饰品的马鞍，奔驰起来如同天空的白云。莲宝叶则山神骑在这匹神马之上，他有着天界的荣光，有亿万个太阳的耀眼光芒。我曾经在阿坝县的一座寺庙里见到一幅珍贵的唐卡，其上所画及讲述的就是莲宝叶则山神及其随从的故事。唐卡上的莲宝叶则山神右手持一柄带有一百个矛尖的长矛，矛尖刺向天空，左手屈在胸前举着供盘。他身穿白色外衣和绿松石内里镀金的盔甲，所戴头盔是用珍贵的青色玉石做成。他右手提着装满弓箭的虎皮箭袋，左手拿豹皮弓袋，足蹬高筒靴，身前站着他的伴偶拉日卓玛。拉日卓玛手拿五彩丝带装饰的箭和一面镜子，身穿用宝石装饰的丝衣，骑红色雌鹿。山神的随从伴神是公子曼巴顿珠。曼巴顿珠身如水晶色，穿天蓝色丝外衣，双手托盘，坐骑是一匹出色的白马。山神的另一位伴偶就是所谓的"密妻之大伴偶贡桑玛"。这位伴偶身着红衣，手举瓷瓶，骑一头狮子。山神的右边是洛保边嘎，这位名叫洛保边嘎的山神被描绘成一位身穿盔甲的红人，骑着红色的马，持红色的长矛。据说阿曲河源头的莲宝叶则山神非常擅长禳灾驱魔，特别是禳除由各类鬼怪所做的妖术和灾难。于是，莲宝叶则神山雪水流进阿曲河，阿曲河因此成了神河、圣河、药水河。老人们讲，阿曲河水有很多功德：一甘、二凉、三净、四香、五饮时不损喉、六喝过不伤胃；可以消除杂念，净化心灵，健康体肤。掬饮一捧，是人生的造化。每年夏天，阿曲河源头的莲宝叶则神山上空升起缭绕的烟雾的时候，人们就会纷纷跳进阿曲河的清波绿浪中洗浴，年轻的我往往也置身其中，与他们一道去体验那沁人心脾、滋润心田的清凉。

  我自 1990 年夏天来到阿坝，时光在那里度过了整整 20 个年头，这也是阿曲河流域变化最大的时期。现在，阿坝已成为一座传统和现代化相结合的旅游城市，阿曲河两岸的田野和村庄正在日新月异地变化，美丽的新村和造型美观的藏式民居，不断地从柳林和峡谷中显现。

  我衷心祝愿阿曲河越来越美好，衷心地祝愿生息繁衍于"达央阿瓦"的各族儿女越来越富裕和幸福。

雪落在"达央阿瓦"的脊背上

今天一大早,当年阿坝中学的学生发来图片和视频,告诉我说,我的第二故乡阿坝下春雪了。

从他们发来的一个个视频和一张张照片,我看见遥远的雪线下的阿坝纷纷扬扬地飘洒着雪花,大地、树枝、房顶早已积满了厚厚的雪。美丽的冬窝子呈现出好一派壮观的场景。

看着视频里的雪花,我不由得想起了在雪线下冬窝子里生活的那些岁月。记得10年前,也是这样一个春天,因"定乡帮村"工作需要,我蹲点于雪线下的安斗乡克哇村,居住于我的好朋友布洛的家里。布洛是一位高个子,脸孔黝黑,高鼻梁,大眼睛,厚嘴唇,喜欢留着长发的安多藏族汉子。那天早上,天空中飘着纷纷扬扬的雪花,很快就堆满了院子、大地和房顶。布洛脖子上围着围巾,拿着扫帚和铁锹爬上了冬窝子的房顶,在纷纷扬扬的雪花中扫起了堆在房顶上的积雪。那扫帚刮雪的声音打破了冬窝子的宁静。我因怕冷,只好待在他家的牛粪火炉旁不敢出去,但望着窗外厚厚的积雪,抓心挠肺的,很是着急,很想走出去看看。晌午时分,雪终于下得越来越小了,我赶紧提着"美能达"相机走了出去,去看那雪线下的雪,看那雪下向冬窝子的景色。

眼前的冬窝子，空旷而宁静，一种莫名的感觉涌上心头，这样的日子真让人想要去流浪。

雪线下的"冬窝子"，其实就是由数十家牧人的住房组成的寨子，抑或叫自然村落。走出冬窝子，没走几步，就湿了鞋子，再走湿了袜子，这境况让人有一种难言的尴尬。雪线下的春雪总是这样，匆匆地来过又匆匆走远。就像握住一把漂亮的流沙，还没来得及高兴便没有了。雪线下的冬窝子，雪花总是毫无征兆地飘落。犹记那年初春，藏历新年的年味尚未散尽，布洛正在房顶上扫雪，雪花不由分说地降落，冬窝子的四周瞬间就白了。他的妻子在楼下喊："阿罗，布洛，下来吧，下雪了，等雪停了再扫。"布洛却不吭声，一直到整个房顶都露出了泥土的原貌才肯罢休。雪落在布洛的肩膀、眉毛上，走进屋来跺几脚就掉了，既没有湿了衣服也没湿了鞋。

一年四季，雪线下冬窝子里的人们最喜欢下春雪的时候。春天下雪了，冬窝子里的人们可以赖床，可以去冬窝子的屋檐上抓那些雪水凝成的冰凌，一家人还可以围在牛粪火炉旁一起吃手抓牦牛肉、喝酸菜牛肉汤、品香喷喷的"和尚包子"。

说起下春雪，曾经偷偷记录过布洛的鞋印，一路尾随到另一个冬窝子单身女人的家里，心里演绎的故事千千万万……那种雪地靴印出来的花纹，不管是大人的、小孩的，还是男人的、女人的，都一样，对此，我心里至今还留着一个解不开的谜呢。我也和雪线下的人一样，总要跑去无人的田野里的雪地留下自己的脚印，写下自己的大名，像完成一项重要的仪式。那时候没有手机，眼睛就是最好的画板，雪线下那些景色认真地看过便一直留存在心底，不曾远去。在手机可以记录一切的今天，却怎么也想不起印象深刻的景色，也许某些时刻我们太过于依赖外界给予的感动，而忽略了最重要的东西。

　　离开阿坝已经 10 年了，这些年里再也没看过雪线下那么美丽的雪，再没有过那样快乐的时光。也许有一天，我还会回到雪线下的冬窝子，但时间、空间似乎都不再是个问题，可我还是怀念，怀念那些走不进、回不去的过往。

　　我的第二故乡、达央阿瓦又下雪了，是鹅毛般的大雪。这雪真实地下在了我的"达央阿瓦"的脊背上，欢呼声、风声、人们在房顶上的扫雪声、笑闹声随着学生发过来的照片和视频，仿佛正一帧一帧地复苏着。

牛粪烟的味道

2004年7月的一个周末，是我难忘的一天。当天，天还未亮，我就乘坐越野汽车，从阿坝县城出发前往100多公里外的求吉玛乡采访。

当阳光静静地铺洒在阿曲河畔绿色的草原上时，勤劳的藏族牧女已走出炊烟袅袅的房屋和帐篷，一边唱着"暖暖的太阳牛羊同享，热热的火是人的福贡……"的牛粪牧歌，一边开始拾回一筐筐、一篮篮新鲜的湿牛粪了。

牧女们用双手将其拍成直径为六七寸的圆形"牛粪饼"，整齐地晾晒在帐篷或房屋附近的空旷地带或山坡上，为花红草绿的阿坝草原平添了朵朵黑色图案，远远望去，就像那一幅幅美丽的山水画。

一路上，我看见那些牧民房屋和帐篷外都有一个个一米多高、用来挡风的牛粪矮墙，都有一个个牛粪垛，都有一个个牛粪矮墙牛圈。随行的朋友告诉我，这些用牛粪砌成的墙和圈，既可防止狼的侵袭，又可以防寒保暖。

在阿坝草原，牛粪作为燃料至少已有千年的历史了。牛粪在安多藏语里叫"觉瓦"，意为燃料，没有粪、尿的含义。人们对它不但没有不干净的概念，而且还觉得很亲切。

在阿坝牧区，牧民们不论是在冬窝子，还是游牧在野外，都离不开牛粪燃料。我过去曾于冬天去过牧区，住进乡政府，屋中央都有个烧牛粪的铁皮火炉，屋角则堆放着牛粪燃料，要自己生火取暖。说心里话，我倒挺喜欢闻牛粪的干草味，也喜欢拿着屋角的一块块牛粪饼，用废旧报纸或煤油来引燃牛粪火，然后铲几簸箕草煤在牛粪火上。不一会儿，当铁皮火炉被烧得通红时，屋里就暖和了起来，驱赶走了身上的寒气，我很惬意，也很有劳动的成就感。

牛粪在阿坝牧区，不同季节还有不同的名字，其颜色、硬度和火力都不相同。夏季里的牦牛粪经过日晒雨淋，呈白色，烧起来火力很强。这种牛粪干透后比较坚硬，一般不易弄碎。那些勤快的牧女每天将牦牛排泄在圈内的牛粪用背篓或桶运至草坡上，再用双手加工成饼状或小块块晒干。这种经加工的牛粪火大尘小，属于理想的家用燃料。冬季牛食枯草，牛粪既黑又黄，质软火弱。

在阿坝牧区，大家都知道牛粪很重要。没有它，就吃不上饭，喝不上茶，取不了暖。与此同时，人们还从牛粪火味里嗅出了家庭的温馨；艺术家也从中悟出了艺术的真谛。

当然，牛粪不仅是重要的燃料，也是阿坝县城集市上的商品。30多年前，我刚到阿坝工作的时候，每天清晨，就会看到阿坝县城附近的藏族妇女将质量最好的干牛粪装入藏式的牛毛袋中，驮至县城的集市出售，价格低廉。20世纪90年代时，每10公斤仅为人民币7元左右，深受阿坝县城的居民欢迎。阿坝县城过去也是以干牛粪为主要燃料，现在都已改为电力、液化气等燃料了。此外，在阿坝的其他一些习俗中，牛粪还是木柴、煤炭、天然气和其他现代燃料所替代不了的一种吉祥物。在新居落成乔迁之喜时，新居里一定要事先安放好汤东杰布（供奉的永固柱神）塑像，一袋上好的牛粪和一桶清水，寓意主人住进新居后的生活富裕，幸福安康。同样，民间举行婚礼时，在特定的位置中央要悬挂用五彩哈达挽扎的象征婚礼吉祥物的彩箭，彩箭下面摆放一袋上好的牛粪和一桶清水，上面各系一条洁白的哈达，象征新婚夫妇婚后生活美满、儿孙满堂。最有特色的要数阿坝牧区一些地方也像西藏人民一样，过年时有用牛粪做馅，讨运气的习俗了。有一年除夕夜，我在安斗乡华洛村朋友尕波家一起吃年夜饭。这顿饭是一顿面食，将面掐成小疙瘩与青稞麦片、豌豆、人参果、碎牛肉、萝卜等九种食物煮在一起，平时这种饭叫"突巴"，而在除夕夜的这顿饭是专为驱鬼仪式做的，故改称为"古突"。为了增添吃年夜饭的气氛，做饭时在面团里包了些不能吃却又能在引人发笑时讨个吉利的东西。饭端上来后，每个人顾不上吃饭，而是一个劲地在自己的碗里挑东西，有的人吃出来的是辣椒，有的人吃出来的是火炭。辣椒说明吃到它的人是辣子嘴，引得众人哄堂大笑，而吃到火炭的人说明他的心是黑的，又是一阵大笑。就这样每吃出来一样东西，众人就笑一阵，到后来吃出来的东西还有石头、羊毛等九种以上。最后当有人吃出来一小块牛粪时，大家又是一阵哄堂大笑。笑完后，众人举杯向他祝福，因为吃到牛粪的人是最有福气的人。

  还记得18年前，我和电视台的同事到莲宝叶则神山深处考察旅游资源。尽管我们在漫长的旅程中像珍惜粮食一样节约所携带的牛粪燃料，但由于驮牛有限，加之路途遥远，从有人烟的地方带去的牛粪很快就用完了。此后我们每天除了完成每一条沟的综合考察外,最艰巨的任务就是寻找野牛粪等燃料。若找不到野牛粪,我们就无法战胜零下几十度的严寒,甚至会被冻死;而有了野牛粪,我们就能安然无恙地走出"生命禁区"。为此,我们的炊事员尕尔伯严格规定大家,在漫长的旅途中,每天只能在一早一晚烧茶期间才可以烤火取暖。因此,每每看见从帐篷里升起的袅袅牛粪烟,我就感到无比的亲切。

阿曲河畔的牛粪烟,袅娜在藏寨民居的房顶,袅娜在游牧民族的牛牦毡帐上,游弋于川西高原的天空,飘逸于阿曲河畔的草原和牧场,弯弯曲曲的轨迹是阿曲河畔无数条无怨无悔的小径。那牛粪烟悠闲、散淡、从容、奔放,一如天空中低飞的云朵。

游牧的人们于鸟鸣声里启程,迎着朝阳一路而歌,甜幽幽、香喷喷的味道洒满天际,布满阿曲河畔的高山牧场,将挥舞在田间、地里、牧场的锄头、镰刀和奶桶召唤。远在数百里之外的游牧民族啊,一次次被黑帐篷里升起的牛粪烟的温情点亮。

望见黑帐篷外神奇的牛粪烟,远牧归来的人们就会信心十足,信心、希望就会凝聚成一股硕大无比的力量,就会使他们步履铿锵。近了,近了,年迈的阿妈正倚立在阿曲河畔那黑帐篷的门口,眼里贮满了沉甸甸的眺望。

无论身在何处,游牧到遥远的牧场,只要望见那缥缈的牛粪烟,只要沿着那丝丝缕缕的音符,牧人们就能找到了家的方向。让思念暂驻,让脚步小憩。呇一碗醇香的奶茶,慰藉旅途的疲劳和孤寂,是一种幸福。于翩跹起舞的炊烟下,感怀回家的喜悦和白云苍狗的世相,是一种印记。

阿曲河畔的牛粪烟,是地地道道的炊烟,是你,强壮了牧人的骨骼；是你，绵延了游牧民族的思绪；也是你的豁达和宽容一次次接纳了远牧者的躁动和义无反顾。如雾，如幻，如霜，如雪，你像一首悠远的牧歌永远盛开在思念的阿曲河畔。

莲宝叶则的湖泊

在四川和青海两省交界处,在四川阿坝和青海果洛结合部,有一片神奇美丽的土地——莲宝叶则。在莲宝叶则的神山深处,散布着约莫三百六十个大大小小的高原淡水湖泊。这里是川青两省结合部一处价值极高的尚待开发的旅游处女地。

莲宝叶则神山深处的湖泊,是一片湛蓝,星罗棋布地镶嵌在千山万壑间。川西高原的风,吹着悠扬的口哨。三百六十个大小湖泊,融情的波涛,释放着激情与浪漫。它们中任何一个妩媚的眼神,都会让我彻夜难眠。多少年了,对莲宝叶则神山深处那些湖泊的思念总会让我的心灵敏感。

有人说,莲宝叶则的湖泊,是朱姆王妃深情的泪眼,总是那样情意绵绵;有人说,莲宝叶则的湖泊,是格萨尔王探路宝镜摔坏时散落的镜片,总是在神奇的川西高原上金光闪闪;还有人说,只要你的双脚蹚进莲宝叶则的湖泊,就走进了浪漫。因为,莲宝叶则的湖泊是盘古开天的第一场雨,因此,浪漫就成了川西高原上一把蓝色的太阳伞。

莲宝叶则神山深处的湖泊是柔美的、妖娆的。慢慢地,当你像靠近你的恋人一样靠近这些湖泊时,你会不经意地发现原来它们是如此清纯与美丽。烟波浩渺、雀鸟翔集、野生鱼遨游，美不胜收。它无愧于一颗颗镶嵌在莲宝叶则神山脚下的璀璨明珠，碧水共长天一色，水鸟伴湖鱼起舞，在博大壮丽中不失秀美温柔，在磅礴奔放中不失含蓄委婉。

莲宝叶则神山深处的湖泊是安静的。那种静是婉转的静。宁静的湖面、宁静的天空，像即将盛开的格桑花一样，含苞欲放，积蓄着川西高原的美丽与激情。这些湖泊没有汹涌的浪花，没有澎湃的喧嚣，它们在宁静与喧嚣之间彰显着川西高原的静美。莲宝叶则神山深处的湖泊的蓝是纯粹的蓝。那蓝色的湖面、蓝色的天空，像两面镜子一样镶嵌在天地之间，将天地融为一体。当你站在任何一个湖泊的湖岸上，或许和我一样分不清哪个是湖、哪个是天。莲宝叶则神山深处的湖泊的蓝总是让人心醉。站在任何一个湖泊的岸边，静静地闭上眼睛，慢慢地你就会深切地感觉到那种蓝已经遍布你的全身，那种蓝里蕴藏着阳光、氧气、水分乃至高原的气息。用力呼吸，那种蓝似乎要融入你的身体里，甚至要融入你的每一个器官。闭上眼，好想永远徜徉在莲宝叶则神山下这些湖泊的蓝色里。

宽容、坚强、勇敢是莲宝叶则所有湖泊的誓言。蹚过莲宝叶则湖泊岸边那深深浅浅的草滩，我总能体会到莲宝叶则所有湖泊灵魂的喘息与壮丽的斑斓。多想再次踏着那潮湿的草滩，让生命长出翱翔的翅膀与雄鹰一同飞上蓝天。多想在莲宝叶则湖泊那洁白的浪花里漫步，在湖水退潮时，在金色的草滩上写下动人的诗篇。

莲宝叶则的湖泊，川西高原烟雨苍茫的浑厚。蓝色，如诗如画的瑰丽。那三百六十个染蓝我思绪的湖泊，总是在我心中生长着一种渴望，一种信念。

莲宝叶则神山深处的三百六十个湖泊中，首推青海境内的旬措湖和阿坝境内的措拉玛湖，前者被当地藏人称为"神山后海"，后者则被称为"神山前海"。远处的雪山，觅于雾中。神山前海的措拉玛湖的堤岸，坚定地迎接着每一朵浪花。格萨尔王的拴马桩就在眼前，历史在与我们靠近，格萨尔王那匹赤兔马的响鼻，山下帐篷外老阿妈转经筒的吱嘎声，伴着飘扬的龙达的舞姿在措拉玛湖畔低吟浅唱。

古老的传说，伴着六字真言的流淌，涌进了今天的脉络。莲宝叶则神山的壮美，是川西高原青春的闪现。莲宝叶则没有老，你依然年轻。踏着崎岖的牧道，跨过蜿蜒的溪流，去欣赏莲宝叶则神山上牧草的拔节。蓦然回首，措拉玛湖上的风依然萧萧。啊，措拉玛湖，五千年前你是海，今天你依然是海，我醉在了你的怀抱，深嗅着你的气息。既然历史改变了你的容颜，在川西高原没有风的季节里，你永远是我心中一弯静静的海。

其实，很多年以前就开始向往莲宝叶则神山深处的措拉玛湖，向往那一汪清澈的湖水与薄雾，向往那一望无际的空阔与斑斓，向往那层层的涟漪与柔和的海浪声。我喜欢措拉玛湖就像喜欢一个人一样，总会在梦里不经意地遇见，在脑海中一次次地翻腾。喜欢措拉玛湖如画般的美，那种美色彩和谐、微妙神奇。

穿过莲宝叶则神山下茫茫的草原与山脉，远远地便嗅到了措拉玛湖湖水的味道，那味道甘甜、清爽、纯净，伴着阵阵微风迎面扑来，仿佛迎接远方的客人一样，亲密地与人贴在一起。此时，我终究还是没有压抑住自己的情绪，疯狂地跑向措拉玛湖边，那风景比梦还要美。水面辽阔而清澈，涌动的湖水荡漾起阵阵涟漪,在柔和的阳光下闪闪发光。我的眼睛被一束光直直地刺中了。那一刻,我好想躺下去,躺在波涛涌动的湖面上,任凭措拉玛湖湖水的荡漾与漂泊,缓缓地与湖水一同流向远方。

顺着措拉玛湖的湖面看去,飞翔的鸟群拍打着翅膀在湖水的上空自由地飞翔,时不时掠过水面,发出铿锵有力的叫声,一瞬间,打破了整个湖面的宁静。不远处传来高低不一的鸟叫声,形成了一曲曲湖上交响乐,此起彼伏,婉转悠扬。

放眼望去,远处滚动的巴颜喀拉山山脉似乎把蔚蓝色的湖水与天空紧紧地连在了一起。水天一色的天际线里流淌的白云以怒放的姿态肆意地变换着图案,变换的风云时而聚集在一起,时而分散开来,形成了湖面上独具特色的风景。

暮色沉寂的傍晚,天空下起了蒙蒙细雨。蒙蒙雨雾在微风的吹拂下四处飘落,湖面上淡淡地泛起了层层雾气,那景象熟悉而又陌生,像梦又像画,让人不禁陷入沉思。雨停了,一道绚丽的霞光又不由自主地透过云层散发出红润的光,霞光照着措拉玛湖的湖面,照着四周连绵起伏的山脉、绿色如茵的草原、转经塔、五彩经幡、格桑花海、玛尼堆、牦牛、羊群,形成了独特的川西高原湖光山色。

我沿着湖畔一路前行,一片片的格桑花向我袭来。我完全沉浸在了花海中,忘却了自己,忘却了身边的行人。一眼望不到边的湖岸草滩与蓝色的湖水相互映衬,形成一幅壮美的画卷,那画面绝美无比。湖岸边一座座牧民的帐篷像高原上的一朵朵蘑菇,肆意地排放着。

盛夏季节,行走在莲宝叶则神山深处,美丽的风景像画一样在脑海里翻腾,从落云措湖到龙尕沟的措拉玛湖,再到扎尔湖,一路的风景与美好,活灵活现,令人心旷神怡。绝美的川西高原风景,是画非画,充分展现出了川西高原的壮美和"达央阿瓦"的风情。

美丽的莲宝叶则湖泊是水的经典、水的奇迹。有人说它们是川西高原的仙子、"达央阿瓦"的女神,还传说她是珠姆王妃忧悒的清泪。我完全相信,莲宝叶则神山下这些湖泊的每一声波涛里,都承载着一个久远而美丽的故事。

夏尔尕牧场

从扎尕尔措到克哇村这段黄土路把外界和莲宝叶则神山紧紧连接起来，而遍布神山深处的无数条阡陌纵横的深山牧道又将每一顶帐篷和那条泥泞的黄土路连接了起来。因此，其实深藏于神山之中的每一顶帐篷都是被稳稳当当地系在现实世界之中的。

每一个夏天，我都要骑行于这座神山的群山沟壑间。雨季的到来会使神山深处异常寒荒和美丽。每每此刻，神山之上的天空就像舞台的幕布一样华美，我的心就像观看盛大的演出一般欣喜和激动。我骑着河曲马，沿着一碧万顷的斜坡慢慢向上攀升，视野尽头高山灌木丛也慢慢延展。突然回头，整个神山深处绿意盎然，最低最深处蓄满了牧民的财富……龙尕沟两岸深深地游走着深情的牛羊。

在不远处的一座山头上，我的赶马人甲木措静静地侧骑在马背上，深深凝视着同一座神山，显得漫不经心的样子。我向山下四处搜寻，不知道他的牛群和帐篷在哪里。但他一直漫不经心，似乎早就明白，这块土地就是他们永世不离的家园。他长时间地凝视着山下的某一处，那一处的牛羊长时间地游动在沉甸甸的绿野之中，与龙尕沟两岸的阡陌牧道起伏律动……这就是令人怦动的我的"达央阿瓦"的夏日情景。

消息是甘丹拉姆最先发布的。那时候,我和甲木措正在山顶兴致勃勃地欣赏山下那片美丽的牧场,甘丹拉姆找到我们,她胯下的大青马大口大口地喘着粗气。她气喘吁吁地说:"李小红老师明天就要离开夏尔尕牧场,不会再回来了。"

我一下子感觉很无聊,斜跨在马背上,嘴里咬着根野草杆儿想心事。山风呼呼地刮来,天空阴沉沉的,我望着山对面起伏绵延的群山沟壑,呆呆地想,这些群山沟壑间,该藏着多少神奇的故事啊。有的故事,还是李小红老师讲给我听的呢。以后,谁给夏尔尕牧场的孩子们,还有我讲那些没有讲完的神奇的莲宝叶则神山故事呢?

夏尔尕牧场地处莲宝叶则神山深处,山高路远,整个夏秋季节,牧人们就在神山深处的牧场上游走和迁徙,逐水草而居,学校也随牧民们一并迁徙,所以人们称这里的学校为"马背学校"抑或"帐篷学校"。有些内地来的汉族老师,过不惯这里的游牧生活,不到一个学期就离开了。从一年级到三年级,夏放一结束,这个"马背学校"就换一茬老师。现在,就连既会讲汉语又会说当地藏语,还会讲神奇的莲宝叶则神山故事的李小红老师也要走了。

"李小红老师走了,谁给我们的孩子上课?我舍不得她走!"一旁骑在枣红马背上的甲木措喃喃地说,还抹起了眼泪,"我不信,李小红老师说过的,一定要把我们的孩子送到县城的中学读寄宿。"

我在自己的马背上狠狠地瞪了甲木措一眼:"哭有啥用!我怀疑消息的可靠性,"紧紧盯着一旁的甘丹拉姆,"消息可靠不可靠？要是你欺骗我们，以后就不理你了！"甲木措也迷糊了，我们一起逼视着骑大青马的甘丹拉姆。

甘丹拉姆生气地说："不信，你们去问场长布洛，我是在场长布洛尚帐篷外亲耳听到的。"甘丹拉姆缓了口气，"李小红老师说，她明天一早就走，离开夏尔尕牧场不回来了。我要是骗人，让我家的所有牦母牛一辈子不生孩子！"扎尕尔沟的深处那一群游走的牦牛，可是甘丹拉姆一家的命根子。

晚上，我们回到了山下的远牧点，神山深处大滴大滴的雨点开始落下来了。牧人们不约而同地聚集在牧场场长布洛的帐篷里。大人们心事重重地望着布洛，压低声音七嘴八舌地议论。场长布洛一口接着一口地喝着马茶，眉头紧锁，一声不吭。那些李小红老师教过的和正在教的孩子们聚在帐篷一角不敢乱说话，只是眼巴巴地望着场长布洛，真希望场长布洛能突然一拍脑袋，想出好办法留住李小红老师。

沉默半晌，场长布洛终于开口了："能有啥好办法呢？按说，李小红老师在我们夏尔尕牧场教了三年多，人家也不容易，一个汉族女孩子，婚都未结，师范学校毕业就来到我们牧场，和我们的学校一起转场、游牧、迁徙。我们不能光为自己着想，是吧？你们说，我们咋好意思再留人家！"

在场的大人小孩彻底失望了，场长布洛是夏尔尕牧场最有办法的人，他这样说了，看来李小红老师是一定要走的了。接着，场长布洛吩咐甘丹拉姆的丈夫扎西："明天早上，你把你家那匹脚力最好的黑马备上鞍，牵来送李小红老师到县城去。人家对我们夏尔尕牧场的情谊我们还不上，只能好好送送。"

李小红老师是三年前来到这个牧场支教的。

那是三年前的一天,圣洁的莲宝叶则神山,明丽的旬措湖,汽车在通往旬措湖的山路上急转了几个弯,速度明显放慢。公路下可见星星点点的帐篷。前方,路边跑跳着一个藏族小男孩。突然,这个藏族小男孩放慢了脚步,站住了,转过身来。脸上带着孩子的幼稚与欢欣,但很快,他的面容就笼上了一层庄重。就在李小红所乘汽车从他身边掠过的一刹那,路边那个藏族小男孩举起手来,端端正正地向着这辆载着陌生人的车,行了一个长长的、庄严的少先队队礼。

李小红打开汽车的窗户,探出头去,回望着那个不足十岁的藏族小男孩,她要尽量把他看得更清楚——他依然站在原地,个子瘦小,很单薄的样子,头大眼大,颇有神采,站在海拔四千多米的莲宝叶则神山公路的转弯处,一动不动,依然带着那种不符合他年纪的庄严……李小红不明白,是什么让这样幼小的孩子,用如此虔敬的眼神对一辆陌生车辆中素未谋面的旅人行礼。

后来,李小红在去往莲宝叶则神山景区公路上,见过许多这样的孩子。他们三五成群,在路边跑着,跳着,嬉笑打闹着,但是,只要有行经的车辆,他们就会立即收起顽皮与天真,用一种成人般严肃的、虔诚的眼神,注视着飞驰而过的车辆,庄严地行礼,目送车辆远去,直至消失。李小红向同行的朋友们打听这些藏族小孩子敬礼的缘由,原来孩子们向所有过往车辆敬礼是为了感谢车上所有人。她还了解到,那些孩子们,他们的家庭大多是游牧人家,孩子们只好和大人们一道常年迁徙游走于莲宝叶则神山深处,没办法读书,即使去到到县城读寄宿的孩子也是接受了外界微薄的资助。于是,他们的老师教育孩子们,要向每位经过的人敬礼。老师说,也许,那位带给他们帮助的人,就在那些飞驰而过的车中。

　　听到这番解释，李小红有了寒彻心扉的痛楚。于是，从那天开始，她就下定决心来到这个神山深处的牧场，与当地牧场的牧民们一道办起了这所牧场学校，随牧场的搬迁一起迁徙。谁知，这一晃就三年多时间过去了。

　　夜里，神山深处的夏尔尕牧场下着绵绵细雨，时紧时慢。我躺在甲木措的帐篷里，翻来覆去睡不着，听山风挟着夜雨在帐篷外低沉地呜咽，听绵绵细雨扑簌簌地打在帐篷顶上，低吟浅唱。天快亮时，我迷迷糊糊睡着了，却梦见自己从扎尕尔神山的山顶摔下来，沿着山麓的草地向山下滚去，快要滚入山下雪浪翻飞的扎尕尔湖时，李小红老师一把揣着了我的手……我大叫一声醒来，正在回味梦里的情节，忽听见帐篷外的场长布洛在喊："快起来，拿上哈达和龙达跟我走！"一夜细雨的夏尔尕牧场未见放晴的迹象，远处神山之巅笼罩着厚厚的浓雾，天空阴沉沉的，整个牧场显得低沉而压抑。天光尚未大亮，牧道泥泞，夏尔尕牧场的牧人们赶在李小红老师走之前，来到帐篷学校前排起了长队。夏尔尕牧场里的人几乎全来了，昨晚是这个远放牧场的无眠之夜。深山牧道两旁站满了手持洁白哈达的人们，有的男人们已经开始向神山抛起了祈祷平安吉祥的龙达，那传递人神之间情感的龙达在空中飘扬。这是牧人们为李小红老师做的最后的事情了，呼呼的山风夹杂着龙达的"唰唰"飘落声，夏尔尕牧场显得更加寂寥。

　　天大亮起来了，苍茫的夏尔尕牧场上，逐渐出现了一条由牧人们簇拥而成的蜿蜒牧道。那条深山牧道弯弯曲曲的，像是甘丹拉姆丈夫扎西手上的牧鞭，又像是甘丹拉姆那条在风中摆动的细纱巾。不知是谁已在帐篷学校外面的空地中央用哈达将一大捆柏香树枝围着，垒起了一个临时的煨桑坛，伴着高高飘扬的龙达，煨桑被点燃了，缭绕的桑烟与龙达一起飞向天空，小伙子们围着桑烟坛转着圈，用手不停地向上空抛撒龙达，口里高呼着"哈佳啰！哈佳啰！"（神胜利了）。

不久，甘丹拉姆的丈夫扎西牵着那匹高大的黑马过来了，马背上骑的，正是戴着墨镜的李小红老师。牧人们自觉地闪开，把路让出来，双手捧着洁白的哈达，无声地站成排。大家都不知道说什么好，只是默默地手捧哈达，望着马背上的李小红老师笑。

马背上的李小红老师没有笑，我看见，她一个翻身下马，呆呆地望着眼前由牧人们组成的这条洁白的蜿蜒的深山牧道，摘下墨镜，使劲抹了一把眼睛，然后出人意料地蹲下身子呜咽起来。她的声音很细，很闷，没有整天响的豪气，但却像细雨一样打得人们心里湿漉漉的。

哭声像是具有传染性，先是甘丹拉姆和身边的孩子们抽抽搭搭地出了声，紧接着就是那些妇女们……直到场长布洛一声断喝："今天是李小红老师去县城的好日子，谁也不准哭！"

场长布洛拍拍李小红老师的肩膀，像是安慰，又像是理解，率先在李小红老师的脖颈上挂上了一条洁白的哈达，接着，人们纷纷簇拥着——向李小红老师敬献哈达。最后，李小红老师摇摇晃晃地被场长布洛扶上了那匹黑马。雨又开始下了，细雨中，扎西家那匹黑马在扎西的牵引下，跟着扎西骑的那匹黑马缓缓起步了，沿着长长的深山牧道，走得很慢很慢，却越走越远。马蹄每踏过一个地方，都像是踏在夏尔尕牧场牧人们的心坎上。牧人们却没有散去的意思，在牧场草地中央那顶帐篷学校前的空地上，眼神空空地发呆。细雨越来越密了，像洒糌粑面一样纷纷扬扬地落向夏尔尕牧场。

许久，牧人们才低头耷脑地准备回到各自的帐篷，忽然，细雨中传来李小红老师熟悉的呼喊声，李小红老师骑在马背上，扭过头来，拼命地向夏尔尕牧场挥手，朝孩子们喊："等着，等着，我还会回来……"

"……回来……回来……"回声伴着马蹄的嘀嗒声在莲宝叶则神山深处久久回荡。

寻找灵魂深处的"达央阿瓦"

从克哇村出发,逆龙尕沟而上,沿途满目青葱与灿烂,微雨的时光又湿又绿。莲宝叶则神山深处阴云层层,夏尔尕牧场牧人的世界却并不暗淡。相反,比起阳光明媚的天气,这个位于神山深处的牧场显得更加清晰,更加深刻,龙尕沟的水更加清澈锐利,两岸的绿意也更加鲜艳生动。

骑马翻山越岭,经过两天的艰辛跋涉,我们终于在一个黄昏时分到达了夏尔尕牧场的远牧点。

初夏的夏尔尕牧场,一片苍茫和旷远。远处的雪山厚积薄发,在高原丽日下泛出耀眼的光芒,融化的雪水从山顶渗出,于灌木丛中、翠绿草滩上、石头缝隙间汩汩流出,在山下汇聚成淙淙小河。雪线下的牧草刚刚发芽,而靠近湖畔、溪边阴暗潮湿地带的却已经盎然生长了。冬虫夏草在这个时候像刚刚冬眠醒来的旱獭,探出诱人的小脑袋,左右顾盼,沐浴在初夏的微寒轻雾中。采挖冬虫夏草的季节随之而来。

每到这个季节,夏尔尕牧场的牧人们就会扶老携幼,赶着牛羊,举家从冬放牧场搬迁至夏季牧场。这个逐水草而居的高原民族,整个夏季,都在这块土地上游走和迁徙,在这里一边放牧牛羊,一边采挖冬虫夏草和贝母,过着浪漫而艰辛的游牧生活。

　　我好不容易才在神山脚下一个叫作恩章木的地方找到尼玛的帐篷,当他知道我专程前往夏尔尕牧场远牧点收购冬虫夏草的来意后,立刻拍着胸脯说:"这事交给我了。"这位身材魁梧、身体壮实、面孔黝黑、眼睛圆而亮的安多藏族汉子,头戴西部牛仔帽,身穿深褐色藏袍,脚套黑色马靴,手持做工精巧的马鞭,一边与我说话,一边把坐骑拴在帐篷外的小木桩上。回转身,把我和同伴安顿在他家的帐篷里,把正在帐篷外拴牛和挤牛奶的妻子拉日卓玛叫了回来,安排她给我们生火烧茶。然后,他又走出帐篷,牵来刚拴在帐篷外的那匹白鼻梁、枣红色的河曲马,翻身上马出去了。广袤的夏尔尕牧场上很快就响起了尼玛那悠长响亮的吆喝声,龙尕沟两岸的帐篷里传来了清脆的应答声。

　　尼玛的妻子拉日卓玛是一位地道的安多藏族妇女,头上围着一条浅蓝色围巾,脸庞黝黑但不失光泽,高挑的鼻梁两边,一对黑珍珠忽闪忽闪。面对两个不速之客,拉日卓玛礼貌地摘下罩在头上遮挡烈日的围巾,露出了深黑色的头发,头上扎了一个大大的发髻,如一块黑色的木质茶碗稳稳当当地扣在后脑勺上。摘下围巾的拉日卓玛顿显风韵朴实,眸子深处透出一丝绯红和羞涩。她也身穿褐色藏袍,走进帐篷时,左手腋下还随身夹带了一捆索篓枝(一种高原生灌木枝),右手提着一小编织袋干牛粪。她一边羞涩地和我们打招呼,一边把索篓枝和干牛粪放在铁炉子上,点火生起了炉子。很快,袅袅的炊烟就飘荡在夏尔尕牧场的旷野间,帐篷内也暖和了起来。

　　拉日卓玛往铁炉子上的茶锅里掺上水,又忙着整理帐篷内乱七八糟摆放着的东西,诸如餐具、牛粪口袋、被盖、衣物等等。

我环顾四周，这是一顶坐东朝西的黑色牛毛毡帐篷，帐篷前面不远处就是凉凉流淌的龙尕沟。帐篷内三根碗口粗的木杆横竖与地面构成一个矩形框架，这个框架支撑起了帐篷的中梁。帐篷外的四周由无数根牛毛绳子和一根根稳稳钉入地面的小木桩固定着，使牛毛毡帐下稳稳当当地形成了一个面积约五十平方米的空间，这就是尼玛在夏尔尕牧场远牧点完整的家。帐篷南北两面的牛毛毡壁上分别开着一个四方形小窗户，由牛毛毡各做了一个活动的窗帘，可以上下开关，帐篷的顶上还开了一个长方形的小天窗。室内火炉子的铁烟筒就从这个天窗高高伸向天空，把室内的炊烟引向夏尔尕牧场的旷野间。帐篷内的陈设简陋而实用，用于烧茶、取暖的铁炉子放置于帐篷的正中央，炉子后面正对帐篷大门的一面是整个帐篷的尊位，那里有一个土台，上面供奉着活佛唐卡画像、经书、转经筒等宗教用具，是远牧人心灵寄托的神圣之地。帐篷进门的左右两边是用索篓枝条垫底、上面铺设着花花绿绿的牛毛毡毯和被子，是远牧人们睡觉兼喝茶座的地方。一般以进门的右边为大，这家帐篷的男主人在家时就坐这一边。帐篷进门的左右两边是放置牛粪、柴火等燃料和糌粑、酥油、奶制品等生活必需品以及锅碗瓢盆、挤奶桶等生产生活工具的地方。

不知不觉间，铁炉子上茶锅里的水已经唑唑地响起来了。水开了。拉日卓玛从帐篷一角取来一块砖茶，掰下一小块放入滚滚的开水锅里，等马茶熬煮到一定程度后，她又将刚刚从牦母牛身上挤来的洁白的鲜奶倒进茶锅，还向里面撒了一小点盐巴，取下挂在帐篷立杆上的铜制勺子，将奶茶搅拌均匀，待其再次煮开。

不一会儿，一碗碗清香可口的奶茶就盛在了我们面前。我和同伴围坐在熊熊牛粪火烧着的铁炉子旁，一边喝茶，一边闲聊着。这个时候，拉日卓玛又从帐篷一角取出一大块刚刚解冻的牦牛肋骨，用斧头砍成小节，放在铁炉子上的钢筋锅里，掺上水，放上盐巴，开始煮起了手抓牦牛肉。

过了许久，尼玛回来了，从马背上取下马褡子，里面装了些白酒、饮料、糖果等。他把马褡子放在帐篷一角说："我把牧场上的所有人都通知了。来吧，我们吃肉、喝酒。"我赶忙说："哎呀，我的马褡子里也装了酒、饮料和食品，怎么能喝你的酒，吃你的东西呢？"尼玛却说："你大老远来到夏尔尕牧场，就是我的客人，我当然要给你办招待了，你马褡子里面的东西留着明天吃吧。"说话间，拉日卓玛已把铝锅里煮得香喷喷的手抓牦牛肉取出，盛在一个大木盘里面，放在了我们面前，接着又取来一小盘放有味精、盐等调味香料的辣椒粉，给我们每人递上一把小刀。尼玛拿起小刀就开始边割肉边沾辣椒粉，吃了起来。

忙乎了一个下午的拉日卓玛又从帐篷一角的马褡子里取出一捆已经有点蔫了的蔬菜，在净水里洗干净后，切成碎块，混合着粉条一起煮在了刚刚煮肉的肉汤里，同时还切了一些煮熟了的肉丁在里面。尼玛说那是在给我们煮粉汤。

席间，已经有藏族老阿爸、老阿妈和面带羞涩的藏族姑娘带着自己及家里人采挖的冬虫夏草过来给我们出售了。我赶紧取出钱和电子秤，准备验货、过秤付钱。尼玛却说："你把秤放回去，我们这里不需要这东西，把钱放那里就行了，不用你动手的。"说着他又把自己家里装糌粑的空箱子提了出来，放在帐篷一角。"我们这里是不用秤的，大家只数虫草的个头，你就说平均一根虫草给他们多少钱吧，他们会自己给你数最好的草，绝对没有死草和坏草，他们也会自己结算，自己把钱拿走，然后把最好的虫草放在那只糌粑箱子里。"尼玛一边吃着肉,一边给我说。我说了价钱,还是想亲自去验验货和付钱。你想,当下这年头,城里面的人为了"钱"可以说是六亲不认,就是亲兄弟来替我验货和付钱我都不放心,怎么可能让夏尔尕牧场上的牧民自己来做虫草这样名贵的药材交易呢,而且还不要我去验货。尼玛看出了我的心思,露出不高兴的神情说:"你,信不过我们夏尔尕牧场上的牧民?"我说:"不是不信,是没有这样买卖虫草的。"尼玛说:"我们这个民族是一个信仰佛教的民族,都是戒了十恶而行十善的人,也就是说,我们这里的人不偷盗,不邪淫,不撒谎,不挑拨离间,不讲粗话恶话,对别人的财物不起贪心等。所以,我们这些牧人就这么买卖虫草的,如果他们给你的虫草少了一根或者有一根是死草、坏草,或者他们从你的钱袋里多拿走一分钱,我全部赔给你。而且,我告诉你,最后只会多,不会少的。"看我还是将信将疑,尼玛就有些生气了,面带不悦地说:"你们这些城里来的人就是心眼多。如果再不相信,你的事,我就不管了。"没办法,我只好悬着一颗心在尼玛的帐篷里与他的家人吃手抓牦牛肉、饮白酒、喝牛肉粉丝汤。

　　尽管如此,可我哪里能喝得下去、吃得进去!我和我的同事们好不容易积攒下来的二十万块钱的本金就放在帐篷一角,那可是我们的血汗钱和全部家当,是我们最后的救命稻草啊!平均十块钱一根虫草,就是两万根虫草。二十万块钱的买卖不用人管,只需要在帐篷里面喝酒吃肉就行了,这不是天方夜谭又是什么啊?再说,我和尼玛不就是因为定乡帮村那阵子,我到他们村子里开展工作时见过几次面,根本就不了解他,他让人把钱拿走了,完事后又收不到虫草,或者收到的全是死草、坏草,我找谁说理去？我心生一计，给同伴使了个眼色，就合伙用白酒灌起尼玛来了，想把他灌醉了，我们就去检验虫草的质量和与牧民们讨价还价。可这个尼玛简直就是个酒仙，我们轮番对他进行轰炸，他却面不改色心不跳，倒是我和同伴渐渐力不从心了。同伴先倒下，随后我也渐渐失去了知觉。

第二天上午我才醒过来，头痛欲裂的我回忆了许久，才记起自己是来夏尔尕牧场收购虫草的。我一骨碌爬起来，冲出帐篷一看，立刻傻了眼。我们的两匹马虽然还在帐篷外的草地上吃草，但是马鞍、马褡子都不在了。最要命的是装钱的包和盛虫草的糌粑箱子也不见了，我们那价值二十万元的虫草啊！我转身寻找尼玛，帐篷里外及附近草地上都不见他的踪影，而且连他的老婆拉日卓玛也不见了。

完了，这个该死的家伙显然是见财起意，卷钱和虫草逃跑了！我哭，我骂，把同伴拉起来痛打，简直就要疯了。忽然一阵急促的马蹄响起，抬头望去，却是尼玛。我几步蹿过去，几乎把他揪下马来，冲他歇斯底里大吼："虫草！我的虫草呢？"尼玛刚才还面带笑容，现在却突然变了脸。他把手里的一只牛毛编织袋劈头砸在我的脸上，愤怒地说："虫草都在这里！昨天他们给你的虫草都是刚从山上挖回来的，上面附着一层厚厚的泥巴，我和拉日卓玛今天一早到下面的小河边，用牙刷把上面的泥巴全部刷干净了，现在所有虫草的成色都体现出来了。草的质量很好，块头大，而且没有一根死草和坏草。你放了二十万块钱在他们手上，应该是两万根虫草，里面还多出了一千根，你自己去数吧！数完了就给我赶快滚！"袋子里有黄舒舒的虫草掉出来，果然是金黄金黄的大根虫草。我一时无地自容，急忙从口袋里捧出一大捧说:"对不起尼玛,这个是感谢你的。"尼玛一脚把我手上的虫草踢在地上,翻身上马,扬鞭而去。我把多出的一千根虫草放在尼玛的帐篷里,讪讪地离开了。

刚走不远,就有一匹快马追来,却是尼玛的老婆拉日卓玛。她从马背上取下一个马褡子,用不太熟练的汉语说:"尼玛一早就让我到我妹妹的帐篷给你们煮手抓肉,因为我妹妹家昨天宰了头牛,你们带着路上吃吧。"说完,策马远去。

我打开马褡子一看,里面除了肥肥的、还冒着热气和飘着馨香的手抓牦牛肉外,还有那一千根虫草。从此,我无颜再去夏尔尕牧场,更无脸去见我最好的藏族兄弟尼玛了。

怀念阿坝的春天

前两天,一位从阿坝来的学生给我捎来一包刚从地里采挖来的新鲜"雪域人参果"。雪域人参果——藏语叫作"青梅日布",意思是长生不老之果,在阿坝县也有称其为"蕨麻"或"漆子"的。雪域人参果富含糖、蛋白质、氨基酸等多种营养物质,具有生精润肺,提神滋补之特效,是很好的滋补药物。这种植物盛产于阿坝县阿曲河流域的田间地头,一般在秋天和春天的春雷敲响之前进行采挖。据当地老百姓讲,春雷一响就不能采挖了,因为,经春雨沐浴,雪域人参果就会发芽,那时采挖的果实吃起来就不甜,而是苦味……于是,我就真切地怀念起阿坝的春天了。

离开阿坝已经几年了,还记得,在阿坝县委大院后面的小山坡上,是一片茂盛的白杨林,树林周围是一块块轮歇耕地,这些耕地上就生长着雪域人参果。每年春天,当大地刚开始解冻的时候,我们都会去采挖人参果。人参果生长在地下约两寸深的地方。由于初春时节地下的果实尚未发芽,地面上根本看不到它生长在哪里,于是,我们就和当地牧民一样,凭感觉在地里到处挖,但每挖一片时,总会收获一些果实。但当春天真正来临的时候,当高原上第一声春雷响起的时候,人参果就会顽强地伸出它的小脑袋，从厚厚的泥土中发出嫩绿的叶片。

在阿坝生活的岁月里，每年初春季节，每天天亮的时候我都会匆匆起床，打开窗户，呆呆地望着窗外那一片苍茫的土地，盼望着人参果苗从那片苍茫的土地上冒出新芽。要知道，在阿坝工作的日子里，每个白天和晚上，都是这片苍茫的土地与我为伴。

还记得，二十年前，我是在一个夏天第一次踏上阿坝县这块圣洁的土地的。在当时的感觉中，总觉得艳丽的夏天和灿烂的秋天昙花一现，很快就进入了漫长的冬季。在夏季苦短、冬季漫长的阿坝高原，每年春天，盼望地下的人参果发芽是一件多么难熬的日子呀。终于有一天，当一场春雪下过之后，我突然发现，县委大院的排水沟边，人参果已经顽强地吐出了嫩芽，那细细的叶片是那么的鲜绿，是那么的娇嫩，在阿坝高原早晨强烈的阳光照射下，折射出五颜六色的光芒。我匆忙打开窗户，细细观赏起来。啊，是春天！不知不觉中，春天已悄悄地来到阿曲河畔。

于是，我迫不及待地跑出家门，兴奋地融情于我到阿坝的第一个春天。此时此刻，我深切地感受到，生命的气息仿佛沉在地下好几十年的醇酒一般翻涌跳跃。扩散到天宇四周的春的气息，弥漫着一种芳香泥土的气息。刚刚消融过冰冻的泥土，软软的，酥酥的，印着一排排清晰的脚印，这就是我第一次见到的阿坝春天的足迹。

清晨早起，沐浴着芬芳的草香，挽一缕凉爽的晨风，沿着空旷的寂静的阿曲河岸，我一个人静静地走着，尽情感受着阳光暖意的同时，也感受着阿坝县城宁静而又欢悦的气息，不知不觉，心中的郁闷被突如其来的欢愉击退，最终挤占全身，满心轻松和舒畅。

"古木阴中系短篷,杖藜扶我过桥东。沾衣欲湿杏花雨,吹面不寒杨柳风。"每每想到南宋诗人僧志南的这首描写春游的《绝句》,就勾起了我对阿坝春天的无限思念……一个春天的早晨,在美丽的阿曲河畔,我走出家门,驾着汽车出游观赏阿曲河畔的春光,将车停在河支山的半山腰,在刚刚泛青的草坡上漫步。在轻雾覆盖中,在杨柳飘舞下,人在灵山秀水中,心却在无边的春色里,胸中自有和畅春风涌动,谁能抵得了阿坝春的缭绕?

"草长莺飞二月天,拂堤杨柳醉春烟。儿童散学归来早,忙趁东风放纸鸢。"这是清代诗人高鼎的《村居》,写出了春日农村特有的明媚、迷人的景色。二月里,春光明丽,草长莺飞,杨柳以长长的枝条轻拂堤岸,好像被美好的春色陶醉了。一群活泼的儿童在大好的春光里放风筝,他们的欢声笑语,使春天更加富有朝气。然而,阿坝的春天并没有内地来得那么早,而是在每年的四月间才姗姗来迟。阿坝的春天虽然没有这样的美,但每年四月初,春天还是蓦然间开启了神秘的大门,阿曲河畔潮湿地带的人参果就探出了毛茸茸的脑袋,岸边的杨柳披上了嫩绿,白杨树吐出了嫩芽,鸟儿在杨柳枝条间跳跃欢歌,迟来的春天为阿坝大地带来了无限的生机。

阿坝的春天是美好的,是充满诗情和浪漫的季节。春天,意味着一个生机勃勃的开始;春天,标志着我们的工作又进入了一个新的里程。自古以来,人们都喜爱春天,赞美春天,是因为春天景色宜人,处处皆可融情入画。每年春天我都要抽出时间来到县城郊区去寻找人参果,抑或到田间漫步,或者驱车来到距离县城更远的乡村,只见路旁绿草泛青、柳枝发芽、靠近河边的人参果苗还率先开出了漂亮的小花,令人目不暇接,随意采撷几朵,慢慢品读,不知不觉已陶醉其中。

上午的阳光静静地洒在阿曲河畔,阿坝高原上的万物迎来了春的气息。因为气温的回升,阿曲河两岸的柳枝开始吐出新芽,绽放出一道道高原绿,草丛也急不可待地卸下冬装,换上了嫩嫩的新衣。望着拉布则神山下那一片土地,不时会闪现勤劳勇敢的藏族同胞,愉快劳作的身影和抬杠的耕牛在薄雾中穿行,构成了一幅壮丽的画家才能描摹出的水墨山水画。也许因为春天脚步的轻柔,夹杂着阿坝特有的烧牛粪炊烟气息的空气中,时不时会飘荡他们欢快的歌声和笑语。

春天的阿坝是美丽的,风很柔和,空气特别的清新,太阳虽很强烈,但它为万物带来了无限的生机;阿曲河谷的青稞刚刚播种下去,田野一片空旷和寂静,星罗棋布的藏寨民居是一艘艘不沉之舟;纵横交错的弯弯曲曲的河道,使阿坝大地的层次显得异常清晰和分明;阿曲河边的柳枝吐出了嫩芽,路边的人参果苗正在争相探出脑袋;阿曲河里平静的水,从冬天的素净中苏醒过来,被大自然的色彩打扮得五彩斑斓。

县城后面的拉布则神山的雪在融化,慢慢地露出黄黑色的地皮,雪水滋润着泥土,浸湿了去年的人参果茎;被雪盖着过了冬眠的人参果茎苏醒复活过来,渐渐地倔强有力地推去陈旧的草植烂叶,奋力地生长起来。上年秋天随风摇落下来的草木种子,也被湿土裹住,顽强地植着根须,争取它们的生命。

阿坝的春天,是万木争荣的季节。在遥远的地平线上,威严地站立着的,已不再冷酷。在这里,春天的阳光灿烂如碎金,雪水温润而充足,地表下有取之不尽的营养,万木做着它们欢乐的梦。

阿坝的春天,在万山的环抱里徜徉。藏胞们纷纷打开窗户,透着新鲜的空气;成群的牛羊陆续被赶向远放牧场,在河边沟谷悠闲地啃食着带着露珠的小草;漫游的薄云从这座山峰飞到那座山峰,为的是挡住太阳;还有那些不知名的欢快的小鸟,叽叽喳喳在为阿坝的春天歌唱。

一年之计在于春。阿坝的春天在人们无尽的遐想里,阿坝的春在人们的心里已灌注了永不枯竭的活力,正以她特有的温馨缠绵、诗情画意,展开一个红红火火、前程似锦的美好明天。人参果花绽放于阿坝春天的花园中,但它却经历了严寒酷暑,风吹雨打的考验,只为了那份属于它的辉煌。我想,人参果花的生命是短暂的,春去后,又凋零于泥土之中化作春泥更护花了。然而为了实现自己的价值,它接受了一切。人生不也如此吗?人生能有几回甜?风风雨雨人生路,成功又能青睐我们几次呢?多数的时候,我们都生活在酸甜苦辣中。只因如此,我们才会不惜一切代价想得到它。慢慢地,我们才真正理解了人生。

在阿坝生活的岁月里,每个春天,我都会用脚踏着阿曲河畔细细的泥沙小径,仿佛踏在柔柔的地毯上。我畅想,人生需要努力去打拼,通往前程的大道不可能永远畅达,每一个弯处都需要坚强和毅力,每一段起伏都会教人勇敢和智慧。大地正在孕育着万物的生命,一切都在沉寂中耐心地等待,聆听着生命的殷切召唤。春天,总是寄人以希望,总是给人以挣脱寒冷的勇气,它更显示着大地母亲孕育生命的顽强与厚重,它更需要用你的赤诚与执着去点燃生命的激情。

一年有四季,那人生呢?佛说:人生即是轮回。所以,人生的春天不就是青春岁月吗？青春，这是一个播种希望的季节，一个把甜蜜和痛苦都糅进梦里的季节，一个向人生又一新领域攀登的季节。当这个季节来临的时候，谁也无法拒绝，谁也无法回避，一切都是充满喜悦与激情的。它不仅涌流着执着的血液，还点燃着火热的生命。

　　阿坝春色已丝丝缕缕渗入我的内心，滋我心田，激我勇气。珍惜春天，就是珍惜自然；珍爱青春，就是珍爱生命。品味春天的每一个音符，倾听青春的每一次心跳。在阿坝生活的日子虽然平淡，但平淡中却有着真诚，透着活力。让我们把握住现在，珍惜拥有的，知足才能永远开心！

难忘那片青稞地

金秋时节,谁在阿曲河畔拦截了阳光,让我在"达央阿瓦"的青稞地里虚拟爱情。那片成熟的青稞就是我笔下的文字。

川西高原的初夏犹如内地的冬天,早早晚晚寒风料峭,在树还没有发芽、花还遥遥无期、草们刚探出头的时节,青稞却如坚强的勇士,她嫩闪闪的芽率先在阿曲河畔的田野里出现。先是一点绿绿的尖儿,在土里若隐若现,要不了几日,苗渐长、叶渐壮,她清新郁秀的身姿在黑土黄土之上,一行行、一片片,列成队,齐整青翠,一垄垄在大地上铺展开赏心悦目的美景。

一入夏季,阿曲河畔的青稞,便以一种生命的极致为我们拉开了川西高原一年华美时光的帷幕。看久了白雪与苍茫的眼睛猛然见到这在风中摇曳的嫩绿,欣喜惊艳之余,心里不由升腾起股股汹涌的激情。时序一旦进入六月,阿曲河畔的青稞就开始抽穗。风过,伴着唰唰唰的声响,大片的青稞麦浪翻滚,波澜壮阔,像极了一群群奔驰的骏马脖颈上顺风飘逸的长长的鬃毛,仿佛有一层茸茸的光,笼罩于俺去河畔千顷万顷的青稞之上,长长的麦芒摆来摆去折射出闪亮的光泽。鸟儿在上空一上一下欢快地飞旋啼鸣,阳光在它的翅翎上跳跃着。炙热的阳光照晒着,青稞慢慢变色，籽粒一天天饱满，她的茎秆快举不动五寸多长的穗头，穗头们纷纷低下了头，仿佛在向她们脚下的这片青稞地致敬，还是在思考自身存在的意义，或是像诗人们说的那样她低下了沉甸甸的头颅，向世人诠释着成熟后的谦卑？

就在那年青稞成熟的季节，我决定从阿曲河畔出走，离开那片青稞地。谁能在我的前方指引方向？这样的离开，其实是一次精心策划的阴谋，不知道从阿曲河畔起步，要走多少条道路，道路两旁，是否也有格桑花为我而开，是否有布谷鸟伴我飞翔，是否有什么隐喻还在禅语的内部，是否有安多藏族姑娘，把山歌一路抛洒，一路吟唱。

青稞成熟的季节，青稞地里的秸秆、麦芒、籽粒，全部变成了金黄色，在阳光下闪着别样的光芒。要收青稞了，这是阿坝人一年里最苦的活。这时候的阿曲河畔，目力所及处以及看不到的浅山、沟壑里，都是一片片一垄垄成熟的青稞，辽阔无垠，散发着馥郁的醇香！阿坝的父老乡亲们在烈日下躬着腰，从日出至日落。我深深地感叹他们一镰一镰不停歇地割下一抱抱青稞的惊人耐力和不竭动力，也哀叹他们每年一次经受的这种苦和累。他们割呀割，直起腰来，望去，眼前的青稞地无限延伸，仿佛没有尽头，头上的汗流进了他们的眼睛，流进了嘴里，他们依然挥汗如雨，以万般的韧性将自己亲手种植的青稞一株株一粒粒收拾起来，动作轻快，神情愉悦。当他们割了半天坐在青稞地里歇息吃午饭的时候，那一口由青稞面制成的糌粑和着酥油，再加上奶子茶一起送进口中时，他们更显从容、笃定、悠闲，好似在品味着美味佳肴。他们将茶碗里漂浮的飞虫轻轻吹去，然后或一口一口啜饮或一饮而尽，那样的神色，叫我心生敬畏！

离开阿坝，就要把一生的遭遇甩在身后，把怀念和责任留给成熟的青稞，把嘱咐塞进行囊，把虔诚的跪拜一拖再拖，使一种情怀和老阿妈收割的姿势联系起来，并把飞在青稞地上空的鸟儿或起舞的鹰鹫写进随身的诗里，然后将一串思念置于幻想之外。

走出阿坝高原，先欠雪山清泉一笔账，再欠老阿妈一碗奶子茶，外加一生的虔诚和祈祷，欠安多藏族姑娘从未有过的温情，欠孩子们一个书包和几支铅笔。最后，欠古老的藏寨民居一声：等我回来！

离开阿坝的时候，望着烈士陵园那一座座坟墓，脑海里总是浮现出七十年来为阿坝这片青稞地奋斗和牺牲的人们。他们不曾长眠，而将自己融入生命礼赞的精美华篇，他们不曾消失，而将自己渗入人间真情的深切眷恋。

是什么阻断了他们归来的路，是什么冰封了他们思念的青稞地？那夜，寒冷的川西高原大风又起，那夜，大风的川西高原冰雪飘飞。风中，他们选择洪荒的川西高原，一路向北，义无反顾。他们最后一次遥望高原之外的故乡，故乡美丽的山水渐渐远去。风中，他们走进沼泽遍野的草地，不小心陷入了深深的泥潭。他们最后一次呼唤母亲，母亲亲切的面容渐渐模糊。风中，他们又走近冷峻的雪山，他们越来越远的身影是一团团渐渐熄灭的青春的火焰。从此，阿坝的青稞地里每一缕风中都有亲人永远的等待，每一丝寒冷都有亲人尖锐的疼痛。广袤的川西高原上的青稞地就是所有的等待和疼痛。

七十年后的今夜，川西高原无风，大片的青稞地沉默着，大风过后，是水，是红色，是秋天。与这些温暖的词汇并列的还有他们的誓言和决心，梦想和义无反顾的步履。于是，在阿坝的青稞地里我读到了更加宏阔的境界，我看到了更加清澈的回流，我听到了更加悠远的回声。另一个秋天就要到来，飞扬的经幡洁白的哈达鲜艳的羌红簇拥一座一座山冈，五彩的格桑花、鲜艳的羊角花以及长江黄河的朵朵浪花，将照亮一片一片辽阔的青稞地。这些，都是他们希望看到的景象。那时，他们将在温暖的阳光下回到我们中间。从此，他们不再寂寞，千万双眼睛陪伴着他们，笑迎另一个秋天款步走来。此刻，我让山顶上飞扬的龙达转告曾经在雪山草地藏寨羌乡急走的身躯，不再是伤痛，而是永远燃烧的桑烟。此刻，我让流动的长江黄河水转告曾在川西高原的青稞地里呼号的红色身影，不再是绝望，而是勇敢精神的底色。

在这个秋天，死亡到永生之间的鸿沟不再由遗忘和悲伤填平。在这个秋天，故乡到川西高原漫长的道路将以与他们永不妥协的信念命名。他们不曾长眠，而将自己融入生命礼赞的精美华篇。他们不曾消失，而将自己渗入人间真情的深切眷恋。红色不死，因为有他们的理想信念；秋天不死，因为有他们的生命作证。片片青稞地即将簇拥座座新城，人们以他们的名义捡人间的枯枝败叶。于是，他们将在苍茫的青稞地里苏醒，朵朵格桑花即将绽放座座村庄。人们以他们的名义擦去生活中的污泥浊水，于是，他们将在温暖的阳光下归来。

现在，大风止息，河流解冻，万物复苏，川西高原的青稞地不再是一种担忧，不再是一种伤痛。他们用永远的信念和生命命名的吉祥之翅已经飞临青稞地上的万里晴空。

我们从远古走来

"我们从哪里来?""我们的祖先到底去了哪里?"很多时候,当我们翻越故乡崇山峻岭,穿行深切峡谷,面对浩瀚历史长河时,就会发出这样的疑问。

我们的先辈来自青藏高原。拓跋人从银川出发,一路东征西讨,使今天的岷江上游形成了一条民族往来的走廊。秦汉时期,这一走廊上经常能看到我们先辈迁移的身影。经过一次次迁徙和不断融合、变迁,我们这个古老的民族现今仅剩不到三十万人,而且世代生息繁衍于高山深壑间。

我们的先辈是一个历经苦难和沧桑的民族。千百年来,牧羊人出生的先辈摈弃繁华,挺进洪荒,白手起家,逐鹿高原,用智慧和胆识以及骁勇建设出了一种神奇美丽的真实,缔造出了灿烂的游牧文化与堪称富饶的部落生活。

拂去历史的尘埃,翻开沉重的史册,踏上苍茫得已经逐渐被岁月遗忘的羌山古道,就会发现我们祖先就是沿着这条古道走来,留下了数以万计的历史遗迹,还为南方丝绸之路的兴起作出过卓越贡献。这条西起匈牙利,穿过俄罗斯和中亚到达中国西安的国际贸易通道,我们祖先的足迹依稀可见。他们沿着这条古道，走出了古老的羌山，走出了国门，走向了世界……

多少次，在梦里、幻里，悄然出现这样的场景：我们的先辈赶着马，正从青藏高原走来。这些马帮很好看，头骡高大壮实，头戴凤冠、项挂大铜铃，叮叮当当领着大队骡马走来，很是威风。赶骡马的先辈们憨厚老实。他们从青藏高原出发，沿岷江而下，终点就是今天的都江堰（昔日的灌县）。这些赶马的先辈们，进灌县城就像刘姥姥进大观园一样好奇，在西街看铁匠打马掌、铁器，看玉匠雕玉器；在南街看铜匠打铜壶、铜锅、酥油灯；进店铺给老婆孩子买阴丹布、洋布、糖果等等；进戏院看川剧，灌县戏院里的刘花脸最有名气最受欢迎。他们歇在店里也唱唱小曲，摆摆家乡黄土高坡和羌山古道上的龙门阵……

思绪穿越时空，聆听到了遥远的马蹄声；走进时间的隧道，就会消失在汉唐的月光之下……从古道上走来的先辈们，带来了先进的农耕文明。经济、文化的交流逐步形成规模。生活习俗、礼仪相互吸纳和影响。各民族长期共同居住、生活，朝夕相处，语言、文字、风俗、礼仪相互渗透，相互影响、交汇、共存。

历史造就了时代，同样时代也可以造就出风云变幻、异彩纷呈的世界。站在古道上回首眺望，岷江河两岸耸立的座座大山，一千遍一万遍地挺立着祖辈的脊梁和他们生活的意志。即使是祖上灾荒连连颗粒无收的年份，这些高擎的大山依旧苍翠葱郁，在这片土地上耸立着一片片生机盎然的景象。

岁月流逝，时光荏苒。这些大山始终以其宽厚广博的胸怀沉默着，隆起了祖辈们特有的刚毅和坚强。

祖祖辈辈栖息繁衍于群山的怀抱里，风从山里来，雨从山里来，云朵始终在山巅出没，远处的群山始终无言地擦拭着蓝色天宇。山道弯弯，蜿蜒着先辈们陡峭的生活；松涛阵阵，祈祷着风调雨顺五谷丰登的明天。座座篱笆和圈圈栅栏，簇拥着一个又一个幸福而温馨的家园。

岷水泱泱

清明刚过,漫步岷江悠悠长堤,望着银练般飘然东逝的岷江,欣赏着岷江上游满眼绿色和花枝上正在绽放的花朵,呼吸着春的气息,不禁赞叹:好美的岷山春色!

自2015年调至汶川工作以来,岷江之滨便成了我的散步之地,早晨、中午、傍晚,春天、夏天、秋天,我曾无数次地在这里徜徉,足迹随着岁月的变迁,或深或浅地留在了这片令人难忘的土地上。

记忆的心板,密密麻麻地缀满了历史变迁的印痕。

水是生命之源。汶川这座依水而建的山区小县城,同岷江河早已结下不解之缘。历史的经验和科学的进步告诉人们,水是人类的朋友,只有尊重水的活动规律,科学治水,才能建立起人与水的和谐关系。四千六百多年前,我们的老祖先大禹就是治水的能手,他汲取乃父鲧以封堵治水,不给水出路,终致失败的教训,改为疏导,带领群众疏通河道,让滔滔岷江沿河道流入长江,再汇入东海。由于尊重科学,他成功了,洪水退去的岷江中下游地区大片土地变成了良田,岷江两岸的人民从此安居乐业。

后来,李冰父子进一步明白了这个道理,在今都江堰对岷江进行了第二次成功治理,他们的治理成果,至今仍惠及两岸子孙后代。

岷江发源于青藏高原松潘境内的雪宝顶(藏语叫夏旭冬日圣山),沿江两岸山高谷深,水流湍急。岷江流至今都江堰附近,便一马平川,水势浩大,往往冲决堤岸,导致成都平原泛滥成灾。从上游挟带来的大量泥沙也容易淤积在都江堰,抬高河床,加剧水患。特别是在都江堰市西南面,有一座玉垒山,阻碍江水东流,每年夏秋洪水季节,常常造成东旱西涝。李冰到任不久,便开始着手对岷江进行大规模的治理。李冰和他的儿子二郎沿岷江上游进行实地考察,了解水情、地势等情况,制定了治理岷江的规划方案。李冰发现开明所凿的引水工程渠首选择不合理,因而废除了开明开凿的引水口,把都江堰的引水口上移至成都平原冲积扇顶部的都江堰玉垒山下,这样可以保证较大的引水量和形成通畅的渠道网。李冰组织修筑的都江堰,史籍记载甚为简略,但以这些记载为基础,结合现今都江堰工程结构分析,可以基本确定李冰修建的都江堰由鱼嘴、飞沙堰和宝瓶口及渠道网所组成。李冰所做的这一切,尤其是都江堰水利工程,对蜀地社会产生了深远影响。都江堰等水利工程建成后,蜀地发生了天翻地覆的变化,千百年来危害岷江中下游地区人民的水患被彻底根除,有名的蜀锦等川西平原的特产亦通过这些渠道运往各地。正是由于李冰父子对岷江的治理,才使成都不仅成为四川甚至西南政治、经济、交通的中心,还成为全国工商业和交通极为发达的城市。李冰修建的都江堰水利工程,不仅在中国水利史上,而且在世界水利史上也占有光辉的一页。我国古代兴修了许多水利工程,其中颇为著名的还有芍陂、漳水渠、郑国渠等,但都先后废弃了。唯独李冰父子创建的都江堰经久不衰，至今仍发挥着防洪灌溉和运输等多种功能。

岷江河是汶川、都江堰及其下游人民不请而至的客人，它从夏旭冬日圣山奔流而来，行程已达数百公里，应该让它歇歇脚，为下游的人民做点什么。于是，进入21世纪以来，人们修建了紫坪铺水库。与此同时，又营造了都江堰和汶川接壤地带的多个林带，把汶川、都江堰等沿岸城市建成了一个个闻名全国的，"城在林中，水在城中"，气候温润的生态园林城市。

习近平总书记曾多次提出要建立人与自然的和谐关系。汶川、都江堰与岷江河，就是沿着这个思路走下去的。世纪之初以来，国家先后投入大量资金，对岷江进行了历史上的第三次治理，先后建成了一个个依河而成的景点，岷江两岸形成了美丽的"百里画廊"，俨然成为岷江两岸人与自然和谐相处的典范。

这些年来，岷江两岸的人们对岷江水的感情，由惧怕，到依赖，再到挽留，共同打造出了这一岷山深处生态美的旖旎天地。

岷江两岸的人们挽留住了那终年不断东流的碧水，让它在岷江两岸这块丰饶的土地上多待了一些时间，用它那柔洁的素手，净化了两岸的天空，除去漂浮的微尘；以它那博大的胸怀，养育了更多的鱼儿虫儿，为两岸营造了一个多种鸟儿嬉戏的天堂；用它那温润万物的习性，滋养了两岸翠绿的草、艳丽的花、伟岸的树；让岷江这条曾经狂暴不羁的黄龙，化身温柔的少女，化身慈祥的老人，化身乐善好施的绅士，两岸人民共舞、共生、共存。岷江与两岸城镇，在两岸人民倾力打造岷江百里画廊的巨大工程中，紧紧地握手、拥抱。于是，每当阳春三月，艳阳高照之时，两岸人民几欲倾城而至，爷爷携孙子，父母携儿女，牵着飘飞于蓝天上的纸鸢，穿越在两岸的碧草、花丛之间，嬉戏游乐，欢笑之声荡漾在岷江之滨，此时整个岷山深处就会溢满幸福的韵味。于是，从春至夏，这里绵延十数里，碧水、蓝天、鸟鸣、鱼跃，充满生机。

岷江河，这条两岸人的母亲河，在经历过洪水、干旱、人水争斗之后，终于成为两岸人民的骄傲，成为两岸人民浓浓乡愁的寄托。

岷江之歌

漫步都江堰古街，在一家陈列室的墙壁上依然可见岷江上游及都江堰的旧照片，特别是岷江河里当年那些漂木深深地吸引了我，往事顿时涌上心头。

犹记得，三十多年前，在汶川岷江之滨的威州中学（今汶川中学的前身）上高中，学校就在岷江岸边，就是今天的汶川一小所在地。夜晚，躺在学校的寝室里，耳畔时不时传来岷江漂木撞击礁石或堤岸的声音，那砰砰的撞击声，夜夜伴着我们进入梦乡。

清晨于岷江东岸长堤晨读，常常会看见岷江水运局的放漂工人们乘着木筏在波涛汹涌的岷江河里自由穿梭，用抓杆疏通岷江里漂木堆积的木骡子，让根根漂木顺着岷江水漂流而下，直奔下游的灌县（今都江堰市）。那可是当时岷江上游一道难忘的风景。

岷江上游，河道弯多，滩险流急，船只难过。尤其是上游支流的杂谷脑河、黑水河，松潘境内的岷江河，两岸林木郁郁苍苍，人们便伐木斫竹，扎筏作舟，人立其上，逐浪踏波，长篙拨水，穿行如梭。昔日岷江上游，河道险滩水急，船只通行不便，竹、木、煤炭等货物运输多采用这种木筏，筏运分竹筏、木筏两种。关于这些竹筏、木筏，我在故乡的白草河上就已经见过了，但因故乡多竹，所以故乡白草河上的筏运基本上是用竹筏。岷江河上的筏运以堰首都江堰岁修用竹为多，岷江上游的人们多以木筏使用，岷江上游的木筏以原木、杉墩、杉条扎成。筏上既可载物，漂流至下游目的地收漂后，再拆散木筏、竹筏，真可谓"就地取材，制作为便，集之为筏，散之为材"。

如今，岷江上游的人们早已告别了"木头财政"，岷江河里再也见不到漂木、木骡子和木筏了，两岸人民用心灵静静地守护和保护着岷江两岸的生态文明。

岷江大峡谷

岷江，一把湛蓝而吐露锋芒的神剑，被夏旭冬日山神高高举起，凌空斩下，川西高原被劈开一道深深的印痕。从此，赤裸的岷山山脉透着铜锈，在苍茫和旷古里展示着悲壮和雄浑。

我寻着昆仑山余脉的走向，像寻找阿妈留在我身上的胎记，在岷山深处收寻。我的思绪沿着岷山山脉和岷江的经络，氤氲成一幅纤尘不染的风景。俯仰之间，透彻石头的万丈光芒，从而抵达心中一种精神的高度。

沿着岷江两岸的台地拾级而上，采撷比梦想更高的羊角花，还有绿叶葱茏下遮掩的褶皱，是谁雕刻在石棺葬上不朽的格言，悄然提升了我文字亘古而悲壮的品质？绝壁栈道，一只神鹰倾尽生命留下的最后一道弧线，牵引着我的灵魂从世纪末向亘古滑翔。

岷山擎天，云雾缭绕。我仰视，我俯瞰，我流连，我用大禹的故事点燃了一炷高香，祈求宽恕，寄托乡愁，将释比的慰藉带回了故土。仿佛，茶马古道上的马帮还在黄昏与黎明逼仄的时间里穿行，马蹄下的铁掌磨亮了铺路的石块，雄劲的蹄声叩响川西大地。太阳带血的目光，是点燃他们行路的火把和血液开始躁动的声音。石碉楼从山下爬到山上，锁进了云朵里。火坑上挂满了猎物，所有收获都统统躲进了女人们勾魂的乳沟里。那一刻，我看见岁月掉进了欲望和幸福的陷阱里……

岷江大峡谷，不需要诗句，它的躯体镶刻着远古的梵文和叛逆的风火。岷江大峡谷，这么深切的谷底，是不是有岷江和大山拥抱在一起的最动人最奇绝的爱情故事？岷江大峡谷，是古羌人遗落在故乡的山水画。岷江大峡谷，是我们灵魂和诗歌的栖息地。

我怀揣一颗崇德尚善之心，一颗逼世之心，在岷江东岸，在山水间读书处，开启了做一回隐者的模式，决心在这里来一次人生完整而和谐的穿越——磨炼岁月，领悟生命的另一种悠远和意境。

时光里的汶川故事

在汶川，在映秀，在东村的门槛上，与时光对视。一脚2008，一脚2018。十年，不算短，也不长。环视，人来人往，岁月如梭，满目含烟。一阵风，吹散岷江烟愁。十年，淡墨素笺，一纸断章，写满"5·12"特大地震后汶川砥砺前行的足迹。那个遥不可及的春天，隐匿于岷江大峡谷的碉楼背后，更令人神往。惆怅，望着亲人远去的影子。落叶飘零，无法抵御时间的浸染，落成重建的回忆。翻过去的日子，尚待净化。

大爱无疆的汶川故事被时间的手握在掌心。只有在震中映秀的绿林里加速奔跑，才能在晨光的背面挖掘出待放的诗行。填补十年过往，忘却伤痛。

　　新月恬静，所有的心愿被举世瞩目的灾后重建进行了素描。我们依旧坚守汶川，坚守岷江大峡谷、羌山脚下、岷江河畔。用真诚的文字，发出贴近灵魂的感叹。

　　凝望。与十年前的你携手，和你在诗里行走，把微醺的月，永远挂在汶川的窗户上。透过爱的绿叶，把目光里的汶川故事浅藏在皎洁中。夜，深沉，在告别中迎接。在沧桑中读懂岷江大峡谷的风景。独白，声音内秀，有多少期待在远方。

　　此刻，我只想在姜维城下的山水间，更快地走近你……走近令你牵挂的地方！

目光深处的春天

　　心情，在一杯清茶里。岷江大峡谷的阳光，被岁月沉淀，更能看清春天的细节。岷江两岸的风景，不用带上眼镜，一瞥就能看清楚。

　　两行被岁月磨亮的诗句，掷地有声。出口的慈爱，跌倒在春风里。叹息，无人问津；路，走的沉重。一双迷人的眼，望着昨天，想着今天，幻着明天的你。

　　青春已成往事，空空的双手，试图把岷江大峡谷的那个春天留住，再把下一个春天描绘。岷江大峡谷春天的深处，一次次被风吹倒，又一次次被风扶起。心，被羌笛拉回了故乡，抱紧你颤抖的每一段旋律，在燃烧的音符里取暖。把心情洒在岷江的浪花上，荡去所有的阴霾。内心的山水间读书处，着色你在的远方。目光深处，是岷江大峡谷又一个明媚的春天……

沾满泥土的单词

咿呀学语时，母亲教会的第一个单词沾满了岷江大峡谷的泥土。泥土的单词，沾满谦卑，让母语成为谦卑的土语。

多少年了，谦卑的土语令人难以启齿。然而，谦卑的土语，却是智慧的天籁，在那么厚的时间里，让我们在岷江大峡谷与时空对话。沾满泥土的单词，对着碉楼里燃起的炊烟，最能喊出内心的烟火。那是历史的跫音。谦卑的单词，穿过割倒的时光，传情达意。沾满岷江大峡谷泥土的发音，深入到眼神最细微处。沾满岷江大峡谷泥土的母语，出处葱茏。音调，在一部部史书里行云流水。

如果可以诉说，我要用沾满岷江大峡谷泥土的母语，蹚过谦卑的岷江河，去迎接更加灿烂的光明。如果还能写作，我要用谦卑的句子，蘸着母语的声音，将记忆深处最温馨的画面进行勾勒，把他乡狂草成岷江大峡谷的模样。

我要用沾满岷江大峡谷泥土的母语和文字画出这片山水。根在，希望就在。层层叠叠的符号，更新了剩下的单词。解下口罩，沾满泥土的文字，把写在脸上的心事，托月亮寄给远方。沾满岷江大峡谷泥土的声音，婉转的尾音，穿越古羌文明，更能还原远古的真相。沾满岷江大峡谷泥土的母语，每一个单词，都是呼唤回家的声音。

带着岷江大峡谷泥土的母语，宏阔，神圣，流淌成一条永不封冻的岷江河。不变的纯朴,走不出的乡愁。是故乡人的一生。落叶归根,告别陪着明月寂寞的长夜,踏上归程。蹚过那条母语流淌的河流,望着岷江大峡谷的天空,明天更加灿烂辉煌。

峡谷里的花朵

三月的风,吹绿了岷江大峡谷。姜维城下,南沟水旁,花开峡谷,春意盎然。也许,所有的青春都一样,色彩斑斓又充满期待。晨曦中的岷江大峡谷,蜿蜒逶迤的林荫小径上,一页页写意的诗行,在花开的季节里翻阅。多少个青春的梦想,在那条小径上蹁跹。不仅有边塞诗人高适、岑参、王昌龄、李颀、崔颢,还有薛涛、李清照……从远方走来,还伴着优雅的舞蹈和吟唱。唐风宋雨、茅亭微光,唯美与坚强,装饰了藏羌回汉各族儿女心上的阁楼。十八九岁,花样年华,这里是他们的秘密花园,绽放丛丛玫红或淡紫。

玉兰花开,没有寒风侵袭青涩脸庞。朵朵花片片叶流光溢彩,馨香缕缕灿若云霞。缠绕蝴蝶结的发丝飞扬,青春靓丽的身影,留在清晨的窗帘后。

浓翠掩映,疏密有致,婀娜舞姿里的花开,穿越青春时光,成为我们记忆中最灿烂的风景……

峡谷深处的威州

汶川威州,素有无忧城之称。威州古城,卓有古风,依玉垒山居。三国遗痕,民性刚直;唐宋遗风,好施尚文,垒砌无边春色……

威州之域，夏禹诞生之地，深藏岷山大峡谷的深处。三山竞秀，二水争流。深沟溪涧，噙醉意，汇入崛起的岷江。铁马岷山，三国的马背上，姜维的皮鞭曾经放牧着古老的离歌，讲述着山水间的传说。

流连环视，曾被岷江大峡谷底部的南沟水灌醉。我只能用珍爱的文字，围一小片乾坤，藏起这千万年的美。姜维城，一段凝固的历史，卸下修辞，没能忍住一声赞叹。点将台外，峰岭回环，溪流萦带。

岷山大峡谷深处的石佛，慈眉善目。碑上的石刻，句句戳心。唯有那一句忠诚点醒了一段往事。

一阵风起，与多少故事擦肩而过。光阴悠然，让历史有充足的时间靠近春天，拓展盛世的山水。文字的灯火，扶着古碉楼遥望，岁月在渴望的目光里匆匆。追着逝去的时光，威州抑或汶川抑或岷山大峡谷，仰望时代的高度，终于走成自己！

南林北果，业农颇勤，把岷山大峡谷深处的威州春天的水土保持在羌人的田野里。真爱无声，一代代，用生命的长度垒起岁月的高度。布瓦山、羊隆山、玉垒山……香霭横烟处，多少古碉楼台，湮没于古籍中。山顶松风，云朵凌空，欲蘸着峡谷底部奔腾的岷江，填一阕威州风骨。

一笔草书，群山回唱。清风徐来，幽冥缈远。等你，踏着回音而来……

岁月，在羌人谷写意

汶川龙溪羌人谷，历史文化底蕴深厚，是古羌人的繁衍生息地。沿杂谷脑河逆流而上，距离汶川县城仅十余公里的公路右边，能看到"龙溪羌人谷"崭新的旅游招牌。走近羌人谷，村寨一派安然平和的景象会让你风尘仆仆的身心沉静下来。两排房屋间的小路既是通道又像街巷，曲折地将一个个村子巧妙地连在了一起，仿佛是一个小型迷宫。从村寨尽头的山道一路溯溪而上，可抵达最古老的羌寨之一，被称为"落在云朵上"的阿尔村，这是个典型的羌族聚居村，更是羌族非物质文化遗产——释比文化的传承地。

汶川"5·12"特大地震已经过去十年。十年的汶川发生了历史性巨变……春天，游走龙溪沟口的羌人谷，准备一场醉。北望沟底的阿尔羌寨，翘首以待，心事了然。浸于一沟春色，守一叠时光，与春天长谈。龙溪之水，决堤于岷江之外，分流于都江堰。壮阔，从此有了内外两江。大浪淘沙，留下岁月的容颜，把心灵诗意的未来，涌上岷山之巅。锈迹，被时光剥落，露出《羌戈大战》讲述的那些往事。

东门寨的门，孤独地开着。古碉写意，挡不住日子零零碎碎的残片。生命的轨迹，绣进文字深处。眺望，执着成春色中的雕像，相望成岁月的剪影。甜樱桃树上的幼芽，是季节的符号，藏不住沉默。碉楼外的柳枝，飘进宣纸，拈笔，墨倾于白描。笔迹，因为爱，所以婉约。从时间的断片里，聆听岁月的回响，脚下的小径，一直延伸至记忆的深处。方寸之间，暗香独秀，醉卧羌人谷。回忆，行色匆匆，聆听彼此的心声，陪伴东门寨的芳华，跨越千年。

汶川采韵

一座城，一条江，一卷看不厌的水墨丹青……这就是"达央阿瓦"的南大门汶川。汶川是大自然用亿万年光景细细雕琢的美玉，从被忽略的山水秘境到"达央阿瓦"首批天府旅游名县，低调的汶川其实远比人们想象中的还要惊艳。那是烟雨三江，江上烟波浩渺似仙境；那是萝卜寨，两千米海拔之上尽显古韵羌山风情；那是卧龙大熊猫自然保护区，大自然无声的馈赠；那更是拉姆湖，大山深处的高原明珠，秀美宁静；那是大寺冰瀑，昔日的飞流在寒冬瞬间冻结，晶莹剔透，颇为壮观；那还是鹰嘴岩，上万年的风化塑造出如今的险峻……大自然的鬼斧神工成就了如此富有层次感的汶川风光。而以康养闻名的汶川，又是一个宜居宜游的美好家园。诸如，繁花似锦的仁吉喜目谷，如诗如画的水磨羌城，与都江堰青城山并称洞天福地的赵公福地，类似这样的康养胜地还有三江鹞子山养生堂。如果把目光移到汶川北部，人们还会看到古老的龙溪矿洞，古羌文化与原石相拥，在蜿蜒矿洞中无比生动……可是，汶川的精彩远不止于此，千山万水我们不过涉足万分之一，未曾探索过的远方正等着人们去标记。

羌歌飞扬

这是一条河呢，还是一条江？我常常望着它冥思苦想。因为，它既不像长江那样巨浪滔天，气势磅礴，也不像黄河那样浪涛狂放，易暴易怒，只是平缓地流淌，仿佛一位安静慈祥的母亲。它就是岷江，我们西羌儿女名副其实的母亲河。

夏旭冬日神山脚下，是岷江源头，细流如线，干枯的河床上裸露着奇形怪状的巨大礁石，却汇聚成了清冽的岷江。岷江就从这里叮叮咚咚地出发，然后浩浩汤汤，闪耀着粼粼波光，滚滚滔滔地向前流去。它承载着特殊的使命前行，尽管历尽坎坷曲折，沧桑之变，但它始终未能停止前行的脚步。它不舍昼夜，不辞艰辛地穿山越岭，倔强而执着地追寻着波澜壮阔的大海。或许，这就是岷江的性格，这就是岷江的精神。

岷江，它以乳汁般的江水滋润着两岸的土地，孕育着山上山下的草木，哺育着一代又一代的藏羌儿女。正是岷江的这种精神造就了藏羌民族顽强的性格和坚定不渝的信念，引领着满怀千年梦想的大禹后裔向着太阳，向着神圣的天堂阔步前行。

岷江两岸，炊烟袅袅，生息绵绵。祖祖辈辈生息繁衍于斯的藏羌儿女，依山而卧，靠水而居。云绣千山万水，雨过万物升腾。我们祖祖辈辈身穿满大襟，脚登云云鞋，围着火塘锅庄飞舞。石碉楼里的阿妹挑花刺绣，平添几分儿女柔情。

今天，新时代的西羌大地，多少团花似锦；新时代的岷江两岸，几多鱼水和谐；新时代的汶川，多少瓜瓞绵绵；新时代的汶川没有天崩地裂，也不需要悲情绵绵，她需要琅琅书声，更需要玉兰花开的美丽季节。布瓦山下莺歌燕舞，盛开着羊角花的声音。绿色的大地，留下了开拓者的气节。

"南林北果"，这是一个宏大的战略。让我们把家安在岷江边吧，群山环抱，翠绿竞秀，鸟语花香，物华天宝。"身为汶川人，乐在汶川中"，走进我们的家园，尽情地攀岩、漂流、滑翔、探险、溜索、露营，与大熊猫亲密攀谈——

走进汶川，就走进了我们幸福的家园，你就会阅尽人间春色；走进汶川，走进我们的家园，你就能纯洁地裸露呼吸。放眼苍茫的山川，凝视滔滔岷水。美丽西羌大地，锦绣河山，熊猫故乡、邓生原始森林、高山草甸……还有朴素友善勤劳勇敢的人民。汶川，华夏始祖大禹的诞辰地。而今，大禹的子民们，在不远的春天，仍然是你的影子。春色里，望见了你深邃的双眸，炯炯有神。我们共同的家园就在岷江两岸。

无论魏晋南北朝，无论唐宗宋祖，秦皇汉武……汶川都是——英雄的故土。英才辈出的汶川，灿烂文明的汶川，风尘中，你是否忘记了伤痛？晨钟暮鼓里，你依旧英姿飒爽。就算风雨如磐，我也坚信，我的期待不会长满青苔。

汶川的风

汶川四月的风，轻轻地吹来了，不带有过多的杂音，也没有喧嚣的尘埃，携一习烟雨，带着山水间的绵绵情长，悄然而至。

此时此刻，岷山的背影是朦胧的。我悄悄跟在四月微风的身后，只见得纤弱的柳枝在岷江之滨轻轻摇曳，吐露出星星点点的嫩芽。岷江的碧波微微荡漾，浮动着坠入水面的柳枝，那垂柳摇摆的身姿是那么的轻盈。我默默凝望着垂柳下的倩影，只瞧得烟雾随之飘拂，连那群山之巅的绵绵细雨也为之倾斜着姿态。

四月汶川的风的声音是温柔的。静静闭着眼，只听得姜维城下密林里画眉的欢鸣，还有黄莺"啾啾"的啼悦。汶川四月的轻风欢迎着这些鸟儿们，它们也欢迎着四月的风。四月汶川的风，肯定也发现了我，不然，它不会亲吻我的脸。我真想紧紧地抓住它的手，不允许它从我手中滑落。因为汶川四月的风没有二月西风的凛冽，也裁不出细细的嫩叶和它一起摇曳。原来，没有三月细雨的迷蒙，就酿不出四月柔柔的轻寒，此时就不能感受到羌山妹子淡淡的轻愁。

汶川四月的风，从二月的凛冽三月的轻寒中走来，清新如一枚新月，柔晖似水，在岷山深处韵染出一幅多彩的水墨。大山深处的主旋律奔放着，一抹抹浓淡相宜的新绿渲染在远山近水林草间。

汶川四月的清风吹拂下的岷江水，绿得澄澈透明。清风拂过的大山，绿得如烟似雾。绿林间跳跃着一朵朵向上的蓓蕾，嫩绿浅粉淡白轻黄，如一首歌，洋溢着青春的激情。是岷江的水映染了柳枝的新绿，还是柳枝的嫩绿韵染了清清的岷江水？不，是汶川的风，是这汶川四月的风，吹绿了一江春水，揉出了柳枝的嫩绿。

汶川四月的风，穿越过冬雪便有了梨花的洁白，经历了春雨便有了桃花的娇媚与清丽，拂过高山山绿了，拂过岷水水醒了，拂过羌乡大地小草睁开了眼睛。原来啊，汶川四月的风，真是一腔柔情，一抹抹新绿飞上心丛，绿肥红瘦的峥嵘，在我的指尖葱茏。她的脚步从容，轻摇一个春天的梦境，将相思情种一树花红,瓣瓣情愫,尽藏其中。那一次桃红,染红了梦境,注定的一场晕染相逢,演绎倾城的惊鸿,将彼此的心莲,于指尖上娉婷。一份懂得,让灵犀相通,从此,指尖上一季季青葱,静好于大美汶川的柳溪梅亭,绚丽于时光的经筒。总是幻想着,能与之相拥,相依在四月的风中,让一份虚拟的情种,种上一份难得的感动。好想,与之携手红尘阡陌中,即使,不再柔情万种,即使,卸去繁华千丛,也会与之隽永时光的永恒。时光,若飞旋的经筒,永远浅唱着匆匆的脚步声,还是那往日的婉容。

汶川四月的风,柔软的葱茏,任一抹抹翠绿在指尖上蓬生,望穿的期盼,再次穿越时空,执一缕风情,轻弹磐石的真诚。

汶川的雨

昨夜一场春雨,让汶川披上了绿衣,群山在云朵下朦胧,脖子上还系着一袭轻纱。春天管辖的岷山大峡谷,让一株株衰败的草,在一场夜雨里亭亭屹立。我站在岷山大峡谷荒芜的背影里,轻轻地扯开一面绿旗。羊龙山下的古姜维城遗址始终缄口不语。

在汶川工作的这些日子里,每一个春天我都习惯与师生们一起,在春雨中整理校园里那些草儿的残根和花儿的败絮。常常借着春天的风势,在谜一样的南沟两岸,挑起一丝春雨,再为精致的校园绣一件翡翠的衣裳,纷披在素有"山水间读书处"美誉的校园里。南沟两岸的陡坡就像一个个待嫁的姑娘,让我迷醉。我隔着嫩绿的草叶,一不小心就踩疼了脚下的土地,深沉的泥土里,镶嵌着汉代的首饰,它的疼痛使我和古羌人的子孙在一滴滴奔波的春雨里惊醒。

春雨落羌山，这淅淅沥沥的春雨是从我的眼睑奔流而下的。抬头向着岷山深处眺望，我的目光总是湿湿的。我的背，紧紧靠在岷山披挂老藤的背后。倾听岷山深处春雨的声音，我的灵魂浸透了褐石裸露的孤独。姜维城下南沟深处，遗落下了一些不规则的老石屋，屋脊上的茅草正带着山野的气息，接受春风的吹拂，也让这风在我的背后抓起石粒表面粗糙而瘠瘦的黄土，沙沙地响。姜维城下春天的颜色虽浅，却比壮阔岷山大峡谷的光阴还深。真想在姜维城点将台的侧面搭建一个窝棚，一直在那里坚守，坚守这座古堡最后的一撮领土，守望着山腰上那些台地，从它们的纹路里，我读出了谁是最苦最累的子孙。

鬼斧神工的岷山大峡谷，古汉诗里才有的山的族谱，是我唯一的靠山，也是我唯一的家族。春雨里的岷山大峡谷，是烟，是雨，又是雾，笼罩四野。岷山大峡谷在雾中，绿树在雨中，我在虚无缥缈中，在姜维城下或飘飞或坠落，那魏晋时期修筑的泥墙，斑驳陆离。四周绿树婆娑，藤蔓攀爬在寂静的时光之上，春雨滴落的足音"嘀，嗒，嘀嗒……"。岷江对岸的青山被唤作布瓦或禹碑岭，春天在那里布局了一场烟雨，一苇车厘子花低下白头，远处传来了羌笛的悠扬。我捻着脚下的泥土，抚摸着故土的温婉，烟雨虚空，岁月凝重，消失又重现的茶马古道，蜿蜒蛇行，仿佛依然驮着起起伏伏的灵气。

岷山大峡谷的烟雨，飘柔的青烟，笼罩在古威州的青石板上，潺潺的岷江流水声，到处弥漫着烟雨的气息。远处山顶上的残雪，化作了片片诗香，曾经醉倒了多少边塞诗人。

烟雨古雕楼上，羌家妹子的哀怨染红了一江春水，如利剑刺破了心里的梦，碎了一地。姜维城下的杨柳的舞姿迷住了春风，与春雨的绝妙搭配，如拉丁舞般华丽多彩。春风的柔情牵动着南沟水，激昂的水波，撩拨起荡漾的心。独上姜维城南楼，一轮残月悬空，照亮了羌家妹子的愁心。柔美的月光，飘进南沟水中，淡在烟雨里。我用手拨开的是不安的春水，拨不开的是望穿秋水的相思。思念的梦散了一地，咽下的苦酒，没有背景音乐，只有独醉。温润的春风吹走了心中的云，唯独那狰狞的面孔仍然还折磨着树枝乱舞。春雨的滴答响，打破了南沟里的寂静。我在姜维城下陪着露珠从天黑到天明，在黎明中见到的却是一张张陌生的脸，但他们依然在汶川的雨雾中笑得那么甜蜜。

汶川的阳光

清晨，坐在威师校东校区的办公室伏案阅读，窗外的鸟鸣清脆悦耳，南沟对岸山坡上不时传来野鸡的啼叫，山坡下孩子们的琅琅读书声打破了校园的寂静，音乐班的歌声此起彼伏。鸟鸣，鸡叫，读书声，歌声……在姜维城下奏出了一曲动人的交响乐。

推门走出办公室，一缕阳光正好轻轻地泻在身上，这是汶川春日里最温暖的峡谷阳光。阳光透过山顶，光芒倾洒在峡谷深处，真实得令人可信，山坡上，野花艳丽而娇媚。

六年了，在峡谷阳光沐浴中往返于东西校区，一批批孩子沐浴着灿烂的峡谷阳光健康成长，最后纷纷阔步走向远方。老师们给他们的教导足以让他们享用一生。我静静地观看着这些老师怎样把这里锻造成孩子们避风的港湾，看着一届又一届的学生怎样从一棵棵幼苗成长为参天大树。

阳光透过峡谷的缝隙，恰如其分地照在它想要照耀的地方。

所有被阳光照耀的角落都很温暖，都很幸福。那阳光总是不犹豫，也不徘徊，更不迷失。纵使被校园后山草丛挤挡，那阳光依旧有板有眼，不慌不忙地坦然行事。凡是被阳光照耀的地方，都灿烂着，微笑着。纵使如刀刻般的肌肤，在岷江大峡谷的阳光照耀下也会写满百年辛酸，千年沧桑。因此，在与阳光对视的那一刻，依旧有了知足和感恩的感觉，并让自己乐观而坚强。

在姜维城下的六年，在岁月的呼唤声中，悄然屹立南沟深处。曾经也说过别离，但始终不甘心，因为这极致、这大美，还有千万个金色的翎羽，让我不得不追逐姜维古城遗址岁月的遥远，以及它的陌生。我无法抵达和猜度，但阳光谷地的近、阳光的味道，留给我的香吻，却呼之既出。百年校园里那么多清澈的眸子，还在顾盼爱情。他们无视我像无视一株草的忧伤，交不出春天和花朵。

那灿烂的阳光渐行渐远，没入了岷山深处，我已经无力呼喊，也无力说出失落和疼痛。曾经，秋天的叶子掉了下来，划伤过我的肌肤，也划伤过落日和痴痴的黄昏，但岷山深处的阳光依然美丽。这阳光多么暖和，在梦里细细密密地铺陈开来，那绵绵的情思，让我的心重新开合。

那天中午，我在直射的阳光下睡过去了，也许是太累了，也许是遗忘了伤痛，遗忘了上一场突如其来的降温。那一点点的冷，因为峡谷的阳光，让人们遗忘了那稀疏的雨，那细雨击节、拍打的节奏，还有那一把诗意的小刀，柔软、俊美而锋利，在我的体内游曳搜刮，令人不堪重负。此时此刻，生活在阳光谷地的我，更渴望阳光，渴望她的清新、透明，乃至那巨大的灌注，让我心生热爱。我热爱阳光谷地春天后的每一个节气，立夏、立秋、立冬、大雪……甚至，生活中的荆棘、锋芒，我都那么地深爱着。

走出办公楼，看见燕子把阳光剪成了花朵，落在我的眉睫，我不会错过和每一缕阳光的拥抱。阳光透过淡薄的云层，照耀着苍莽的岷山大地，反射出银色的光芒，耀得人眼睛发花。在汶川，每一个春天的清晨，第一缕阳光就会映照着我的脸庞，我的脸也泛起了华光。有一米阳光，它还落在了我的心房，暖暖地，让我的心不再迷惘，不再忧伤。我随手掬一捧阳光，满满地捧在手上，它有着绚丽的光芒，让我心无限遐想，自由地飞翔。很多时候，我都在想，天空能否再洒满一地阳光，在我前行的路上，让我不再彷徨，心中重新燃起希望，去拥抱梦想。

清悠悠的岷江，波涛汹涌，奔腾着朝向远方。光芒万丈的阳光谷地汶川，被一轮新生的太阳紧紧拥抱。水天相接的地方早已笑得像火一样的鲜明。我恨不得把我眼前的障碍一概划平，去拥抱那亮晶晶的白灼的圆光。我两眸中那无限道金丝向着太阳飞放。我背立在岷江边头紧觑着那轮初升的太阳，它却把我照得个通明。我多么希望它永远照在我的面前，驱散四面的黑暗，并把我全部的生命照成一道鲜红的血流。希望它把我全部的诗歌照成些金色的浮沤。那峡谷的阳光却永远倾听着，倾听着我心海中的怒涛。

走，让我们向着岷山大峡谷的太阳进发，远飞的候鸟，都不畏关山险隘的隔阻，我们又惧怕什么呢？

汶川的夜色

"萧萧远树疏林外，一半秋山带夕阳。"这是宋代寇准在《书河上亭壁》中描写山城暮色的文字,那河边、远处,萧瑟秋风中,有片稀疏的树林,林后是耸立的高山,一半沐浴着西斜的夕阳,将山区小城的夜景栩栩如生地展现在我们面前。时序虽是初夏,但汶川的夜色与寇准笔下的夜色何其相似。

朋友们,来吧!汶川的夜色会让你惊奇的。不信?那我就带你在灯火通明的夜晚,去体验汶川夜色的美妙与它那朦胧的美吧。当一排排绯红的晚霞在布瓦山、羊龙山、禹碑岭三座大山顶上的天边渐渐褪尽后,夜色像朦胧的面纱笼罩着二水争流的汶川城,远处的灯光开始跃入眼帘,这里一盏,那儿又一盏。灯光在迷离的夜雾里像古羌人的眼睛,一闪一闪的。灯光重叠在一起,在岷江两岸连成了一簇,合成了一片,不一会儿工夫,整个汶川城就变成了一片闪烁的光海,犹如掀起层层波涛的岷江,通向远方。

从威师校西大门出发,跨过车流滚滚的街道,来到红军桥头,沿着灯火斑斓的栈道,就来到了汶川县城左岸新近打造的环城路。

布瓦山下的那条灯道犹如时间隧道,深邃而悠远。步道下的岷江淙淙流淌,随着浪花精灵的跳跃,玻璃灯道的灯光也时高时低,不停地变换着颜色:火热的红,幽静的蓝,灿烂的黄……让人眼花缭乱,千变万化的灯把整个汶川县城的夜装饰得更加妩媚。

"远人南去,夕阳西下,江水东来。"元代徐再思《人月圆·甘露怀古》中所描写的场景多像此时的汶川夜色。游人都已归去了,暮色已深,只有岷江日夜奔流不息,淘尽了千古英雄人物。沿着被灯光装饰的步道向岷江上游走去,远远地就看见了勤劳亭、善良亭、感恩亭，亭上的灯带让岷江变得五光十色。看，亭下的岷江水在向我们招手呢，它正向我们眨眼睛呢。这三亭，应是前任县委书记张通荣先生在任时组织修建的。我知道，三亭上的楹联也是他所题。羌族是一个勤劳、善良、感恩的民族，所以，"勤劳亭"的题联这样写道："花舞人间蜂问甜，锄禾当午众拾繁"，而"善良亭"的柱子上则用遒劲有力的字体写着"人至简时欲亦散，心到善处言更暖"，"感恩亭"里题写着："家国情怀润泽九州大地，精忠报国引领熊猫家园。"勤劳亭、善良亭、感恩亭，沿岷江西岸依次排列，紧密相连。我不由地想起了宋代晏殊的《浣溪沙·一曲新词酒一杯》："一曲新词酒一杯，去年天气旧亭台。夕阳西下几时回？"这首词虽然不是写汶川的，但却能准确地表达我此时的感受：听一支新曲喝一杯美酒，还是去年的天气旧日的亭台，西落的夕阳何时再回来？

变化莫测的灯光，银光闪闪的岷江，优雅的布瓦山下的"三亭"紧紧地连成一体。亭下的岷江，成了带着光的水，两岸的山，披着光，这一切不正印证了今日汶川的繁华么？那一幢幢拔地而起的高楼大厦，象征未来的汶川蒸蒸日上，不久后汶川一定还会再度大变身的。

望着远处的岷山山脉，再看看山下的灯火，这真是"城里夕阳城外雪，相将十里异阴晴"。是啊，城里有夕阳而城外却下雪，相距十里天气竟不一样。此时此刻，太阳好像累了，于是月亮来代替了太阳，可是月亮看上去有些偷懒，在羊龙山的山巅睡着了。

回首眺望，汶川的夜是多么宁静，除去岷江的涛声外，就连一点说话声也没有，就像电视被按了静音。几位老人拄着拐杖从红军桥那头走来,在灯光下形成了一道靓丽的风景。"碧水丹山映杖藜,夕阳犹在小桥西",这是明代沈周《题画》中的句子,碧绿的岷江水,殷红的布瓦山、羊龙山,映衬着老夫的拐杖;那夕阳落下,却在红军桥的西边。多么美丽的画卷,令人陶醉。再看看西羌文化街的那些食品店、小卖部,都关门了,唯有天上的月亮就像对全城施了魔法似的让大家都睡着了,只有星星还不太想睡,它们还在做游戏呢。此时此刻,多么安静。远远望去,岷江两岸亮着五彩缤纷的灯,成阿公路上汽车少了,但路灯还亮着呢,它可真坚强!岷江两岸的夜色把我陶醉了,"三山竞秀,二水争流"的汶川城的灯多美,半明半暗,若隐若现,有高有低,就像在搞灯会,整个汶川城都被灯包围,简直就是一片灯的海洋。

　　在返回校园的路上,我很想把这美丽的汶川夜色描画出来。可是,这夜色太美了,我根本无法描画出那种美,这真是"车灯流动闪幽深,岷江涛声四处侵。眼看萤光疾速舞,手将举起却何寻!"

　　汶川的夜色,你是多么迷人,多么神奇。真可谓:岷江穿城常见转,未惊合并犹伸展。蜗居汶川已六年,只是灵感无处显。遥望岷水上千里,眼前灯火最灿烂。受恩承露疑全者,总觉河风似春寒。楼台亭榭紧相连,霓虹灯带接玉颜。街道纵横多买卖,恍然一梦在人寰。玉兰似桂有吴刚,来往轻飘紫霭燃。道路无尘天上景,唯叹月不下来玩。

洞开一个民族的历史记忆

青藏高原东南边缘、达央阿瓦境内,有一座古老的城市,最早一批居民是来自长江上游"蜀山氏"古羌人,她就是茂县。两千多年悠悠岁月,在茂县这片热土上演绎和书写了无数历史,如诉如歌。从建筑到服饰,从宗教到歌舞,都有原生态远古痕迹。神奇的黑虎"邛笼"古碉,人间烟火孰知味;激越的萨朗、婆娑的羌红、醇美的咂酒,羌乡的每一个角落都飘荡着古羌的遗韵和自然的生命激情。

每天上午九时,茂县古羌城举行"开城式"。封闭的古羌王城,在古羌音乐和歌声中迎接四方来客。这扇"门"的背后,就是一个民族的记忆。

中国古羌城地处岷江西岸金龟包、银龟包之间,坐西朝东,背靠水西,脚抵岷江,面向九鼎圣山,头枕蓝天白云,庄严雄伟,气势恢宏。其古老悠远的城歌、鲜艳巨大的羌红、声震云天的鸣号、神秘威武的武士、婀娜端庄的萨朗,令观者无不震撼。正因如此,从成都前往九寨沟的游人们纷纷挤出时间前来一探"城门洞开"的究竟。

陪同我走进茂县古羌城的是我高中时的同学余瑞昭,他现在是茂县人大常委会副主任。老余告诉我，中国古羌城总占地面积三千余亩，总投资近十亿元，集各类古羌建筑的雄伟和风格于一身，汇各种古羌文化的遗迹和元素于一体，是迄今为止全世界范围内规模最庞大的古羌城堡建筑群和文化最集中的古羌文明传承体。城区内有所有羌民族生产生活习俗的展示，有羌族部族史的演进再现，有各类实物遗迹和非物质文化的活态，还有令人目不暇接的羌式手工艺作品。大到军事征战，小到婚丧嫁娶，美到音乐歌舞，细到一针一线，应有尽有。

在茂县古羌城，我透过那扇高大厚重的古城门，仿佛看到了一个古老民族的发展史，不由心驰神往。我和老余都是羌族，我们这个民族是我国唯一一个以民族族姓记入甲骨文的民族，被誉为中华民族演进史上的"活化石"。历史文化上所说的"炎黄子孙"，其中的"炎"就指炎帝，是我们羌民族的先祖。我们这个民族信奉自然神，尤以白石崇拜为甚，从祖先开始，我们喝的是咂酒，跳的是萨朗，擂的是羊皮鼓，挂的是羌红，主要的节会是羌历新年、瓦尔俄足和转山会，重大节会要跳羊皮鼓舞，举行咂酒开坛仪式时，主持人必须是释比。从古至今，我们这个民族就能歌善舞，因此被人们戏称为"会说话就会唱歌，会走路就会跳舞"的民族。除炎帝以外，我国最有名的治水先祖大禹也是羌族，他就诞生在岷江之滨的今汶川县绵虒镇石纽地方。今天，全国的羌族人口约三十万人，其中茂县是最大的羌族聚居区，羌族人口占全国的百分之三十以上，承担着保护和传承羌族文化的重要历史使命。

在老余同学的带领下，我们参观了茂县的"中国羌族博物馆"。如果说中国古羌城景区是羌族文化的汇聚地，那么作为中国古羌城景区重要组成部分的中国羌族博物馆,则是茂县历史文物和羌族文物的核心展示区。令人惊喜的是,在这些林林总总的珍贵历史文物和民族文物中,竟然藏着古蜀文明一段十分重要的演进史。

老余虽是汶川人,但大学毕业就分配到茂县工作,几十年如一日,奋战在茂县的宣传文化部门,上山下乡,采集资料,为茂县古羌文化资料的收集、整理做出过突出贡献,并在各级报纸杂志上发表过数百篇作品,出版过多本散文、小说、诗歌集等,早已成为远近闻名的羌族作家、诗人。所以,他对茂县的历史文化可谓了如指掌。老余告诉我,中国羌族博物馆原名茂县羌族博物馆,旧馆成立于一九八四年,新馆于二〇一二年建成开放,占地面积六十亩,总建筑面积一万多平方米,展陈面积四千多平方米。三十多年来,该馆在考古发掘、展览陈列、文物保护、学术研究等诸多领域取得了诸多丰硕成果,收藏有万余件珍贵历史文物及民族文物,种类包括青铜器、玉石器、陶器、金银器等。其中,最为有名的是营盘山遗址的出土文物和背后的古蜀文明研究。营盘山新石器时代遗址地处岷江东南岸三级台地,遗址平面呈梯形,东西宽一百二十米至二百米,南北长约一千米,总面积近十五万平方米。遗址内包含新石器时代和石棺葬时代两个阶段的文化遗存。其中,新石器时代遗存为距今五千五百年至五千年的中心聚落遗址,石棺葬时代遗存为西周战国秦汉时期的石棺墓地。二〇〇五年,营盘山新石器时代遗址入围二〇〇四年度"全国十大考古新发现"评选活动的二十一个候选项目之列;二〇〇六年,营盘山新石器时代遗址被国务院公布为第六批全国重点文物保护单位。通过考古发掘,营盘山新石器时代遗址的出土文物有四川地区发现的年代最早的陶质雕塑艺术品，有国内发现时代最早的人工使用朱砂的遗物，有长江上游地区发现的时代最早及规模最大的陶窑址等，出土的彩陶器数量为四川之最。

据老余介绍，营盘山新石器时代遗址的发现是岷江上游乃至川西北地区新石器时代考古工作的重大突破，不仅将巴蜀文明的历史渊源推进至五千年前，也为进一步确定以茂县营盘山为代表的岷江上游地区就是古蜀文明的源头和西北文明进入四川盆地的桥接地提供了更多的证据和线索。因此，我们不能不相信，茂县营盘山遗址藏着古蜀文化、马家窑文化、仰韶文化的秘密，它无疑将成为一把打开研究古蜀文化的"金钥匙"。

在与老余的交流中了解到，茂县历史悠久，为我国古代传说中的蜀国先王蚕丛的故里。历代茂县均为郡、县、州治地，唐太宗贞观八年，改为茂州，民国二年，改为茂县。一九三五年五月，中国工农红军第四方面军进驻茂县，成立茂县苏维埃政府，留下了珍贵的红色文化遗址遗迹，还有大量的红色珍贵文物。一九三五年至一九三六年，中国工农红军第四方面军西进岷江，在茂县转战近八个月，充分发动群众打土豪、分田地，建立起了县乡村苏维埃和番（羌）人民革命政府等政权机构，把革命的火种洒遍了古老的羌乡大地。在中国共产党的号召下，近两千名茂县羌族优秀儿女加入红军队伍，踏上了抗日救国、解放全中国的革命征程。

从我的家乡到汶川必须经过茂县土门乡，那里有一座名叫"三元桥"的古老石拱桥上至今尚留有红军长征时经过的痕迹。"三元桥"是距茂县县城四十四公里土门镇下场口的福缘、福禄、土门小桥三座单孔石砌拱桥的总称。三座桥分别横跨石槽沟、土门河、太安沟,是古时通往安县、绵竹、北川的要径。一九三五年五月,红四方面军突破川军"土门封锁线"时,曾在"三元桥"一带进行了激烈的战斗。红军占据土门后,在"三元桥"的石礅、石栏上篆刻有"打倒压迫少数民族的国民党军阀"等二十九处四百二十二字的标语,是红四方面军突破土门封锁线,取得土门战役胜利的历史见证,被列为茂县重点文物保护单位。二〇〇五年四月,"三元桥"中的福缘桥已被列入省级文物保护单位。

老余还告诉我,茂县南城门洞红军石刻标语遗址位于茂县凤仪镇内南街。錾刻有"蒋介石命令邓锡侯屠杀松理茂的番民夷民!消灭蒋介石救活全川全西北穷人!共产党是解救中国穷苦人的政党!取消高利贷,穷人不还富人债!"等石刻宣传标语。茂县南城门洞红军石刻标语遗址是阿坝州第一批文物保护单位。一九三五年,红四方面军长征经过茂县时,在县城的无影塔主体面上还刻有"蒋介石的新生活运动是麻醉中国青年的毒酒""拥护中国共产党,反对蒋介石""共产党是推反(翻)帝国主义的政党!""反对国民党亡国灭种的新生活运动!"等六幅宣传标语,是县级文物保护单位。镇西桥(现为茂州桥)位于茂县县城凤仪镇茂汶大桥下游约二百米处,始建于明正统年间,是当时茂县县城通往河西唯一一座竹索木板吊桥。一九三三年,该桥毁于叠溪大地震水灾后,靠两只木船来往渡两岸行人通过。一九三五年五月,红四方面军为打通南下汶川、西进黑水的通道,总指挥部急调在北川守桥的总部水兵连赶到县城架设镇西桥。在茂县羌、藏、回、汉各族人民的大力配合下,红军仅用三天时间就架好了这座索桥,使红军西进部队得以迅速通过岷江,并到达汶川、理番、黑水一带地区。当时，红军曾在该桥上刻有数条醒目标语和墨书标语，张贴有公告等，后在解放初重修此桥时遭毁。现在原遗址处修建新桥，更名为茂州桥。

老余说，茂县的旅游景点可多了，比如县城西北的叠溪镇、松坪沟乡境内素有"三沟九海十四景"之称的叠溪松坪沟。又如海拔一千六百八十多米的一座羌寨里房屋"依山居止"，沿袭了羌族传统建筑风格，村内流水潺潺，小巷通幽，一直保留着古老而独特的传统文化，这里就是世界羌文化活态博物馆坪头羌寨。站在坪头羌寨，可以眺望一座"古蜀人的神山"——九鼎山，这里是我国古羌文化的发祥地。日出峰顶，霞光灿烂，蔚为壮观。旧志将"九鼎朝霞"列为茂州八景之首，乘"雪"滑翔、旋转、跳跃……冬季玩冰雪亦是一大乐趣。羌风、羌情、羌韵……群山环抱的茂县是我国最大的羌族聚居地，县内近百分之九十的人口是羌族。茂县，的确是一个民族特色极其浓郁的地方。

离开茂县的时候，老余送了一本《羌族民间故事》给我。他说这批书是二十世纪八十年代的内部刊物，现今仅存数十本了。我们羌族是个古老的民族，据说汉民族中也跳动着我们羌人的血脉。当然，我们羌族也是一个饱经磨难的民族，几千年的风雨艰辛，竟使一个庞大的民族衰败成少数民族，我们自己真该好好地研究一下这个民族的历史了！

薛城散记

在"达央阿瓦",如果人们想要用最快的速度、最便捷的方式去一个纯粹的民族聚居区,一个有山有水的天然氧吧,理县无疑是一个理想的选择。

从地图上可以看见,位于四川西北部的理县是川西平原向川西北高原过渡的门户地段,特殊的地理位置决定了理县良好的可进入性。沿着成都到汶川的全程高速,一路逆岷江水前行,到达汶川县城向左驶入317国道十五公里,您就进入了养在深闺的理想之县——理县。它有着不输九寨黄龙的世界级风景,千年累积的藏羌历史文化底蕴。作为第二批天府旅游名县,理县正以昂扬姿态向前奋进。诸如,"神秘的东方古堡"——桃坪羌寨;四季如画的毕棚沟,山水之间,皆是大自然天赐的美丽;天然氧吧孟屯河谷,是亲子露营的最佳地。当然,你也可以携爱人前往日览秘境森林,夜赏浩瀚星空,一个色彩斑斓的世界——米亚罗风景区。地处米亚罗风景区腹地的古尔沟是理县的一大温泉圣地,还有滑雪、戏雪、露营自驾天堂——鹧鸪山自然公园。

居高山之巅,看云海万象的浮云牧场,听风赏雪,看花触云。理县,凡是人们想要的它都有,特别是薛城古镇,常常会勾起人们对历史的无限遐思。

薛城古镇位于四川理县东北部，距理县县城二十三公里、成都一百四十七公里，海拔一千六百四十七米，是一个具有浓郁大唐风采的古镇。古镇周围主产大白菜、西红柿、莲白、核桃、甜樱桃等食物。

暑假的一天，我和妻子在理县一位朋友的陪同下，走进了理县薛城古镇。朋友告诉我们，薛城古镇历史悠久，从唐朝至民国，都是县一级的政治、文化、经济中心。如今的薛城古镇浸润着浓厚的历史文化、民族文化、红色文化，拥有独特秀丽的自然景观，筹边楼、宁江门等名胜古迹保存完整，不少建筑至今仍保留着汉唐风韵，这里的特色小吃是藏羌饮食文化的精华。

薛城古镇古为氐羌之地，这里曾是茶马古道隘口的大唐边陲重镇，有筹边楼、箭山寨等新石器时代文化遗址等。一九三五年，中国工农红军长征途经理县，在薛城的梓潼宫等地发生过激烈战斗，还在薛城镇建立过红军的造币厂、被服厂、红军医院等，并建立了苏维埃政权。红四方面军在此地开始了爬雪山过草地的征程。因此，今天的薛城也成了川西北高原红色旅游的重要景点之一。

薛城古镇的标志性建筑应该就是筹边楼，它静静地屹立在从古镇穿过的那条公路旁，很是显眼。曾有诗云："山重水隔南荒路，校书贬谪去松州。花甲之年咏高台，名诗成就筹边楼。"

筹边楼是薛城古镇的奇观之一。该楼为唐蕃对峙时剑南道西川节度使李德裕为筹划川西防务所建，距今已有一千一百八十多年，当地居民称为"观音堂"。据史料记载，公元八百三十年，唐蕃对峙时，西川节度使李德裕于维州建筹边楼，其目的是筹措边事，重守边防。筹边楼为自唐宋以来，边疆大吏出谋划策之所，运筹于帷幄之中、决胜于千里之外，故名筹边楼。

薛城古镇背后拔地而起、尖峰突兀的山峰被称为"笔架山"，那朝天耸立的尖顶恰如一个巨大的毛笔尖。这就是著名的薛城十景之一的"笔架献奇"。薛城之所以成为古代的军事重镇，是因为它位居高山之间的隘口，一边是熊耳山，一边是笔架山，杂谷脑河流顺着古镇前流过。小镇四周群山环抱，山势险峻，易守难攻。险要的地理环境，造就了薛城的特别景色，除此处的"笔架献奇"外，还有"熊耳秋风""狮头望月""陇山古雪""沱水东流""石门遗响""箭山晚照""夷关暮笳""古灯夜明""封侯挂印"等薛城十景，引人入胜，亦有诗云："巍峨巉岩筹边楼，熊耳笔架江畔揪。经年雨雪风霜过，日上树梢八荒秋。遥想唐时女校书，诗词酬唱何风流。蓉城纸贵薛涛笺，千金一掷笑诸侯。"

"5·12"汶川特大地震之前，通向川西高原的老317国道穿镇而过，震后改建的新国道在小镇的河对岸，与薛城古镇隔岸相望，薛城古镇恢复了昔日的宁静。薛城镇是以羌族为主的羌、藏、汉杂居区，是藏羌文化走廊的重要节点，是孟屯河谷风景区的入口，是理县蒲溪、木卡、上孟、下孟等地的商贸中心和农副产品集散地。曾有诗云："筹边楼上闻羌笛，遥看当年雄关立。校书诗名伴英姿，直教须眉空叹息！"

由于薛城这座古镇属汶川地震后重建，现在的古镇看起来更像是新修的仿古城。不过，从历史来看，薛城古镇的历史确实十分悠久，唐、宋、元、明、清几朝，它一直都是州县所在地，同时，这里也是历代兵家必争之地，成为大唐的边防重镇。最早在隋开皇四年（584年）建薛城戍，唐贞观二年（628年）置薛城县，五代孟蜀置保宁县。明洪武六年（1373年）去"宁"字称保县，东面叫宁江门，西面叫伏羌门。乾隆十七年（1752年）后置理番直隶厅，撤保县。民国二年（1913年）改厅为理番县，一九四六年改名为薛城镇。所以曾有诗云："三国城犹存，城外衰草昏。明月长相似，遥慰将军魂！"

二〇〇八年，"5·12"汶川特大地震虽然发生在汶川，但使距离汶川不远的薛城筹边楼部分受损，后来理县对其进行了维修。筹边楼主体建筑为两层单檐歇山式，高十余米，石梯盘旋，朱栏环立。第一层为正殿，第二层是观音殿，楼内四周板壁及顶部望板皆彩绘各种人物故事图案，内容多为李德裕筹边故事，如商讨军事、演练兵士、山川地形等。筹边楼不仅是唐蕃对峙的历史见证，更是当地各族人民厌恶战争、热爱和平的象征。

今天，薛城古镇最值得一看的地方仍然当属这座"筹边楼"，英国皇家地理协会会员伊莎贝拉·伯德所著的《长江流域旅行记》一书中，封面的照片就是这座始建于唐文宗太和元年（830年）的筹边楼。

今天，理县建成的薛城民俗博物馆就在筹边楼的下方。该馆是"5·12"汶川特大地震受损后，在原将军楼的基础上进行修复的，目的是为保护和传承薛城的藏羌文化遗产和民俗文化。在建博物馆时，同时还修建了包括将军庙、临江楼、大门、河边走廊亭、桥廊等建筑，共计七百多平方米。这些建筑建成后曾有诗云："雄峰万仞现笔架，巉岩一柱托孤楼。思接千载无粉笺，梦游八荒有故友。边将奋勇羌人马，名相韬略泯恩仇。西风烈烈寻芳迹，荒草凄凄望松州。"

如今，薛城古镇的街道上，过去的老建筑依旧随处可见，虽然有些修缮或者重建的痕迹，不过依旧保留了当年的大唐建筑风格。石头加上木质结构，原始古朴，但又坚实耐用，值得细细品味。

古镇的那洞宁江门，始建于明代，后因毁于战火，于清代重建，是清代理藩府城址保存较为完好的遗迹。城门宽2.75米，高6.5米，呈拱形顶，均由条石砌成。城门洞题记年代为"乾隆五年"，上有修筑时所刻"宁江门""保障边陲"，城门洞的拱形上方还可以看见当年石刻红色标语："为中国的独立自由奋斗到底！"

离开薛城古镇的时候，走出宁江门，回首眺望，背后就是笔架山，右前方就是熊耳山，北临薛城边上的杂谷脑河，让人不由想到了唐代诗人薛涛吟唱薛城的佳句："梓橦塔下南沟水，笔架奇峰穿入云，高登熊耳望美景，赛过江南是薛城。"薛城古镇是从成都到米亚罗的必经之地，也是藏羌文化走廊上的一处重要景观，如果去往米亚罗等地，不妨在此稍作停留，感受一下这座千年古镇的风采，着实惬意！

相遇甘溪

甘溪，是成阿公路边上的一个小村落，属四川理县通化乡所辖，历史上曾是灌松茶马古道上的一个重要驿站。

初见甘溪时，我还在汶川的威州中学读高中。那年夏天，岷江上游的叠溪海子决口，凶猛的岷江水冲毁了松茂公路，直逼威州古城。在放暑假的路上，被迫绕道理县、红原而抵松潘。那时，我不知甘溪在何处，但这个名字，听起来总会把我引入一种想象。它该是苍茫的，抑或悲壮的？

再遇甘溪，是大学毕业后，被分配到成阿公路的尽头——阿坝县工作，每次回家探亲都要经过甘溪。方知这是一个紧邻国道317线，沿杂谷脑河而建的一个古老村落。

缘何叫"甘溪"、当地人有两个传说：一则，甘溪地带曾因山洪暴发，淤积成坝而得甘溪之名；二则，甘溪老街曾有一口清泉，泉水冬暖夏凉，灌松茶马古道上的过往客商饮此泉水后顿感凉爽甘甜，遂取名甘溪。其先民传说系湖广填四川时从成都、灌县（今都江堰）搬迁而入的吴氏和张氏家族繁衍所生。所以，这里居住和生活的人们不是羌族就是汉族。

杂谷脑河畔做足了四季的背景，只待汽车加足马力，从阿坝抑或是从成都出发，一路呼啸着，直奔甘溪，而后描摹、落墨，徐徐吐纳那些忽隐忽现的人和事。

就这样，一晃数载，成阿公路由尘土飞扬的土路变成了坦荡的柏油路。杂谷脑河两岸的茶马古栈道早已退隐"江湖"，古道上的甘溪驿站却在我心里堆成了沙丘。

特别是汶川"5·12"特大地震后，灾后恢复重建时，人们将古汉建筑与羌族建筑有机结合，使今天的甘溪具有千年古柏广场、滨河栈道、小河口杨柳河、窄宽巷子等特色风貌，成为成阿公路边上一个既蕴含江南水乡的细腻，又富含古羌文化风韵的美丽村寨。

今年春天，因陪同省委宣讲团"走基层"，在理县县委宣传部领导的带领下，我专程走进了甘溪。

越野车奔驰在成阿公路上，那些隧道、飞跨岷江的桥梁闪过得恰到好处，那打着理论宣讲"走基层"字样的车窗外传来了嗖嗖的风声，总让人觉得甘溪驿站里的故事未休。战马嘶鸣、山间驼铃……赶马人的吆喝声以及与店老板的讨价还价声尚不肯在流年里安顿下来，更兼有清代陈克绳所著《保县志》："濛濛朝雨过甘溪，几户人家屋盖泥，云雾不分山左右，汉羌民族河东西。"

对于古人，一眼千年的情怀，就永远定格在了灌松茶马古道上这个小小的驿站里。他们的一转眼，一吟叹，就让我们这些寻访古道遗迹的人们饥渴了这么多年。

我一边安慰着自己，一边游移在战事四起的古时边关。

忽然觉得，这甘溪像极了一件锦衣上的裂口。

我多么希望，自己能捏起一根针，缀上丝线，缝补好这个缺口，把悠远的过往，补在左襟；把后人的评说，缝在右襟。

夕影西斜，朝颜初醒。夜，只是在甘溪驿站做了一个梦，翌日,又换了心情。人间几度流年?谁的旧爱,谁的新欢?只有甘溪古驿站里的人们把自己的故事煮熟了又晾干。

掠过风飒飒,雨飘飘,杂谷脑河畔又是雪翩翩。古时的文人骚客也罢,甘溪驿站的先人今人也罢,人们在一岁一岁的期盼里挥别冬寒,又在杂谷脑河畔一树一树的花里遥望春暖;在一曲一曲的羌山歌谣里细数过去,又在一行一行的诗里展阅明天。

时间,在杂谷脑河畔来过又走了,仿佛握住了什么又放弃了什么。然而,那些赶马汉子在这条古栈道上忘情地唱着,羌汉儿女在古驿站里动情地应和。因为他们谁都清楚,宠辱不惊的始终是岁月。

一切皆成过往,成阿公路两旁、杂谷脑河畔那些有字的、无字的墓碑终年被雨水冲刷,涤去悲欢。让人始终不能释怀的,是那些被人爱着的人和事,仍旧在杂谷脑河畔,在甘溪古驿站里……

如今,当我们登上甘溪观音堂,在高处鸟瞰甘溪古驿站,就会陡然发现,山下的潺潺流水穿街而过,河边栈道逶迤蜿蜒,回栏曲廊,绿柳成荫,形似一艘停泊于杂谷脑河畔的大船。那寨中千年古柏酷似船帆,如诗如画的美丽羌寨——甘溪正扬帆远航。

陡然间,我们还发现,庸俗和落寞即将远去,灿烂文明正微笑着向甘溪走来。每次经过这里总是感慨万千,是为那再也回不来的时光,还是为那斑斓又遥远的梦想?我们不得而知。但我们知道,那些逝去了的流年非同一般,在我们每一个人的记忆里弥足珍贵。因为无论是古人还是今人,当人们走过坎坷曲折之后,依然能够亲吻阳光的脸。

因此,珍惜今天,憧憬明天,是我们给每一个甘溪人的深情祝愿!

梓橦塔下南沟水

周末的下午,朋友说到他家乡的南沟村看看,索性驱车从汶川威州出发,前往理县薛城,南沟就在薛城古镇的背后。南沟水穿薛城古镇而过,古镇两岸的笔架山、熊耳山、箭山等大山高耸云端,山下的杂谷脑河绕薛城古镇淙淙流淌,令人不由自主地想起唐代诗人薛涛吟唱薛城的佳句:"梓橦塔下南沟水,笔架奇峰穿入云,高登熊耳望美景,赛过江南是薛城。"薛城古镇是成阿公路通向鹧鸪山段的必经之地,也是藏羌文化走廊上的一处重要景观。

我们穿过薛城古镇,一路向南沟深处进发。

南沟村距离薛城古镇直线距离不足十公里。沟口山高路陡,十分狭窄,再加之去年那场泥石流和洪灾,使沟口一段道路更加崎岖坎坷,人车难行。然而,越往里走却越开阔、平坦。南沟村就坐落于一个开阔的平台上。距离村子约莫两公里地,是一片原始森林。这里的海拔估计在两千米左右,树种主要以松树、麻柳树为主,还夹杂着部分桦木及高山小灌木,如桐针刺、黑刺、高山杜鹃及其他一些不知名的小乔木。除了这些高大笔直的松树和麻柳树外,其他的树种大都不高,高的不过七八米,低的也就二三十厘米。

　　我们在森林中的一块草地上停好车，徒步沿着弯曲的林间小道蜿蜒前行，时而在沟壑中，时而在山脊上，经过半个多小时的徒步，来到了原始森林的脚下。眼前一片苍翠、一片墨绿，一股清新淡雅的腐殖植物的香气轻轻袭来，令人心旷神怡，心绪激荡，抬头仰望，高耸挺拔的麻柳树直入云端，显得那样雄伟，那样壮观。

　　从山脚到山腰，距离虽说不算多远，但道路曲折陡峭，各种植物密集生长，真可谓荆棘载途，道路险峻。沿林间弯曲的野生动物走过的小道艰难向上攀登，时不时停下脚步，大口大口地喘着粗气，呼吸的速度加快了很多，仿佛心脏都要奔窜出来似的。一路气喘吁吁，伴随着激烈的心跳声，不得已，只好停下脚步休息一会儿，也只能趁休息的间隙，才能给视觉一点机会，饱览林间优美的景致。森林里那高大粗壮的树干，错落有致地展现在我们周围，密集的枝条将蓝天、白云和阳光全都阻挡在外面，没有几缕阳光可直射到林地上。林荫下显然要比林外阴暗了许多，潮湿了许多，也温暖了许多。树下那早已换上一身鲜艳绿装的苔藓，厚厚实实地围绕在树根下，一脚踏下去绵绵软软，好似地毯一样，让人不愿抬起脚步向前行进。林间的空地上随处可见从树上掉落下来的松塔和早已枯黄的松针，密密麻麻地铺盖在地面上。灌木丛中密布的枝条不时还会阻挡我们的去路。这里既有参天大树，也有刚刚破地而出的幼苗，既有经历了几年风雪洗礼而长成一二米高的小树，也有几米乃至一二十米甚至几十米的高大树木。那高耸云端的参天大树的根系深深地扎入大地之中，根深蒂固，其深度难以探寻，有的根系却裸露在地表之上，其根系相互交织，它们粗大而有力，一棵高度不过三十多米，直径不过三四十厘米的树木，其根系占地面积至少就有几十平方米。是啊，这何尝不像我们人类呢？没有这样的地域，又怎能满足于他们向上延伸的需求呢！一个人也一样，没有坚实稳固的根基，又怎能长成参天大树呢？它们懂得如何因地制宜，因势利导，或深深扎根于泥土之中，或因地势坚硬而向四周拓展其根系。

其实，森林也和人类一样，它们中也存在着激烈的竞争。你看那棵因为周围过于密集而失去了生存空间，只有干枯的躯干孤独兀立着的枯树，再看看那棵因根基不稳早已横卧在丛林之中直到腐朽的树枝，无比悲催，多么无助。好在我们看到更多的不是这些悲催的枯树，而是那一棵棵充满生机的茂盛的参天大树，以及那些在和谐氛围之中茁壮成长的灌木，它们相辅相成、相得益彰，在有限的空间里相伴而生。

在这片密林中，还生长着几十种及至上百种植物，有灌木、乔木及草本植物，以及各种菌类。我们在山间小溪旁还采摘到了"鹿耳韭"和羊肚菌。那野猪践踏过的"石杆菜""折耳根"、山葱等野菜随处可见。除此之外，这里尚栖息着许多禽类、兽类及昆虫类生物。这片森林成了它们生活的乐园。

在密林中穿行的我们，时不时就会见到野猪刚刚活动过的新鲜痕迹，还有麂子、岩羊等留下的足迹。林中传来各种鸟鸣声，时而优雅、时而清脆，或独奏、或合唱，此起彼伏，好不热闹。有时还会传出几声动物的嘶鸣，朋友说，那是獐子的叫声，顺着声音寻找过去，然而只闻其声，难觅其影，着实令人有点遗憾，但毕竟还是听到其声了，至少说明这里有它们的身影。其数量几何，就不可而知了。真希望它们的群体能够继续壮大起来，繁衍下去。因为这里原本就是它们与羚羊等动物的栖息地，古老而永远的家园，它们才是这片大地上真正的原始主人。曾几何时，它们的身影一度消失在人们的视线中，如今，人们的生态环境保护意识进一步增强了，特别是"收枪治爆"，切实加强枪支管理之后，生活在川西北高原上的人们进一步意识到了人与自然和谐共生的重要性。从此，人们时常会在野外偶尔目睹这些野生动物的身影，虽然数量还不多，但相信在不久的将来还会见到它们成群结队的身影。其实，我们原本就可以与其和谐相处在同一片蓝天下的。

登上山顶，明媚的阳光又照射到我们身上。站在顶峰，心潮澎湃，一阵清风吹过，一路的艰辛早已化为乌有。

回首眺望，北坡下是那郁郁葱葱的林海，南坡下还是那泛着金黄色的草地，没有了一棵树木。沿着山脊望去，一条明显的界限将它们分开，各自生活在属于自己的空间里，泾渭分明。而它们却很少去侵占不属于它们的空间。这难道不是和谐吗！

从南沟森林归来，已是黄昏，落日的余晖映红了半边天，薛城古镇在落日余晖的辉映下显得更加美丽。我们离开薛城的时候，走出宁江门，回首相望，背后就是笔架山，右前方就是熊耳山，北临薛城边上的杂谷脑河以及那南沟水旁的筹边楼，身临其境地想到了唐代诗人薛涛吟唱薛城的另一首诗《筹边楼》："频临云鸟八窗秋，壮压西川四十州，诸将莫贪羌族马，最高层上见边头。"再一次感受了这座千年古镇的风采。

松州古城断想

松潘，坐落于川西北高原的一座千年古城。发源于松潘县境的岷江穿城而过，流入成都平原，造就了下游的天府之国，使得松潘获得了"天府源，古松潘"之名。

著名的"人间瑶池"——黄龙便诞生于松潘境内。雪山、花海、森林、湖泊、彩池……松潘，的确是一个被上帝宠爱的地方。在这里，一步一池，三步一景，五步一惊喜，山上是终年积雪的岷山主峰雪宝顶，山下杜鹃花开满遍地，还有无数钙华彩池。高原多彩的风光在黄龙展现得淋漓尽致。

如果说黄龙是松潘的颜值担当，那么松州古城就是松潘的人文担当了。这座历经千年的古城以她惊人的包容性容纳了藏、羌、回、汉等多个民族的人民在这里生息繁衍。就是这座小小的古城，可以让人们体验到藏族的藏历年、赛马会、转山会和羌族的羌历年、锅庄以及回族的古尔邦节、开斋节等民族特色。

其实，松州古城还有一种打开方式，便是夜游。白天看着满是沧桑的古城，到了夜晚却被璀璨的灯火装点，松潘古城又迸发出了无限的活力。

松潘还是红军长征过草地时的出发地。当年，红军到松潘地区后就进入了藏民居住区,海拔高,气候恶劣,社会情况极其复杂。经毛尔盖会议、索花会议之后,中央红军依然踏上了过草地的征途……

在松潘,还有一处景点始终让人流连忘返,那就是牟尼沟。从牟尼沟沟口沿栈道步入,茂密林木间散落着大大小小数百个湖泊,穿行其间,三步一水,五步一湖,阳光下彩虹数道接天地,疑是天宫在人间。

当然,松潘之美还远远不止这些,尚有许多藏在深闺无人知的美丽山水和风土人情。诸如距离松潘县城一百多里远的我的故乡白羊就是其中一个。还有七藏沟,当九寨沟的游客越来越多的时候,七藏沟这个无名小沟终于引起了人们的注意。七藏沟和我的故乡一样尚未开发,基础设施只有几个野营地,目前只能依靠步行或骑马进沟游览,但越来越多的人却向往做一回山谷里的居民,得天独厚的松潘便成了他们的首选……安静的山村,清新的空气,满眼原生态,松潘无疑是释放压力、回归自我的首选之地。

(一)

青砖、石板、落红、远处疾飞的云雀……雪宝顶下,岷江河畔,一座古老的城墙默然神伤,随清幽的岷江逶迤而去。从松潘古城的南门进去,从西门出来,像翻阅一部厚厚的线装书。

格桑花已经开遍了川西高原,一朵一朵地染香了松潘古城上的风。一群金发蓝眼的游人从书里走来,在松潘古城的街道上拍照留念……鸟雀云集,市声渐息,微光在松潘古城上与过往烟波相遇，彼此谦让而出。刀光剑影，二十万吐蕃军队和大唐戍边卫士，仅仅为了那个大唐深宫里走来的女子吗？

　　曾经的浴血奋战，血腥杀戮，斑驳的记忆脱落出一些断裂的黑斑，残片如存封的日月，光圈已黯然成黑洞，留下隐隐暗疾。唐蕃松州之战那段血腥的历史尚未走远，此时它在古松城砖石的缝隙间挣扎，阴暗着潮湿的灵魂。一段美满的姻缘，化解了刀光剑影的肃杀，吹散了松州城上的硝烟。

　　英雄抱得美人归，汉藏和亲，唐蕃会盟……当爱跨越地域的栅栏，越过种族的壁垒，格桑花绽放的风姿最艳丽。愿这久远的和睦芬芳，借着文成公主飘飘的衣袂，刮一场暖暖的春风，吹遍雪域高原的每一个角落。于是，开明的松赞干布叱咤雪域高原，一个强大的吐蕃王朝就此诞生；尊佛从善的文成公主播洒爱心，使唐风古韵在雪域高原传扬，传为千古佳话，与松潘古城一道光耀史册。

（二）

　　古松城外，岷江河畔，清真寺旁。高大挺拔的白杨树，虬枝突兀，像裸露的臂膀，金黄的叶片在晚风的鸣吟中，不想就此收场，亦如长安城里的黄袍加身，金光熠熠，从失落的一场场游戏中嗅出风声鹤唳。夜晚，月亮爬上了古城墙，用她素白的手，抚摸着古城墙上每一块沉默的砖。风声，更像个低声行吟的老人，从古城门里走出。凝眸静听之时，一曲凄凉的歌谣由远而近。思绪，顷刻之间灰飞烟灭。

　　"三堡九坪十八关，一锣一鼓到松潘；上一次松潘犯一次难，下一次灌县过一次年。"董湘琴的这首《松游小唱》道出了松茂茶马古道的艰难与险阻。古松城下,昔日茶马互市的繁盛景象,从城内蔓延到城外,一直绵延到遥远的青藏高原……

归鸟四散而来,在暮色下梳理疲惫,逐渐压过来的黑夜将羽翼染黑。修复一新的古城墙,仿佛长出了油画染料,在雪宝顶下、岷江河畔缓缓流淌,在青石上涂改春秋,大胆写意的故事,将谈笑与散淡拨入城内,一丝冷冷的杀戮油然而生。一些人和事失落于古松城内外,也可能误入暗色调打磨的石板长路。一部分跫音就可能被雨水冲进迷宫似的地窖,冷藏或者发酵。

英雄和战马来过又走远了。马刀相接的铿锵声和勇士的呐喊声此起彼伏,刀剑的冷光和寒气,锋芒逼迫或者绞杀曾经的入侵者。来自大唐长安的美人在古松城内浅笑和嬉戏,一抹嫣红,就染透了战袍和那些肆意妄为的野蛮,以及丧失人性的猎杀。

从此,阳光和煦,边关和谐。

(三)

草木深深,穿城而过的岷江淹没了激情和怨恨。破城而入的吐蕃军士,搂着美人和怨妇,饮酒作乐。宫曲随月色伴着穿城而过的岷江流向城外迷蒙的草丛,醉了两岸的群山沟壑。杀戮声在寒风中打颤,兵剑尚锋,炮火尚浓,权杖却易了主人。而城墙比权力似乎更顽固,横卧在沧桑的古松城内外,一次次惨遭磨难,又一次次躲过劫杀,保持自身巍峨不屈的姿态。

西门顶上的那段古城墙,如孤独的老者,从盛唐一直守候到今天,静静地在那里独自品味川西高原残冬的萧条。有红叶碰落一枚残阳。弓箭穿越的历程,其实就是教科书上点滴的墨迹。旌旗随风招展,像一幅幅翻过去的画卷,在时间停顿的刹那,才能辨认游动的轨迹。有些将军和士兵成为白骨,化为灰烬,他们就在脚下的城墙根儿,在岷江河畔的黑土地里被折磨着,怨恨着,呻吟着……一些尘埃漂浮于空气中、史卷里,像是展开的蝉翼,追逐着什么。

突然间,一群麻雀闯入视野,古城墙上那些倒掉的砖石瓦片,更像大唐抑或吐蕃那些死去活来的幽灵,匍匐在无人打理的荒草丛中。又似乎在等待什么,极为固执地乱成一团,仿佛无意混淆游人们甄别的视野……岷江飞溅,松茂茶马古道拉伸了岷山山脊。在一本线装书里,山间驼铃、威武马帮、深山驮脚店、老板娘灿烂的笑容、古城遗迹、市井喧嚣……被一一圈点进史籍断章。压抑着骡马的响鼻、赶马汉子的吆喝声、惨遭劫难的羌民的哀鸣……老先生拿起毛笔开始圈点……

(四)

飞鸿快鞭曾经抽疼了岷山的黎明,蹄声踩踏的石子,在岷山松茂古道上留下了铁拓之痕。

从都江堰玉垒山上的第一个驿站开始,蜿蜒而上的陡峭,似乎喊住了人仰马翻,逼仄了刀光剑影。松茂古道上的民谣,昭示着怎样的一部马帮血泪史啊。松茂古道,有一段线路弯在了谷底,却毫不犹豫地举起了岷山日出。那些被打断了的真相,在岷山深处幽灵般徘徊。最后,终于落入了虎狼之嘴。

繁华落尽,遗风尚存。松茂古道上,那个曾经叫作叠溪抑或是蚕陵的小镇，传说是黄帝之妻嫘祖的故乡。七十多年前，这里可曾是一个边贸重镇，是松茂古道上一个商贸集散地。人来人往，络绎不绝，热闹非凡，盛极一时。然而，终因一九三三年那场特大地震，顷刻间，山裂地崩，黑地昏天，山地摇动，叠溪台地轰然陷落，蚕陵重镇荡然无存，方圆数十个羌寨瞬间覆灭，数千羌人瞑目九泉。

一座古老的城镇，连同幽远而神秘的历史，一起被淹没在了水底，仿佛历史上根本就不曾有过。那种惨烈场景至今令人不寒而栗。如今，凝望叠溪海子，湖面宁静，波光闪烁，绿如碧玉，似乎还有雪山若隐若现。松茂古道传来了微弱的呼吸。

雪花以枯白告示，领走落叶。古老的岷江河被严寒冻结，雪宝顶冻伤了时间的羽毛。砒霜在眉梢颤抖，恐吓与死亡成为永久的记忆。从此，打马凤鸣的古栈道荒废在了岷山深处的褶皱里。此刻，推土机填平了久远的村落，古树枝伸出抚慰，绿叶垂下了春天的头。一条青蛇缠绕古道的经络，似有离经叛道，一条条铁马组成的长龙潜入林莽，穿梭于岷山山脉间……一座座风韵犹存的羌乡村寨拔地而起，蚕陵后裔脸上露出了幸福的笑容。

远古的烟火，叼起松茂古道两旁大胆燃放的格桑。有一粒火星溅落在岁月的疑问中，在光线织就的缎面，往来穿梭于时间隧道中的就是我的故乡么？松茂古道的尽头，大唐松州在落日的余晖里熠熠生辉。唐蕃联姻，取代了硝烟和战争。从此，和平与稳定成就了一代又一代热爱生活的藏羌儿女。

（五）

和煦的阳光中，悦耳动听的民族音乐从不远处的店铺传来，汽车的喇叭声伴着小商贩的叫卖声，犹如此起彼伏的浪涛一般没有尽头，似乎在召唤着什么。古城内外民居屋檐上的风铃，在微风中发出清脆的响声，时近时远，时亲时疏，缥缈得如同此时的松潘古城一般，令人难以渗透其中的玄机……数不清到底有多少人描写过松潘古城，可是，无论什么样的文字和语言似乎都难以揭开松潘古城那神秘的面纱。

清晨，走进薄雾缭绕的松潘古城，感受着充满蕴含岷江水汽的凉风，润润的，滑滑的，像落下了温柔的一吻。

还记得二十多年前，我曾居松潘古城一隅。那时的松潘古城，更像一位老人，古朴、真实。古城墙尚未修复，只是些许残缺，却有野草肆意疯长，晃荡着大唐松州的远古魅影。

清晨、薄雾、古巷，袅娜的炊烟在岷江两岸飘逸。那时的松潘，可是一座未曾被渲染过的高原古城；那薄雾仿佛置身没有尘土的世外桃源，弥漫和充斥着古城的每个角落。我常常于清晨独自走过古松桥，抑或是南桥，漫步松潘古城的南街和北街，偶尔遇到几个路人或几只野狗。那种流浪成性、随遇而安的"松潘狗"，虽然个头很大，但它们从来不叫，漠视着我的存在。那些大清早就拉起长长的吼声，赶着骡马到城郊放牧抑或干活的古城汉子，不管这座古城醒还是未醒，总是肆无忌惮地高声吼着大摇大摆地行走于大街上的骡马。马帮走过之后，便是一堆堆尚冒着热气的马粪。那古城汉子吼马的声音，以及骡马们不时打着的响鼻，至今尚在耳畔回荡。透过那些踢踢踏踏穿城而过的马帮，仿佛听到了素有"川西高原茶马互市贸易最为繁盛之地"的松潘古城古老历史的回声。

每一个晴朗的早上，阳光总是悄然爬过古城墙那清幽的石板路，继而覆盖整座古城。很多个朝霞掩映的清晨，我都爬在古城墙一角，眺望从古城不同角度袅袅升起的炊烟，享受着松潘古城清晨的勤劳和宁静，一册课本、一本笔记本、一支笔，背诵完课文，就常常在古城墙上发呆、沉思。零碎的文字，笔下竟也有别人的故事，无论是真是假，却也无比安心。

据老人们讲，自汉唐以来，松潘城均设关尉，屯有重兵，清朝时设置松潘厅和松潘直隶厅。唐朝时，吐蕃首领松赞干布派使者前往长安求婚，不料使者路过松州时，被州官扣押，松赞干布大怒，亲率大兵二十余万攻打松潘。当时，唐都督韩咸战败，唐太宗命吏部尚书统军抵达松州，经川主寺一战，唐军大胜。松赞干布返藏后又遣使臣送黄金以求通婚和好，太宗晓以大义，将文成公主嫁与松赞干布，汉藏通婚在古老松潘传为千古佳话。明洪武十二年（1380年），平羌将军丁玉在平定威、茂士官董贴里叛乱之后，挥师北上，进驻松州之后，上书皇帝朱元璋，建议在松州设置军卫。清咸丰年间，税赋沉重，由此引发了一场藏、羌人民反清大起义。起义历时六年，领导这次起义的领袖是松潘羌族女英雄额能作。起义军曾攻下九关六堡，占领松潘古城两年，多次击败清军围攻，消灭清军数千人。民国二年（1913年），改松潘直隶厅为松潘县，县级建置沿用至今。

二十多年前，寓居松潘古城的岁月里，我的家就在城关粮站内，住房靠近古城墙的一个角落，城墙外面是一户普通藏族人家。我常常爬过古城墙，去到他们家里，与他们家的孩子一起背书或者玩耍。女主人甲么措阿姨每天晨起的第一件事就是去古城墙下的牛栏里挤牛奶。清晨，温暖的阳光照耀着古城墙下悠闲的牦牛群，天空显得格外的湛蓝透明。还记得，当时甲么措阿姨家有近一百头牦牛。每天早上，经过近两个小时的劳作，甲么措阿姨和帮工们就会提着满满的几桶牛奶回到家里，然后开始做早饭。他们的早饭基本上都是酥油、糌粑、奶茶，偶尔也见他们用土豆块和灰面做成"洋芋面块"，很少见他们吃肉。那时候的大米很少，只有机关上的干部才可以凭"购粮折"到粮站去购买每月定量供应的大米。因此，我常常用家里的大米或者面粉去甲么措阿姨家兑换酥油、糌粑之类的土特产。每每这个时候，我就会发现甲么措阿姨抑或整个松潘古城周边的藏回民族家庭的人们，在做早餐时，都特别喜欢切一块砖茶放入沸水中，再加入牛奶，熬煮好后就揉糌粑吃，香甜的酥油奶茶和糌粑是他们一天的主食。

在我的记忆里，松潘古城最美的并不是那残缺不全的古城墙，也不是街道两旁那些风格迥异的建筑群落，其实是那些位于城门洞内外的居民小巷。可以这样说，松潘古城墙内外的那些民居屋檐上的杂草和掉了漆的雕花窗子，时至今日，随时随地都在向人们诉说着古松潘的往事。

还记得，我有一位同学叫美静，那时候，他和他的父亲还有一个弟弟美松一家三口就居住在古城南街一个小巷的民居里。他们的房间不大，只有二十多平方米，用木板隔为三间，一间是厨房，一间是他们父子三人的卧室，一间是刘叔叔的缝纫车间。刘叔叔是一位手艺非常不错的缝纫师，南街、北街的人们都到他们家里请他缝制衣服。当时，美静和美松的母亲一直在重庆巫山县农村务农，他们一家三口全靠刘叔叔给别人缝补衣服为生。据说刘叔叔是早年四川大学毕业的高才生，因为参加川西高原平息叛乱来到松潘，后来被打成了"右派"，失去了工作。那时候，我常常穿过古城南街的小巷，绕道去到他们家里，与美静和美松一起复习功课。每日清晨，古城南街的小巷里，随处可以看到早起的老人，无论藏族、羌族、回族，还是汉族，他们都身着不同民族的服饰，脸上洋溢着慈祥的笑容，沏上一壶茶，慵懒地、安静地坐在那里，享受着夏日古城迷人的晨光。

空闲时间，刘叔叔还要给我们讲讲松潘古城的历史，他说松潘古城的历史比北街后面的城隍庙的历史还要悠久。当时筑城时，西沿山麓，东跨岷江，历时五年才建筑成型。后来又多次加筑扩建，才形成松潘城制规模。刘叔叔还说，松潘古城墙围长约六公里，城高十二米，城墙的平均厚度达三十米，拱形城门跨度在六米左右……松潘古城有七道门，东门叫"觐阳"，南门呼"延熏"，西门称"威远"，北门是"镇羌"，西南山麓的那道门称"小西门"，外城两门，东西向称"临江"，南北向称"阜清"。各城门以大块平行六面之条石拱圈，使顶部呈半圆形，门基大石上镂有各种花雕图案，十分古朴……

我对松潘古城的认识和最初的了解就是从刘叔叔的讲述中开始的。后来，十一届三中全会召开了，刘叔叔落实了政策，回到重庆巫山老家工作了，美静和我一起上了大学，美松后来也考上了警察学院。如今，他们都在重庆幸福地生活着。

今天的松潘已经是一座全新的仿古城了，失去了古城的韵味。但是，无论如何，古城南街上的民居小巷的旧日模样总是定格在我的脑海里，永不消退。特别是清晨，只要经过古城岷江河畔的任何一家小院，我的眼前就会浮现出刘叔叔慈祥地坐在木椅或者藤椅上，看着院外古城墙边上的金黄色银杏树，泡上一壶马茶，沐浴在高原的阳光下，正用他那颗纯洁而善良的心感受着这座两千三百年历史的高原古城。

当我走进美静他们一家三口曾经居住过的南街小巷，发现小巷里不少怀旧的人家，至今还在自家的墙上挂着很有些岁月痕迹的酒壶、糌粑口袋等物品。走进这些人家，让人仿佛又回到了松茂茶马古道上马帮铃儿响叮当的年代，想起古松城石板路上的马蹄印儿和流传至今的老马帮的故事。

这些年来，我常常回到松潘古城，在古城街上也认识了一些人，但他们大都是外地来的游客，名字和模样我已经记不清了。这些人只把这里当作一个中转站，他们在路上，而我在这里却仿佛回到了自己久别的家。我曾经大清早就和陌生的朋友在古城的大街上闲聊，我们不问对方姓名、来历，就只是闲谈松潘古城。我们对于松潘古城和其他古城进行了一番讨论，他们常常把云南的丽江和松潘古城进行比较。他们说云南的丽江是个妖娆的城市，弥漫的是边塞古驿站的韵味，甚至是诗情画意。"那么松潘古城呢？"我问。他们常常出乎意料的沉默让我有些愠怒，"我很赞同你们对于丽江古城的理解，你知道，丽江和松潘古城都是茶马古道重镇，而松潘古城的诗情画意并不亚于任何一个地方。"

伴着和风漫步穿城而过的岷江两岸，看着水汽从河面袅袅升起，像琴弦上舞女的裙，又像一根根丝带拔地而生。那湿漉漉的水气缓缓升起，慢慢浸入身体，唤醒内心深处的朵朵格桑，花瓣一片一片展开，不久便在心底开出一朵粘满露珠的花朵来了。经过一夜霜露沐浴过的岷江，平静的水面与清晨的阳光嬉闹着，颇为鲜活。灿烂的朝霞洒在河面上，与奔腾的岷江相互撞击，反射出耀眼的光芒，使整个松潘古城笼罩在一圈圈色彩斑斓的涟漪里，一波还未散尽一波接踵而至，此起彼伏的光环闪烁在朝霞掩映的松潘古城里。

在松潘古城安详的鼾声中，独自信步于岷江两岸的古城小巷里，双脚踏在古城墙古老的青石板上，透过它光滑的脊梁，可以读懂松潘古城那沧桑的历史。在被马蹄磨得光滑的石阶正中，留有一对深陷其中的蹄印，俯下身来，将耳朵轻轻放在蹄印上，合目悄然聆听，你可以听到那超越时空的驼铃声——那铃声，曾经点燃过松茂茶马古道的阴霾，曾经照亮过松潘古城的希望。在刻着"六字真言"的玛尼石下，一朵格桑花用尽全力从细缝中探出瘦弱的脑袋，倔强地站立着，宁愿日晒雨打，也要见证松潘古城的点滴，直到生命的最后一刻。

民居小巷两旁的墙脚处，长满了绚烂的野花，它们簇拥着，用好奇的眼光打探着周围的一切，粉红的花瓣上，缀满了点点雨珠。遥遥相望，在薄雾中晕开一片粉红来，就像松潘姑娘脸上泛起的"高原红"，甚是可爱。花下倾斜的陶罐，一股细流从中直泻而下，好像藏家姑娘戴在手腕上的银镯子，那么透亮，那么细腻，最终落在石板上的滴答声，宛若古城呓语。

民居小巷尽头的花红树，在一夜新雨的滋润下，抽出许多新芽来，空气中充满了它们特有的清新体香，刚展开蜷曲身体的新叶，在银色雨滴的轻拂下翩然轻舞，轻得让你不自觉地压低呼吸声，生怕稍大点声就会把新叶轻易折断。就在这时，它们向我投来一串银铃般的耳语：闭上眼睛，慢慢吸一口气，你闻到我们的舞姿了吗？

转身回望，只见那曲曲折折的石板路消失在民居小巷的墙角，从远处传来轻快的脚步声和古城姑娘们爽朗的笑声，笑声唤醒了梦中的松潘古城，它醒了，顿时整个松潘古城沸腾起来，新的一天就此诞生。

白草羌的怀想

农历十月初一，是羌族的传统节日——羌历新年。一大早，朋友就发来手机短信："羌笛幽幽云中飘，沙朗欢快篝火耀，咂酒飘香千万家，尔玛人在感恩笑。"于是，心血来潮，欣然回复云："西川草黄欲化仙，羌笛悠悠度新年。常忆先祖迁徙史，石雕楼房记宏篇。勾情思，笑忘言，扣住心扉泪满面。尝尽他乡飘零苦，开颜因君故影现！"

岁月如梭，流年似水，不知不觉，一年又去。故乡羌寨的今天，应该是祭拜牛王菩萨的日子，也是庆祝丰收、祈祷来年风调雨顺的喜庆节日——羌历新年。今天，我在嘉绒地区的梭磨河畔思念美丽的家乡——松潘县白羊乡。

我的故乡白羊，有一条发端于桦子岭雪山的河流。这条河名叫白草河。沿河而居的羌族叫白草羌，白草河遂成为白草羌人的母亲河。白草羌是羌族的一个重要分支，属"生羌"，它的命名应该源自故乡境内桦子岭雪山脚下的小白草沟。白草河系常年性河流。小白草沟的南面是北川县的青片河大熊猫自然保护区，那里居住和生活着羌族的另一个支系"青片羌"；向西溯小白草沟而上，翻过山口，可达九环线上的松潘县解放村，那里居住和生活着又一个羌族支系"牦牛羌"。七十多年前,故乡境内的小白草沟曾居住着不少羌民和藏民,盛极时曾达到两千多人,新中国成立后全部迁至今天的白羊。故乡白羊,一九三五年前为安界,归松潘镇平甲竹寺安家土司管辖,通称三段户口(人多兴旺之意),属甲竹第一堡。民国三十四年(1945年),三段户口被更名为白羊。

历史上,生息于白草河两岸的白草羌人,英勇善战、百折不挠,有着顽强的生命力和坚韧不拔的吃苦耐劳精神,世代刀耕火种。虽然,这里与外界曾被无数大山深壑所阻隔,但却是重要的军事战略基地。明、清两代,白草羌人曾多次揭竿而起,奋力反对封建社会的压迫和剥削。而封建王朝为了巩固自己的政权,在这里设立土司,划片而治,逐渐形成了羌族的一个独立分支——白草羌。

古时候,这里是"农安茶马古道"(东起绵阳安县西至平武县农安乡,再至松潘古城)的必经之地,也是茶马古道上一个重要的中转站。明代诗人朱瑜山途经这里,见白羊场山下的马鸣沟、泗耳沟在汇龙桥下相会融入白草河,河中的石脚盆金光闪闪,山坡上白羊成群,再加之白草河两岸风光秀美、人杰地灵,欣然赋诗云:"金盆石锁镇双江,远望青山卧白羊。春来万物生长在,松州江南白草河。"一语道破这里的神奇美丽。一九一三年,英国植物学家威尔逊曾徒步走过"农安古道"而抵松潘古城,曾在这里长时间滞留,并将白草河畔的珙桐树种采至英国,在大不列颠培植繁衍,大大丰富了欧洲的植物种类。所以,新中国成立前夕,故乡白羊与毗邻的北川片口相当繁华,尤其是片口,一个镶嵌在羌山深处的古老集镇,是附近乡镇人民主要的集散场镇。凡是成都有的，片口就有，而且，这里是"百日场"，每天的流动人口达千人，社会、商贸、政治，在这里都是一个集中点，因此，片口历史上就有"小成都"之美称。片口的意思是"九口归一片"，是说这地方有很多个"口"。古代军事上把重要进出的地方叫"关口"，而白草羌人把重要的进出地点叫"寨口"或者"路口"，片口的来历就是因为境内有"上场口、下场口、山江口、桃李口、磨盘沟口、索子口、上泽口、下泽口、沟口"等九个以"口"所取的地名，每个口都有溪水流出，与白草河融汇在一起，一并流入涪江，汇入长江。红军长征时，红四方面军政治部就设在片口。解放初，国民党十三军的一个军曾在片口战败而散。

今天，白草羌人视白草河为母亲河。生活在这里的人们既有土生土长的白草羌人，也有外地融汇的"四方客"，这里是民族交融的大熔炉，也是文化交流的集结地。土生土长的我，见证了白草羌人从改革开放到今天的不断发展和进步，更见证了"5·12"特大地震后白草羌人的勇敢、坚强和自强不息的精神。

故乡白羊是白草羌的发祥地，古老的白草羌文化，在这片圣洁的土地上飘扬出一缕缕神韵，让人流连忘返。儿时记忆里的白草羌乡，就是一望无际的大山，还有那大山深处的白云和蓝天。世代生活在这里的白草羌人，过着"日出而作，日落而息"的休闲生活，由于当时交通和通信的制约，让孩提时代的我就像在"世外桃源"般，年复一年地度过了十多个春秋。那个时候，春天采花捉山雀，夏天下河洗澡，秋天吃着野果陪蝉鸣睡觉，冬天在雪地里堆雪人、打雪仗，一年四季都充满了童趣的欢乐。儿时的白草河畔承载着我的欢笑，也盛载着我难以忘怀的童年。

青春期，为了求学，从没有走出过大山的我，第一次沿着白草河逆流而上，徒步迈向山外的世界。长达九十公里的马鸣沟，记录着我的脚步，通往松潘古城那条荒无人烟的深山驮道上，镌刻着我青春的记忆。在那条路上，要么徒步，要么骑马，多少寂寞难耐的时光在诸如白鹤岩、溜索头、倒立沟、燕子坪、汇龙桥、涉河、野牛坪、长五间、老熊塘、四姊妹塘、番字岩窝、一碗水、桦子岭、一根松等美丽的地名中悄悄打发，每天必须徒步三十公里才能入住隐藏于深山老林中的骡马店。

当人类文明的帷幕启开之始，地名这一集历史民族文化广泛信息的载体，就已经出现在社会之中，为人类服务。在中华大地上，每一个地方的地名，或形于文字、或出自语言、或蜚声文学、或置身历史、或涉及外交、或名噪战争、或与民族有关、或与宗教联系、或利于考古、或益于旅游。地名的内涵极其丰富，所谓竭尽山川之灵气，博采自然之精华，凝聚历史文化之精髓，是千古历史的证人。

我的故乡白羊也不例外。历史上，故乡白羊有一个村寨，虽然地处偏僻，但很出名，远近皆知。因其境内不仅风景秀丽，山恋叠嶂，而且树林浓荫，溪河交汇，出产也很丰富，故名"察房"，系藏语地名，译意为"盐巴口袋"。故乡白羊不产盐，为何这个村寨叫"盐巴口袋"呢？说来话长。相传，在很早很早以前，这个临近平武县的地方，毗邻住着两大富豪人家，两个寨主经常在一起鬼混，成天不是打牌赌钱，就是下棋争输赢，反正花天酒地混时光，以白草羌人的血汗养活自己。一天，两人聚在一块，平武泗耳的那个富家看上了白羊寨主开的一个商号（店）所经营的盐茶生意，于是对寨主说："今我二人下盘棋赌输赢，若你输了，你可要付我一口袋盐巴；若我输了，便用黄金抵押盐价。"白羊寨主考虑后，慨然应允。棋赛开始了，一个提车，那个走马，一来一往，一盘棋整整下了一个上午，结果是平武泗耳富家赢了白羊寨的寨主。按照事先的商定，白羊寨主该付给平武泗耳富家一口袋盐巴。在过去的年代里，特别是白草河畔羌区，盐茶贵如金，白羊寨主的商号里虽然有的是盐，可是一盘棋输掉一口袋盐，他的心里还是感到很痛的。于是思来想去，最后只好"耍奸"。他转身进到屋里假装取盐，先把口袋倒空，然后拿着空口袋出来，对平武泗耳富家说："真不巧，我的盐没有了，你看只有这条空口袋，为了不失信于你，现在我有一个变通的办法，我愿将靠近你的地界的一块上等土地划给你，作为一口袋盐的价值。"平武泗耳富家一听，明知寨主在"耍奸"，也不好过于相逼，只是淡淡一笑，然后说："为了不失约，我看除了那块地外，将这条盐巴口袋也送给我吧，这样才算兑现了一口袋盐的诺言。"白羊寨主听后，觉得也可以，毕竟只是一条空口袋嘛，也就同意了。从此，人们就称那块地为"盐巴口袋"，即藏语里的"察房"，久而久之，也把那个村寨叫成"盐巴口袋"（察房）了。至今，在故乡白羊的平坝村的中央，还有一个归属于平武泗耳乡管辖的村寨，依然沿用其名，生息繁衍于斯的羌族、藏族、汉族和睦相处，相融共生。

翻越过桦子岭雪山，我来到了岷江河畔，第一次见识了高楼大厦，知道了山外世界的繁华和精彩，并自此经历着城市的美丽和喧闹。但是，无论漂泊到哪里，每逢清静之余，尤其是我们的新年来临之时，一种殷殷的思乡之情便油然而生，忽然觉得，白草河畔的宁静才是一种真正的美丽。每有闲暇，便迫不及待地回到生我养我的这片热土。每每此刻，内心总有一种特殊的安详和踏实。

横贯家乡的那条白草河总是静静地流着，两岸的水草随着微风轻轻地摆动，一到夜前午后便热闹起来，笑声、吆喝声在河边荡漾开来，门前那小土路总是温漉漉的，好久都干不了。清晨，打开屋门，雾气一下子涌进屋，整个屋子就成了一幅淡淡的水墨画，朦胧得甚至可以把你的心也一起融化了，等到阳光慢慢拨开雾气，树叶上便落了一层水珠。而那些熟悉的面孔上，总是洋溢着迷人的光彩，漫山遍野的野花淡淡地放着清香，绽放出一张张金灿灿的笑脸，静静地把醉人的香气送到千家万户，于是整个白草河畔都如痴如醉，如梦如幻……故乡"白羊"这个名字就这样深深地镌刻在我的生命里，依此给自己取了一个自认为还可以的笔名"白羊子"，无论漂泊到哪里，血管里始终流淌着白草羌人的血，永远是故乡白羊的儿子。

故乡春色

早春的故乡，柔美而恬静，安详地伏卧在白草河的臂弯里。春雨的滋润，让这里平添了几多妩媚，显得鲜活灵秀。一朵朵辛夷花，沿着弯弯曲曲的白草河，开在丘陵沟壑里，开在淙淙溪流旁，开在自己的季节里，每一朵花都渲染出一份情致，一份雅韵。"如此高花白于雪，年年偏是斗风开。"虽然没有绿叶陪伴，但它却最先跨进了故乡春天的门槛，自信而美丽地绽放在早春的寒风中，带给我们春天的烂漫和问候。

故乡的辛夷树，也叫姜朴树，树型较大，每到早春，十多米高的辛夷树上的辛夷花就盛开了，从故乡的大山脚下散漫地开到山顶，把故乡的村落，掩映在一片白色的花海中，让人心生感慨，诗兴盎然。屈原老夫子在《楚辞》中就有"朝搴阰之木兰兮，夕揽洲之宿莽""朝饮木兰之坠露兮，夕餐秋菊之落英"之诗句。诗中的"木兰"就是眼前的辛夷，这说明辛夷花早在两千多年前，已经走进屈老夫子寄寓人格的"香草嘉木"之行列。而谁又能知晓，屈原看到并吟咏的，不正是故乡沟壑溪畔那些缤纷的辛夷呢？

据有关资料记载"元明之间，广为栽植"，明代《本草纲目》云"辛夷生于汉，丹阳之道"，即指今天的汉水流域。然而，位于涪江上游的故乡白羊至今仍保留有五百年以上的天然植物群落，胸径一百厘米以上的辛夷树就有一千六百余株。花开时节，徜徉在这里，无处不闻空气中飘浮的幽香，那种带有天然味道的奇特幽香，高远、清逸、宽阔、神秘，深藏不露而又无处不在，能一下子俘获你不羁的心灵。在这样氤氲的气息中，纷乱的心绪可以得到安宁，生命的真谛可以得到彻悟，会让你不由地感叹，如此美好的生命和时光，值得珍视和拥有。

故乡的马鸣沟，溪流环绕而过，农家小院外生长着粗壮的辛夷树，每到春天，远远望去，那满树的花儿密密匝匝的，在阳光的照射下，洁白的花瓣变得银灿灿、亮闪闪，夺目生辉，有一种超凡脱俗的感觉。村庄内外被辛夷树笼罩，花香四溢，真可谓"梦的家园"。那一树树辛夷花洁白无瑕，交相辉映，重重叠叠的花海，随着山势起伏跌宕，多像一片锦织的云霞，如梦似幻。农人在花海里生活劳作，这里不正是天人合一的"梦的家园"吗？

故乡的春天，就像羌山儿童的小脸蛋。春阳下，嫩嫩的小草在田边地角探着头，晃着脑，显得十分可爱。第一场春雨，就像一杯醉人的美酒，使故乡甜在我心里，醉在我心头。每每此时，总有一种向上的精神鼓舞着大山深处的人们，催促着故乡迈向盛夏的脚步。我更喜欢故乡春天的蓝天白云，以及白云下壮丽的羌山美景。每当春暖花开的季节，故乡春意盎然，充满勃勃生机，令人心旷神怡。

春姑娘的脚步刚刚迈上故乡的土地，我仿佛就能听到花开的声音。鸟儿跃在枝头上欢唱，婉转的歌喉超过了"K歌"的媚娘。田野上一片嫩嫩绿色，到处清新异常。白草河水缓缓流淌，沿河两岸，开满了金色的迎春花。鲜嫩的小草，摆出一副刚睡醒的样子，慢慢地伸展着身躯，显得异常美丽可爱。田坎上的迎春花亭亭玉立，在枝头悄然绽放，像一位位活泼可爱的青春少女，正在演绎着春的美妙乐章。风儿轻轻吹过，站在故乡的田野里，就可以嗅到风中飘来的芳香气息。与此同时，草垛下的虫儿正在对唱。刚刚从我身旁走过的牧童，又在牛背上手持羌笛，吹响了悠扬动听的牧歌。

故乡的春天，您在我的心中就像一首最美的诗，您是我心中的歌。您是那么的美丽，在春暖花开的日子里，我想让心情放飞。好想让您带上我的梦，到蓝天上自由翱翔。让我去追寻您的美好，追寻我的人生路。

春到故乡，田野碧绿，山花浪漫。杨柳飘舞，春燕呢喃，白云悠悠，绿水欢笑。这样的季节，心情十分舒畅。走出家门，到外面走走、看看。看看故乡春天里精彩的世界，放慢脚步，与故乡父老乡亲共同分享春天的美好时光。

故乡的小雨

迎着白羊河谷吹来的丝丝微风和普照在家乡上空的太阳,我不在荣华山下等待,而是加紧歌唱家乡改革的步伐。

穿梭在故乡山村的绿林间,鸟儿们欢快的音乐吸引了我。望着这一片片茂密的丛林,我高兴得跳了起来。你看,远处的油菜花开得那么艳。你看,眼前的公路为我们带来了便利。老阿爸望着行驶在公路上的汽车,笑弯了腰。叔叔把家乡改革的鞭子挥动着,挥向白草河畔那些欢快的牛羊。一座座新建的小楼房挺立在家乡的路旁,一个个新修的农庄躲在山的那边,还有振兴中的新村,都凝聚着社会主义新农村建设的硕果。可爱的家乡人正用他们的勤劳和智慧,抒写着家乡改革的篇章。

离开家乡,走进另一个地方,在秋菊傲霜之后,蜡梅斗雪之后,总有一些荣辱与成败,溪水般匆匆流过。在山的尽头是潺潺的水声,是不歌亦艳的花朵,云开雾散时,多少玲珑的马蹄叶花欲歌亦舞,多少轻盈的鸟影翔入梦境,多少淋漓的情愫被苦难磨亮,多少次梦里的家乡重然而现……浮云飘回来了,夜的花瓣还黏在梦的枝头。夕阳还浮在心跳的地平线上,让爱和春天展开翅膀,在梦境里飞翔。家乡的歌儿甜,家乡的油菜花儿黄。

家乡的春雨和阴冷潮湿的风,像是隐秘而稚嫩的少年心事,幽微的烛光,飘动的长夜之声,像一朵刚刚醒来的睡莲。家乡的春天,花朵和蝴蝶悄悄耳语。夏天,风的手指,扇动一种欲望;秋天,树叶慢慢凋落;冬天,树木披上了过冬的棉袄……

对于家乡,我啁啾于感情树上的孤寂之鸟,兴奋于甜美的向往，惶惑于无边的思想，爱好于斑斓的花朵；在家乡，一丛野草的绿叫野草，一股风的绿叫绿风，白草河的绿叫河流，一个地方的树叫森林。我曾在故乡绿风的袖口里小憩，在清韵流淌的原野中长睡，在鹰俯冲而下的山顶放浪形骸。远处的鸟，是我回忆途中遇到的风暴；远行的鸟，拍击天空的翅膀被风折断，它们甩动透明的骨节，在归途中歌唱，那歌声一直萦绕在我耳旁。

是谁将一支画笔，遗失在白草河的岸边？这是一条瘦了身的河流，一个冬季的行走没有白费心机，着实使它减了肥，瘦了身。一群孩子从河滩上捡拾起顽石，向寨子走去，三步一回头。两岸的群山仍旧站成一副骨架，让血液沿着年轮旅行。没有遗憾，没有后悔。仅仅一丝的惆怅，在一块干涸了很久的断碑上刻满了水的伤痕。

早晨有雾，一层薄薄的霜冻将垂柳的根连接。直立，像老阿爸的腰杆，需要三个季节的回忆来扶持。躲在群山中的一双眼睛，盯着春潮漫涨的河面，还在寻觅，寻觅那个失落于顽石与沙粒间的脚印。此刻，白草河正在清理多余的岔道，像极了一条乡间的路。一场春雨，装扮了柳岸。但对于故乡的白草河，却不能让它背叛内心的追求。穿过一片白茫茫的画，山与村寨都凝固了。雨丝也凝固了，就像浮在空中的一团团诱惑。唯独白草河的水在顽强地生长，给季节和土地嫩绿的启示。白草河之水流成一条路，等待二月而归的春风，将它剪裁成羌红或哈达，挂在故乡的肩上。它流出一种希望，等待夏天的脚步。

春天的故乡，白草河的水流过它的血管，润滑了季节的目光。太阳透过薄雾，过滤般地洒下，醉在黄昏的故乡。一只画眉掠影，一个细微的景致让故乡异常渺茫。风含着一滴欲翠的水，拐过弯弯的古道,落下季节的希冀。

一场春雨,悄悄降临。泽被白草羌乡的白草河水,从梦的缔结处扩散,植入故乡的绿梦。弯弯的白草河在一场春雨的鼓励下,趋于相思。白草河畔的早春,氤烟绕峰。画眉一遍又一遍地催动田野上的水。一头黄牛以一个季节的姿势深情游走。一只燕子在白草河上以一种舞蹈,舞着流弋的春汛。姑娘们脱下冬天的累赘,用一双莲藕一样的脚丫走过阡陌,走进春天,走进翠绿。回头,再回眸。击落对岸的歌,还有站在肩头的焦灼。傍晚,月亮升起,将白草河的秘密轻轻搂住,包括浅浅的根,以及根上的呓语。睡醒了的相思鸟,歇在竹枝上守候,寻觅一冬浮华,一冬翠竹。举头而望,翠绿翠绿的夜空,翠绿翠绿的故乡。一支勒骨雕成的羌笛挂在村口,吹奏着白草河流过春天的萌动,吹奏着季节在白草河畔的心思。

在故乡,与一场不期而至的春雨拥抱。透过她的发梢,我看到了满山的绿色在微笑。此时此刻,白草河的涛声从远处涌来,一丝凉风,隐隐如蜡梅重叠的记忆,深深铭刻在了我的脑海里。闻着故乡泥土的芬芳,寂寞慢慢凋零,一圈一圈散发的时光,从此定格在了回乡游子的车辙里。

千百年来,守着依恋,我们的情感在故乡深深地弯成了一条小路。故乡的小雨,不快不慢地滴在路上,滴进了故乡人的心房,洒落在游子的脸颊上,犹如羌寨里闪烁的灯火,温暖着人们的心窝。

这场雨如果不来,我的忧伤能否不在?然而,落下的雨滴,一点也没有转身离去的迹象。

我沿着童年走过的路,跌跌撞撞,幸福地低吟浅唱。突然间，我发现故乡的春雨特别像爱情，不食人间烟火，但却拥有洁净的世界，是因为故乡还有春天的身影。亲吻故乡的春雨，虽然不是我的权利，可整个故乡湿透的那一刻，就可以至死不渝。如果这场雨消逝了，如诗、如景、如爱的眼神，游子的目光或许就会在细雨的滑落声中，去寻觅那个曾经逝去的美梦，还有爱的芬芳。

乡愁，是对我们人生旅程中一段曾经生活和风貌的记忆。对于我们来说，那美丽的乡愁是温暖的，是怀旧的，也是淡雅的。它也许就是我家门前那小桥流水，是那屋后炊烟袅袅掩映下的星空，是那荒坡上的羊群和牛群，是见证历史沧桑变迁、赓续先贤前辈的集体记忆……这是十年前留在我镜头里的故乡模样，遗憾的是早已今非昔比。千百年的日月轮回，在雨淋中，故乡白草河畔又升起了生命的希望。故乡的父老乡亲们坚强地耕耘贫瘠与蛮荒，收获的是满窗幸福的恬梦，燃烧着祖辈炽热的企盼。然而，勤劳致富，这个亘古不变的道理放在今天市场经济大潮下的故乡却有些不灵了。由于农民的生产是为市场而生产，他们生产的粮食或肉蛋奶，都是用来交换的商品，且没有定价权，谁老实巴交种地谁就吃亏……原来，这就是为什么那么多的年轻人纷纷逃离这个美丽的家园，向着拥挤的城市奔去……

故乡，一个铭刻心间的名字。那里是家的地方。面对故乡，心中珍藏的那份永远的温暖，是幸福美丽家园亮起的灯盏。闪烁的光芒，诉说着甜美的梦想。

老有所养，养有所乐。夕阳的红晕，是生命由衷的赞叹。执政为民，民生为天，是泰山般的重任在肩。

故乡，是游子的根，是家的深深呼唤……

故乡的小木桥

故乡的小河上，至今依稀可见一座座原木架设的小木桥。小时候在故乡生活，初冬时节，似乎每一个清晨都是踏着铺满白霜的小路去上学。走着走着，会经过一座原木扎成的小木桥，桥面上也铺着一层白霜。

故乡的小木桥，一头连着羌山村寨，一头系着远方。"晨起动征铎，客行悲故乡。鸡声茅店月，人迹板桥霜。"这是唐代诗人温庭筠的诗。当时我还不怎么理会这首诗的意境。后来才知道，这首诗表达了行旅之人清晨上路，披星戴月，霜晨寒凉。我们当时上学经过的那座小木桥，共四根原木拼扎而成，中间横扎了三道抱固，安静地跨于小河两岸，约莫有十米之距，桥面上的一层白霜往往会让我们望而却步。

霜落在桥面上，是有些滑的，小孩子总是担心一不小心落入水中，于是往往在桥头徘徊。遇到早上出门下地的大人，亲热地叫一声表叔表娘，于是被他牵住手，一前一后地过了小木桥。

冬天的白草河水不深，最深处或可没过成人的膝盖。河水在小木桥下无声流淌，水面仿佛总是浮着一层隐隐的雾。

早起的猎狗，也跟在下地的大人身后，脚步轻盈地过桥。

等我们过了桥，走远了，再转身，便看见大人的身影已经远去，隐入一片苍黄的大地中去了。

故乡秋色

是谁端坐在故乡的白草河边，向我深情地凝望。如果不是秋风吹落了那片黄了的树叶，我就会独自一人蜷缩在故乡白草河畔荒芜的角落，静静地聆听你为我唱起的那首故乡秋天的童谣。

还记得，三十多年前那个破碎的秋天，寒潮就要袭来，不见垂柳细雨，只有白草河畔的晚风阵阵。一张纸的欣喜，让我彻夜难眠。在忙碌中，我几乎忘了故乡的所有。在接踵而至的欣喜和激动里，我忘乎所以。唯独你，在故乡深秋无边的静寂里，悄悄为我拆掉了时间的齿轮，收藏起月亮美丽的光盘。从那天起，我拿着大学录取通知书，挥手作别故乡，踏上了风雨的征程。一切叙述似乎都显得如此多余，就像一个诗人的自卑，软语江南毕竟与我们有着那样的距离，夜半钟声里，我的心只属于故乡的白草河，属于你。

曾几何时，我们带着青春的向往奔向你，走向白草河岸边涛声滚滚的林海和布满青苔的小石桥，端望落日或对视青山，翘首企盼你的悄然出现。

秋天的白草河宛如熟睡的婴儿，在川西高原的大山深处，在羌山成熟的沟壑里，尽享午后缱绻的阳光，谛听着远方游子深情的呼唤。白草河，我的母亲河，今夜我要啜饮整个羌山，尽尝你两岸旖旎的风光和金燕子传说的美丽，从你的山水巨峡里，连夜启程，沿着先人的脚步，找寻你遗落在茶马古道上的玉露风声，品一品白羊茶的清香。白草河，感谢你的钟灵毓秀，赋予我豁达开朗的性格，赋予故乡羌人们一个个沉甸甸的秋天。这幅川西高原羌山深处最绚丽的版画，将日夜镌刻在我的梦里，让我在历尽沧桑后，羞怯成一枚带血的枫叶，再也无法挥动衣袖，带走一片云彩。白草河，我一生都无法走出你温暖的怀抱，走不出对你绵密的思念，正如我无法走近你驿路的烽火和蓊郁灿烂的明天……

当马蹄穿越故乡羌寨的秋天,就会有雪花从华子岭的雪山之巅出发,一路向南,慢慢地向着故乡的羌寨走来。每当这个时候,我的阿妹山璇卓玛就会从山的那一边捎来大片大片的月光,为故乡的半边街点亮上千个灯盏。每当这个时候,就会有多少白草河畔羌人心怀往事,默默地在月光下守候,或者,走在回乡的山路上。每当这个时候,故乡白草河的浪涛之声,就仿佛离我们很远,离我们很近的始终是故乡半边街村前面那棵兀立的油柿子树,不知不觉,它已经褪尽了生命的铅华。

不要问故乡白草河畔十月的夜色有多深,不要问故乡十月的白草河水有多凉。一年一个轮回,只等你唱着歌,踏着厚厚的月光,打陌上归来。回来,就让我们永远地厮守在一起,不要让风的脚步再一次把我思念的弦踩疼。

还记得,四十年前,一场土地承包革命让故乡羌山的黑夜熬红了双眼。几只麻雀蹲在故乡秋天的屋檐下,叽叽喳喳地数落着羌山逝去的日子,这日子却是一本线装的古书,被我们读了又读。

从此往后,从故乡羌山深处传来的阵阵歌声,犹如来自于普通的细节,让衰败的月光泊在故乡白草河的浅水里,在岸边空留下一片叹息。是谁的手还在收割着生命中的欲望?山坡上那遍厚朴林将根须深深扎在了老阿妈的心上。

看,今晚故乡的上空,满天的星子在飞翔,它们的影子远远高过了羌山土地上的经济林木和我梦里那片生动的五谷杂粮地。

请不要打破了故乡白草河畔这片宁静。羌山深处那遍厚朴林、杜仲林、黄柏林……在这月辉含情的夜晚静静地流淌,我的心只属于故乡白草河的清波绿浪。溯水而上,我是故乡白草河上最透明的那朵浪花。故乡，在这个秋天的秋风细雨中，你是否感到了热爱的重量？

这个季节，我踏着湿漉漉的梦向你走来，一头扎进了你温暖的怀抱，我再次成了这个季节里羌山深处最深情的守望者。

故乡，想你的心怎样打开？我的星星雨又怎样为你滴落？别了，一张夏天的脸，我无法再次弹响白草河的琴弦，一个开发权的轻易转让，一座座小水电站的拔地而起，把故乡羌山所有的花瓣摧毁殆尽，将一缕瘦瘦的诗魂交付给故乡秋天破碎的铜镜。

秋风带来一片清凉，内心的马匹连夜赶回家乡，对丰收的渴望如同午夜的灯盏，发出耀眼的光芒。走进生命的第五十个秋天，一颗易动的心已趋于平静，怀抱故乡成熟的山野，倾听渐行渐远的白草河水声，该有多少幸福在此刻降临。故乡的亲人呵，今夜无酒，就让我们小酌几杯这漫天的月光吧。请原谅一个游子的无为，只能让瑟瑟秋风说出我们心中的挚爱。这个季节，无论顺着羌山深处的哪一条小路行走，我都能在故乡的怀抱里找到一份惬意一份安宁。摇落满天繁星，不要感伤叶的枯黄虫的哀鸣，这是命定的季节啊。即便是秋雨挂满了羌寨的屋檐，在远方，仍会有一个人，为你生起一堆篝火，点燃那盏寂寞的煤油灯。

一轮唐时明月，仍然在故乡白草河畔春江花月夜的曲子里漂浮，深夜的厚朴树飘落淡淡的相思，有多少花样年华和风花雪月的故事被诗人们打捞上岸。举杯相邀，纷纷落叶道不出故乡白草河畔秋的美来，只是那场唐朝的盛宴延续至今。茶马古道上的马帮、挑夫、背夫，还有行者……满载着你初酿的才气。月亮升起，是哪个羌家阿妹仍在白草河的岸上守望，让玉米白酒的火苗将我点燃成一柄红烛，在茫茫的羌山深处独自摇曳。

黄叶满山，黄花满地，白草河畔到处是烫伤的爱情，谁能亲手送我一捧种子，等到明年春天，我依然会报你一片绿色的渴望。

流进梦里的白草河

青篾编成的一只背篼，只有在白草河畔，才能这般光鲜。

白草河的水，养育了一个水灵灵的传说。随手可及的绿，在羌山深处演绎了一场又一场碧绿的故事。

盛满阳光的岁月，让我们不再想起今朝何年。白草河流出的歌咏，让我们流连于故乡唯美的季节。

风，守着村头那株老油柿子树，吟唱村前白草河的浪花跳动的歌。月亮已悄悄升起，从玉米秆堆成的草垛尖上四射。一只萤火虫不再流浪了，去了河岸的草丛。一个熟悉的乳名，用一生的脚印悄悄地向我靠近。

白草河的岸边，依旧是当年的样子，两岸零星地开着马蹄叶花。还是翠绿的场景，只有那朵马蹄叶花，蝴蝶一样，插在阿妹的辫子上，月色如洗，粼光碎裂。

画眉睡进了竹林深处。整个白草河两岸，仅有我们。阿妹两根粗粗的发辫，那是我用阳光搓成的背带。今夜，白草河畔最合适的搭配让背篼和棕榈协调。太阳从我的头发开始，一直奔流在眉际、喉结和脊骨。肌腱将太阳的颜色在月下发酵成黑色的土地。阿妹禅坐白草河岸边，目光落在水波之上。她用背篼里的月亮之水，灌注着我心中的太阳……

故乡的夜晚，很优美，但也很忧美。在我对故乡白草河畔的记忆迷途之后，山顶上的月亮就一下子住进了缓缓流淌的白草河里。此时此刻，风也停了，一层又一层裹着我的颜色，像一种枷锁，锁住了我的视力，让我看不见镜子后面的往事。

　　白草河的水沦陷于这样的夜晚，两岸的村寨也沦陷于这样的夜晚。忧伤的美感，是一只不知回家的画眉抖落的一片羽毛。故乡的白草河，你还依然紧握着我的乳名呢，怕我坠进深渊。你还依然紧紧地抓住我的手，怕我走进城市的酸痛。可谁能解开我心口上的锁链，让我再一次用心奔向你的怀抱呢？亲近你的浪花，走进你的翠绿。实践一次又一次证明，很多时候，我好比丝绸之路上的一只野鸟，在沙漠里寻找水。撕裂那种沉闷，将漂泊的灵魂召回。故乡的白草河，你的眼，你的神，你的忧美，一切俱是我生命中的支撑。我挣扎着返回，辨认出离开你时的那条山间小路。那是一条深山驮道，那棵高大的白杨树还耸立在路的尽头，树梢顶着月亮，让整个白草河畔悬于虚空。河水流过沙粒，可总流不过一瓣心的抽搐。我顿时手足无措，月亮还一直沐浴在白草河里。光滑的身子，像一条美人鱼。只在午夜，一次次撞开我的故事，游进我张开的城池。

　　春风，终于将白草羌乡的阳光吹成了嫩绿。第一朵桃花从白草河的汛期中流走。第二朵桃花随春天的歌声沉入河底。从山桃的枝头开始，到田野上的油菜，一路踏着浪花。

　　爱情，滚过白草河畔春天的烟雨，经过雨雪的沐浴，蹚过十八弯，化作白草河深处的鹅卵石，将故乡白草河畔的春天渲染得异常妩媚。白草羌人的故事的章节和所有的词汇都在春天里沉淀。白草河变得丰满而壮实。冉冉升起的太阳，将桃树枝头的花瓣一片片敲落，肥了一河春水，瘦了迎风摇曳的树。

面对故乡春天的白草河，老是想起张志和的《渔歌子》："西塞山前白鹭飞，桃花流水鳜鱼肥。青箬笠，绿蓑衣，斜风细雨不须归。"木楼青瓦，暖阳沿着翠竹将村寨一个个绣于锦缎，像一幅清明上河图。桃花追着梨花，飞进白草羌人浑厚的梦，一只准备偷食幼苗的野画眉还在纠缠季节。白草河的水完全浑浊了，毫无遮拦的白草河，一群肥鱼正在河底歌唱。那个即将再度远行的游子，乘着春暖花开，收拾起了行装，把梦再次装进了行囊。

月亮还在白草河里沐浴，洗出早春田野里的喧嚣和灰尘，等待从心灵上开辟一条路，直通梦的庄园。一身干干净净的春装，蹚过白草河春水的流淌。

坐在母亲的旁边，用一碗玉米美酒，裸露了一截旅程。白草河边的一堆薪火，将白草羌乡烧成了早春。这条发端于桦子岭雪山之巅的河流，从初春的眉下淙淙流过。源于生计，源于梦想，源于雪线下的一幅画。我奔波于城市和乡村之间。然而，从冬天的尾巴开始，打开锁镣，让风进入。一份孤单，一份寂寥。振翅而飞，从翠竹的枝头上，抖落满天的困惑，走进春天的怀抱。最后一朵雪花从枝头陨落，我哈达一样圣洁的心，惊喜地追赶那落雪的声音。

春天是冬天的儿子，春雨和雪花成了孪生姐妹，两片雪花，是我流浪的眼。故乡的春讯从季节的血管里流出，一抹清晨的阳光吹响了白草河畔的羌笛，将所有乡情的梦洗涤。

风悠然而过，暖阳悠然而过，羌山妹子悠然而过，春天悠然而过……从眼睛之中流出岁月。一群画眉扰动了白草河畔的绿，在故乡的画布上勾勒出了赤色的线条。不肥不瘦的故乡，不宽不窄的春色，不高不低的颠簸，流动的是不灭的乡情。故乡，在一个既有鸟语，也有花香的凌晨，白草河开启了钥匙。山里山外的人，讲起春天的故事，将羌山原生态的山歌顺着白草河，荡来，荡去……

四年前，父亲走了。从此，他像他父亲母亲一样长眠于老家屋后的那座山上。他父亲母亲的父母亲也躺在这座山上……他们犹如村前那棵高大挺拔的柿子树，把根深埋在故乡的泥土里。他们的身躯化作了故乡黑黑的泥土，骨骼变成了我们的根，深植于这片山水间。从父亲离开那天起，母亲就孤单地守候在根的土地上，从一双小脚的颤巍开始，步韵战栗。母亲背上的背篼，是父亲生前亲手编制而成的，是春天金竹的梦，盛满了春夏秋冬，送走了冷暖寒暑。

背着背篼的母亲，站在白草河畔的影子，倒影如墨。希望就是她眼中的泪水，用历史的背篼装着。孕育一个夜，一个梦，一个眼神，一段漏落的时光。一绺黛墨，被洗成了母亲头上的丝丝白露。一块润透的土地，在母亲的额头上流成了沟壑的岁月。从上游流来的浪淘，还在她的怀里奔腾。拾回的柴火，放在窗外。唯独那一份慈爱，一直守候在故乡的白草河畔，任凭风吹雨打，不离不弃。一个又一个的梦被希望催生成白草河水溅起的朵朵浪花。放飞过往，放飞将来。

白草河两岸的翠绿，绿在一声声野画眉的歌声里。母亲日复一日立于村头眺望的眼神，想着远方漂泊的游子。我亲爱的故乡，一份白草河的水滋润我九份思乡的夜，一片丰饶的土地养育着我壮实的根。

白草河畔，小小山村，鸡犬声相闻。初秋季节，回乡探亲。披衣起床，打开柴门，迎嘉宾，邀故人。花香鸟语中，沐清风，度良辰，吟古诗，鸣古瑟，奏弦琴，窗前闲坐，赏尽故乡那一片蓝天白云。

故乡的白草河，是一条温情的河，一直含情脉脉地陪伴着故乡人，不离不弃；故乡的白草河是一条有故事的河，它横亘在故乡的崇山峻岭间，把故乡的田野和村庄像珍珠一样串连在一起，也把故乡隔成了东西两边。连接东西两岸的是那座小木桥。桥西边岸上有一棵大油柿子树，枝繁叶茂，夏天是村民们乘凉的好去处。当你从桥边经过，踩着软软的油柿籽，看着炊烟袅袅的半边街，闻着空气中弥漫着泥土的芳香，夹杂着鸡鸣狗叫的嘈杂声，亲切感油然而生。

故乡白草河畔的夜晚是静谧的，那弯弯的白草河水在银色的月光下闪闪发光。月牙儿倒影在美丽的白草河中，显得那样的幽静，又是那样的温柔，给人一种归家的感觉。故乡的白草河更是热闹的。这条河因为绕过故乡的半边街，所以故乡人曾经修建过。河的两岸是由石头垒成的堤岸。小河的东边建造了一个四方形的石坎，有五六层台阶。也是在这个石坎边，演绎了半边街村多少悲欢离合。白草河上的小木桥每天人来人往不计其数。早晨，清风拂面，勤劳的妇女们早早聚集于此，洗衣、洗菜、挑水，开启了一天忙碌的时光。"三个女人一台戏"，你如果想知道半边街上发生了什么事，到这里，可以听到一个又一个故事：今天张家的猪卖了多少钱；明天何家的媳妇生了个大胖小子；后天捡娃子和他媳妇吵架……无所不说，无所不知。

故乡的半边街村，是大山深处的一个小山村，山涧清流水，山坡上绿树成林，远远近近，依稀有着吃草的羊群。半边街人心态平平，在白马庙的山下做着平民，常常一盘棋，一杯茶，对着故乡的山水谈古论今，有的还说帝秦，常常还有歌声相伴，他们从不忧道、不忧贫，多少情、多少恨，他们都不记存。对于他们，世间五彩缤纷，又何必苦苦追寻？白草河畔山水美，何处不销魂？回到故乡，此情此景最淳，让你再次回到本真。

故乡的白草河，它养育了故乡几十代人。河水清澈、碧绿、恬静，让人神往。白草河的水，奔流不息地向东流去。这河，据说是和羌民的母亲河岷江相连的，故乡人喝着白草河的水一代代地成长着。故乡的白草河，像一条羊肠小道，它窄窄的，河两岸的人家都是临河而居，你在东边叫人，她在西边应答。一到吃饭时间，收工的人们纷纷端着饭碗走出家门，把脚伸进河水里，边撩拨着水，边吃着饭，边诉说庄稼的生长。一到收获季节，人们不愿绕过小木桥，就近在河的两岸横跨一根圆木，村里的大人们个个是走钢丝的高手，肩上背着沉重的玉米，健步如飞地走在不到两个巴掌宽的圆木上。圆木在重力的压迫下，虚晃几下，大人们笑呵呵地晃过了小木桥，那姿势有如金庸小说里的水上漂，让你看得心惊胆战，又暗暗佩服。而桥下的白草河水，哗啦啦地唱着歌，庆祝着一年的丰收。

深秋的白草河畔，岁月已灿烂，故乡尚未农闲。秋夜里，激起阵阵思念，回忆起当年，我们到林间，到农田，手持玉米秆，捉迷藏，戏童顽。秋风吹，秋雨绵，乐悠然。荣华山下变成了我们的摇篮。十里玉米田，十里瓜果园。风雨相伴我们多少年？最难忘记还是暑假里，树荫下捕鸣蝉；弯弯溪流中互戏水，捉鱼欢。白草河里清波绿浪，我们这帮小孩子屁朝天，在水里放着纸船。

一缕秋光，来自白草河畔半边街上那座旧房。多少年不曾忘记故乡那村庄。无论到何时，即便到天老，到地荒，永伴我的依然是对故乡半边街的深深思念。

故乡的白草河，它像母亲一样保护着它的儿女。沿河两岸没有防护栏，村里孩子天天在河边游玩。曾经，不知有多少人掉进河里，在河水中扑腾翻滚，但每每安然无恙，要么自己爬上岸，要么被河边的大人们救起，仿佛半边街的孩子们都要经过白草河水的洗礼才会成长。村里也有一个约定的习俗，被救起的孩子都要买一份小礼物送给救人者，表示答谢。故乡的白草河，它教会了孩子小小年纪就要懂得感恩。

潺潺的白草河，一直流啊流，流进了故乡每个人的心里，让你念念不忘，魂牵梦绕。如今，故乡的白草河已经变了模样：农村已经城镇化，村里人的生活水平提高了。家家盖起了楼房，装了自来水，人们已经不再在河边洗刷了。

一个夜晚，我回到故乡，曾爱流成河，美意成江，多少往事仿佛皆可珍藏。如今，作为故乡的灯下客，已被冷落，只可惜，不见了当年儿时的模样。一碗玉米酒，把自己醉倒在半边街的老屋中。最凄凉的是独自一个人向星空，诉衷肠。芳草萋萋，白草河弯弯，黄土路长长。苍穹之下，画眉飞过，故乡的秋色正浓，田野的玉米已黄。淡淡秋风中，阵阵歌声飘来，走着几个乡音未改的"老顽童"。田野上，送走了晚霞，迎来了朝阳。驻足徘徊于村口那所曾经的小小学堂，是它教会了我们，从此去远方。如今，虽天涯海角，此情难忘。虽历经磨难，千辛万苦，依旧痴狂。扬起风帆，乘风破浪，以爱育爱，矢志为国育栋梁。新长征的征途上，豪情正满怀，万丈光芒。

秋风瑟瑟，秋雨绵绵，长夜漫漫。半边街那栋老屋的旧窗下，我独自伏案，思绪涟涟，愁绪淡淡。往事不堪，多年离散，窗外画眉仿佛仍在呼唤。唤醒了我的故乡梦，我的思情。漫步半边街的农家小院，问明月何时来相伴？既然有情，何故无缘？脑海里时时荡过几多悲欢？耳边传来涛声阵阵，白草河水为谁在鸣咽？浪花中淘尽了多少英雄好汉。往事早已灰飞烟灭，又有多少叱咤风云客？问是非功过，凭谁诉说？春秋几度，离恨几多。踏遍故乡的村村寨寨，风光依然，再往白马庙前寻故人，人不见，只留下一首古老的山歌。

在白草河畔，山歌与羊群行吟

在白草羌乡的大山深处，有一种声音老是挂在牧鞭之梢，与羊群行吟。这声音，没有固定的格式，没有统一的文字，也没有禁锢的音律。扯开喉咙，用一根牧鞭挑起。荡过青山，荡过季节，荡过翠绿和云朵。落在白草河浪花的尖上，落在两岸的云天。

冲破满山满坡的薄雾，露出一个寨子的小青瓦房。露出厚朴树的大叶片，露出房顶上电视接收天线的圆，最后露出羌家妹子对歌的韵味。牧鞭在空中脆响，一队羊群跟在另一队羊群的后面，相同的韵脚接踵而行，也有一群画眉，偶然惊起。掠过一队队羊群，唱起了欢快的歌。

我还在错愕一阵风，那原生态的山歌便跟一个山峰转了弯，只留下一缕浓浓的烟，依旧戏着云朵下的雾岚。让一湾的露摸不着边，不知如何爬上山顶，去追远去的人和逸飞的歌。

没有一种格式可以代替白草羌人的山歌。没有一种音符能抒尽这原生态山歌的韵味。唯有这追随白草河畔的绵绵山峦，用岁月放飞一串串心语。唯有这白草河的水，用一种纯洁靠近一次次战栗，拍打一朵朵浪花的酒窝，深刻在古老的白草河畔。品一杯含着声音的白羊茶，回忆一段古旧的时光。

那山歌一直立在放羊娃的牧鞭之上。

山水间的故乡，是一幅画。最纯情的铺垫，是最夸张的淡墨。仅仅那一只野画眉，就能让我抛弃城市的喧嚣了。

走进故乡白羊，让白草河悄悄解除浮躁。衔接一场梦的切口，这是多么神奇的笔，让人记忆，让人遐思，让人凝聚。这是一条发端于雪山之巅的河流，两岸翠竹簇拥，农田阡陌，田埂纵横，村寨星罗棋布。这就是羌山深处的故乡，风水相连。

一只野画眉，站在梦的竹枝之上，听任白草河的水流过。此刻，无论是太阳，还是月亮，一样梦入故乡。

正在耕作的父老乡亲们，开始吆喝了。放学而归的孩子们，开始张扬了。一头黄牛闯入视线，没有牧童，只有白草羌人独具特色的羌笛声。那条白草河，那片翠竹林，一只野画眉还在故乡的画里。

白草河畔腊肉香

我的故乡在松潘县与绵阳市北川县、平武县三县交界处，属白草羌区。生息繁衍于斯的白草羌人，祖祖辈辈创造和延续着农耕文明，杀年猪、庆丰收是白草羌人的习俗之一。

岁末，大山深处的白草羌乡沉浸在祥和的氛围里。这天一大早，天才蒙蒙亮，白草羌人就忙碌起来了。因为这天要杀年猪。

天亮了，主男人带上香蜡纸钱去到猪圈旁边，面对猪圈及里面的猪作起了祈祷仪式，祈祷猪们来生不要转世为猪，以免被宰杀。接着，帮忙拉猪的亲戚朋友们到了，杀猪的肖师傅安排妥当，大家就来到猪圈门口。有的拉猪尾巴，有的抓后腿，有的抓前腿，还有的抓猪耳朵。猪儿被主人一年多五谷杂粮、热食冷饮、凉菜热菜好吃好喝地服侍着，着实不愿意早早地告别它那温暖的圈。人们拉着它，可它就是不走，把四肢使劲向后蹬。那种难舍难分的情景，好个生离死别的动人场面。不过猪儿最懂得感恩，它一个劲地拼命高唱，它要让天知道、地知道、主人知道它没白吃白喝，它要为主人粉身碎骨奉献自己的一身美味。两个多小时的工夫，一头猪就成了一块块的肉，放到了主人堂屋的木板上。主人要等肉凉了后，再按白草羌人传承几千年的传统方法制作出人间美味——白羊腊肉。

白羊河谷，地处海拔一千余米的大山深处，常年气温尤以冬春两季偏低，家家户户在主屋的前厅或偏房设有灶房或火堂，满足生活取暖、烹饪食品、贮藏加工、原始信仰等多方面的需求。火堂成为家庭生活的中心，常年家家香火不断，户户余烟绕梁，无数山珍、千年美味缘结火堂。

白草羌区特殊的气候条件、生态环境、特色农产品，加上与生活方式相融的常态烟熏和自然发酵等传统工艺，形成了灿烂的饮食文化，尤以白羊腊肉色鲜味美，远近闻名。这还不仅仅因为白草羌人的腌制技术独特，还因为每家人的年猪都是用当地出产的玉米等粮食作物喂养而成，猪肉品质绝对上乘。

白草羌人杀年猪是一件大喜事，家家杀猪后都要宴请亲朋好友、左邻右舍，少的两三桌，多的十多桌。她们将杀的猪儿的一身从里到外、从头到尾选择好吃的,做出十多二十道美味菜肴,一天几家杀猪,早上、中午、晚上都要大宴大酒,那种喜庆热闹场面、那一张张笑脸、那一声声祝福,活脱脱就是一张张五彩缤纷的年画图。

过去,白草河畔的人们一般在腊月二十六七才开始杀年猪。因过去故乡人生活较为艰苦,一年难得吃几次肉。平日喂猪攒粪,年底猪肥了,加上过年,才将猪杀掉,补偿一年付出的劳动。尽管如此,过去故乡人杀年猪时,依然充满节前的欢乐。一户杀猪,全村人赶来围观。特别是孩子更为兴奋。由于是年猪,猪的主人大都将猪血留作食用。因为是留作自家食用,接猪血也有一定讲究:首先在盆里放少许凉水、盐、白面,屠刀抽出后让血稍流一会儿再接。这样接下的猪血干净,凝固得快,开水煮后血块中呈蜂窝状,有咬劲,好吃。

多少年来,故乡境内杀猪,无论是否年猪,均要腌制成腊肉。人们在欢乐的气氛中,看屠夫烫毛、刮毛、开膛、剔肉,而屠夫们也格外卖弄精神,一边说笑一边操作。干到兴奋处,随手把猪尾巴、猪尿泡割下来,甚至割下一块瘦肉,丢给围观的孩子们,让他们烧了吃。猪的主人不仅不嗔怪,甚至白搭柴草。虽说杀年猪是为自家食用,但一般人家都要借此请客,邀请来左邻右舍的亲朋好友,用刚杀的猪肉摆上宴席,愉快地庆祝一年的收成,然后将所有猪肉腌制成腊肉,等待春节和来年食用。这种习俗一直保持到今天。

改革开放以来,家乡人收入及生活水平不断提高,猪肉也敞开供应,但杀年猪的习俗依然保留着。

笼罩在青山绿水中的白羊河谷,是白草羌人世代生息繁衍的圣洁家园。千百年来，古老的白羊河谷孕育了灿烂的古羌文化，璀璨的农耕文明。农耕文化与饮食传统总是在某个特殊的时间节点上在白羊河谷的群山沟壑间相互重叠。就在这个节点上，白草羌人对先祖与后世的情感，对食与味的追寻，对故土与家乡的眷念，对天道与人伦的诉求，都会寄托于无限美妙的时光里。

我想，这样的时光除了每年农历十月初一的羌历新年之外，就应该是春节了。每每这些时日，从故乡出发的人们，无论漂泊到哪里，足迹印在何方，都会不约而同地踏上归乡的旅途，回到出发的原点，投入故乡的怀抱，与亲人们团聚在一起，去感受羌山深处那特殊而浓郁的年味。

要感受白草羌乡的年味，一定得走进故乡的村寨，而故乡的年味实际上就是被羌族老腊肉的飘香包裹着的味道。白草羌人千百年来对食与味的追寻，练就了独特的腊肉腌制秘诀：伙房柴火自然炕制而成。那烟熏火燎的味道浸润着每一位从白草河畔走出的人。

沿着大山深处蜿蜒的白草河岸边崎岖的公路向着家的方向奔去，尽管是深冬，两旁的绿树却掩映着羌家的木质阁楼，冒出了缕缕炊烟。刚一到家，兄弟媳妇正卷起衣袖，将腌好的猪头、猪腿、猪肉及五脏六腑下锅。抬头眺望，火炕上几千斤腊肉、香肠、排骨、膀骨悬挂在土灶的炕头上，灶里柴火烧得正旺，青烟伴着肉香，一种家的味道浸润着我的心扉。我想，要是此时再配上一杯羌山自酿的玉米酒，那还真是让人醉了呢。

白草羌人从每年羌历新年之后开始陆续宰杀生猪，将新鲜猪肉腌制十来天后，再将其置于炕房（一般都是土灶房）慢慢炕制，炕房内风干的时间愈久味道愈香，这样的过程一直要持续到来年三月。白草羌乡的老腊肉最为特别的是熏制的木料和原材料。这里海拔高、果树多，都是玉米喂养的高山猪，熏肉的柴火采用当地山上砍伐回来的杂树干，树枝的清香渗进肉里，待肉水分消失便浸出油脂，因而吃起来爽口清香，润而不腻。

我常想，故乡松潘白羊的老腊肉健康、味美，既富有民族特色，又生态环保，故乡人如果抓住机遇，打好文化、生态两张牌，再利用电商平台，畅通对外宣传和销售的渠道，仅此这一项的前景都是大有可为的。

荣华山下是故乡

这么多年了，故乡的荣华山，仍在记忆深处，荫郁葱茏。山下的马鸣沟、四洱沟，还有坪沟和陡沟，仍被风洗濯着，雨洗濯着。

自从离开故乡，到外地上高中开始，再也没有爬过荣华山，只是远远眺望着。然而，每次回到故乡，都要到荣华山下走走，不是去寻找什么，而是去看那一行行脚印和那些深深浅浅的马蹄痕迹，静静地数着日出日落。曾经，多次爬过故乡的荣华山，那里镌刻着友爱的故事，我和伙伴们爬过一个又一个大殿，敲开沉睡的山门，采摘鹿耳韭，希冀采集丰盛的野菜，阳光隐藏于大山深处，也隐藏于我的心灵深处。

那时候，我们都是孩子，从来没有计算过荣华山的高度，也害怕山里的野兽，更害怕不为人知的陷阱。沉醉在小白草山上的古墓前，试图了解白草羌的历史，把我带进埋葬千年的美丽的传说。

抬眼望去，天空蓝蓝的，倒映出一只雄鹰的影子。用弹弓远射，一路风声，远去的鹰击落了，白羊茶的枝条失落了，嫩叶跌落了，飘散着酸涩的味道。什么也没有丢失，雨丝轻落，洗涮着一串串模糊的马蹄印痕，风鼓动着，赶马人的眉头紧锁着。阵阵难以辨别的回声，方向难以辨别，只有风知道。路边，无数的草浪叠起，呼应着。

我蹒跚而去，道路泥泞，泥水湿了脚上、腿上、身上，串起温暖的纽带。山间放羊娃的长鞭脆响，化为长长的光线，击落爱恨情仇的片片落叶，陡然飞溅出五色的彩虹。在依稀的山道上，泥泞漫道，踏着深沉的鼓点，跳跃着，脚窝里欢唱着悠远的歌谣。把弄脏的衣服和鞋子藏在树荫，把弹弓和死去的小鸟藏进山洞。稚嫩的额头上，布满了鹿耳韭的味道。细雨绵绵，养蜂人家蜂桶的影子越来越长，荣华山越来越高，山上的树在疯长。

如今，水泥路已经铺到了荣华山的脚下，脱贫攻坚的路向遥远延伸，荣华山下的风景，被白草河畔的拓荒者们一遍遍抚摸，白草羌人的脸上露出了从未有过的灿烂笑容。曾经的伙伴，额头上已经爬满了青苔，感恩奋进的思想被蜜蜂带进了蜜桶，幸福的日子像蜂蜜一样又甜又绵长。一切该忘记的都想忘掉，但是马鸣沟深处那条通往大唐松州的深山驮道，还有荣华山下那些小山丘，我无法忘掉。

因此，留在荣华山下、白草河畔的不仅仅是思念和牵挂，还有一个青涩儿童的影子。

五月，故乡的守望

五月的故乡，正如李清照所言，已是"绿肥红瘦"。整个故乡都吹拂着豆麦的熏风。

在这个季节的故乡，凡有绿意的地方都能听到鸟儿的欢唱："布谷布谷""豌豆熟了豌豆熟了""麦子穗穗黄麦子穗穗黄""阿公阿婆割麦插禾……"，还有"狗饿狗饿……"。仿佛它们都读过《诗经》，喜欢用简单的词句和反复的修辞，把这个季节深情歌颂。它们的歌声一响起，油菜便献出了所有……包括根茎，麦子从此夜以继日地向天空展露锋芒，青果们则不再止步于"小满"。

五月，是一个蓬勃向上的季节。万物生长，山野葱绿，鲜花盛开。细雨霏霏，燕子斜飞，布谷声声，牛犊欢奔。晴好的日子，蜜蜂嗡嗡，粉蝶翩翩，山冈上鲜花盛开，爱花的小姑娘们在山野里的花间卖萌。

在我童年的记忆里，每当这个时候，菜籽熟了，小麦黄了，夜夜连枷声声，五月的故乡人加倍繁忙。在布谷鸟的催促下，男人耕田，女人播种，田畴披绿，和风吹得故乡人的脸黝黑黝黑。

五月故乡的麦田，长出了金色的谷粒，晾晒一垄阳光，偷偷注视着异乡人的眼睛。故乡五月那一帧麦田，途经多长的路径，经历了多少场风雨，才抵达故土，抵达五月，飘散出麦粒的余香，荡漾在丰收的季节里。五月故乡的麦田，恰似梦乡的一片记忆，一点一滴滑落，悄悄窥探着我们内心的思绪。麦田里滴下过多少辛酸的汗珠，淋湿了故乡人青春的记忆。此时此刻，不必思量汗珠流过脸庞的长度，也不必丈量汗珠渗透土地的深度，丰硕的麦粒足以抚慰故乡人深陷的皱纹。一颗麦粒羞涩地播撒心间，在他们的心中生根发芽。麦浪翻滚，是注定的结局，延伸出一片金黄，散发出沁人心脾的清香。麦田是故乡的诗行，被我一遍遍地默念。麦香渗透岁月，飘荡在故乡的山间，让我们收捡起那些属于麦田的记忆，永远定格在故乡的土地上。

如今，乡村似乎已经衰退，真正的乡村只能留在记忆深处，作为甜蜜的回忆。而在五月，我依然喜欢走进大自然，感受蓬勃的生命张力。那开得繁茂的蔷薇，一院子馨香；那紫红的芍药开在大片的农田里，远处的村庄似乎矗立在童话般的世界里；那晶莹雪白的刺槐花，犹如一片香雪海；虞美人摇曳在风中，摇动着红尘中最深的思念；那些陌上不知名的野花，百般红紫斗芳菲。

五月的花，本应该成为诗人们最喜欢的意象。五月的风，五月的雨，五月的乡村，五月的田野，原本就是一首首清新雅致的诗歌，飘在故乡这一片土地上。

五月的月夜里，故乡父老乡亲的鼾声震天，凝练成了他们疲惫而香甜的梦。这个季节，在遥远他乡的我，也常常走进梦境，梦见乡下的亲戚。梦的电影里，便有红红的樱桃，黄熟的杏儿，羞涩的桃子，酸爽的李子，连故乡的风都是亲亲切切，芬芬芳芳的。

故乡的父老乡亲是温暖的炉火，是我故乡最初的记忆，越过清浅的河流，踏上野花的小径，村庄的尽头，热情的狗儿猫儿牛儿羊儿次第欢迎，来一碗豆花，再加上一盘青椒炒腊肉，胜过城里杯盘无数……

故乡的父老乡亲，住在最诗意的地方，住在山水里。不像我，整天攀高楼闻尾气食灰尘，忍受玻璃浮艳而刺眼的光，跌跌撞撞在钢筋水泥丛林里，像极了一条快要窒息的鱼。所幸，乡下有亲戚，我们的心，还可以暖暖的软软的。乡下的亲戚，是我们祖先的影子；乡下的亲戚，是我们灵魂的影子！

这个季节，乡下的亲戚们总是活跃在五月的庄稼地里。田野里，挺立着玉米油菜小麦……

五月故乡的菜园，鲜活着五颜六色的时蔬，赤色的番茄，丰满又甜蜜；土里土气的土豆，外拙而内秀；还有火辣的辣椒，爱美的葱韭……它们在故乡五月的田野里巧借东风，梳理着自己的青春气息……这就是故乡五月的菜园，绿叶与韶光掩映！

五月的阳光煦暖，五月的我们满眸鲜绿，心情也跟着明亮起来。行走在五月的清风里，一步深红，一步深绿，晚开的花不遗余力地为季节续写美丽。完全有理由相信，没有比忙了一天在绿树和红花里逛逛更惬意的事了。

季节轮回，五月如期归来，它路过麦田，麦苗就望着镰刀哭泣，恣意的花却在田边开怀大笑。五月的云朵牵着风，还有槐花烂漫的密语，在田野里诉说，每一朵花，每一片叶，每一个人，都曾年轻，一切都在岁月的风云里。

五月里辽阔的天空，不经意间变得浩荡起来。时间，风雨，让一切或慢慢隐退，或渐渐蓬勃。阳光晴暖，满眸鲜绿，心情也跟着明亮起来。暮春初夏，真的是神仙般的季节。人们拍照、写作、阅读，抑或喝茶，也喝酒，还要拍抖音……

五月的生活里真是有诗、有花，也修身、养性，更养心。

如此时光，唯愿流年不老，用真情去修炼一颗平淡的心，享受年华里最年轻、最素朴的美好。

怀念故乡的水竹林

故乡白羊河谷多竹。故乡的竹分为黄竹、金竹、赤竹、甜竹、油竹、水竹、紫竹、斑竹、刺竹等等，但我特别钟情于老家对面那片水竹林。然而，今冬回老家过春节时，陡然发现老家小河对面的那片水竹林消失了。昔日茂密的水竹被黄柏、杜仲、厚薄等经济林木取代了。母亲告诉我，前些年朱家湾的人为了开荒种地，把那十多亩的水竹全砍光了，撬了竹根，种了粮食。后来国家在家乡实施"退耕还林"政策时，他们又将那片地种上了"三木药材"。就这样，那片曾经养育过我及我们全家并留下过我童年美好回忆的水竹林永远消失了……我听了好生伤感。

在我的记忆里，故乡那片水竹林浓荫蔽天，枝繁叶茂，竹竿壮硕，林中溪水潺潺，竹竿高节亮堂。春天，一场春雨后，林中的竹笋便相继探出了壮硕的脑袋，好生可爱。茁壮的新竹拔地而起，高高地向上伸挺，一派箭破云雨的昂然气概。偶尔，还能发现幼竹竹节处没有消退的白霜，衬托着稚嫩的新绿，不由你不感到一股强劲的活力。那时的家乡很穷，人们终年难得吃上几回肉，竹笋自然是餐桌上的美味。冬春时节，挖来刚拱出土的嫩笋，剥掉皮，洗净后切成薄片，放入辣椒一炒，香喷喷的。到了青黄不接的夏秋交接之际，干竹笋更成了羌人们一道主菜。我读初中时，由于学校离村子很远，只得读寄学，每当周末回家，外婆总要炒一碗竹笋加一罐咸菜让我带到学校，够我美美吃上一周。有一次，我感冒发烧了，母亲为了省钱，没有带我去医院看病吃药，而是走进竹林，把竹节带白霜的嫩竹缓缓拉下，采下一把卷而未开的嫩叶，然后用刀背轻轻叩烂，放入凉了的白开水中，等到白开水变得葡萄酒般鲜红而晶莹碧透了，再加入少许白糖。我一喝，清清凉凉的，甘冽中带着淡香，不一会儿，烧退了，人变得活蹦乱跳起来。那竹叶汤的美味，直到现在，我敢说市面上无论哪种饮料都无法胜过。

故乡茂密的竹林里鸟语花香，流水汤汤，成熟的水竹比我的臂膀还要粗。在炎炎的午后，走进那绿荫如盖的竹间小径，立时会感到一股沁人心脾的快意，红尘荡尽，疲劳无踪，心中顿时成了清凉的世界。许多知名的不知名的小鸟飞入林间，飞溅出的啼鸣也是脆脆的，清清的。我总爱在清晨伫立竹林下，看书，背书，任晶莹的露珠从竹叶尖上嘀嘀嗒嗒落在大地上，滋润着我年幼的心灵。到了秋冬季节，万木凋零，独有那竹子依然风度翩翩，苍翠欲滴，笑迎风霜雨雪，使你误认为眼前正是绿肥红瘦的季节。每每放学归来，我和两个表哥还有一个表弟，便跑去竹林间玩捉迷藏、打仗、追逐、嬉戏，真是惬意之极。累了，我们漫步在竹林间，沉思、遐想，细听山间古老而又清澈的溪流声，细看溪水打着欢快的漩涡儿，如痴如醉……如今认真地细想起来，在故乡那片水竹林里，我们度过了愉快的童年。

那时候，爷爷是个篾匠，负责砍竹为家乡的生产队编制背篼、茶包、筲箕、撮箕、簸箕、筛子等生产工具，于是，那片水竹林便成了我们全家赖以生存的衣食父母，也成了我和两个表哥放学后劳动的主要场所。春天，我们要到竹林里将多余的竹笋搬掉，拿回家剥皮后用水煮一遍，再用清水漂洗几天，然后炒着吃或制作成干笋，其清香味至今还记忆犹新。那竹笋是我们全家当时的美味佳肴。夏秋季节，我们又到竹林去砍伐那些成熟了的水竹，把它们抬回家，让爷爷将其破成篾条，编制成各种各样的生产工具。所以，在我上小学的时候，每天放学后都在那片竹林里忙活。故乡那片水竹林在我童年生活中烙下了深深的印记，发生在竹林里的故事令人刻骨铭心。

从我记事起，爷爷还不是篾匠，而是一个"背脚子"——专门从山外为公家背送物资的背夫。他和村里的其他几位"背脚子"每隔十天就外出一趟，把羌山深处出产的药材、土特产品等背到山外去，又从山外将羌民们需要的物资背回山里来。他们长年累月在白草河流域的羌山古道上爬行。这条被称为"龙安古道"的深山驮道，南起今四川绵阳市的安县，北至今四川松潘县，曾经不通公路，所有物资运输均由人背畜驮。爷爷他们组成的"背脚子"就这样长年累月在这条古道上穿行。因此，在我的记忆里，羌山深处的"背脚子"总是脚上穿着玉米壳壳打制而成的草鞋，裹着黑布绑腿。冬天为了防滑，他们还在脚下套上"脚玛子"，手持"拐耙子"，身背"背架子"，上面还系着一根汗帕子。爷爷也是这身打扮。那时候，我们最盼望的就是爷爷从山外回来。因为爷爷每次回家都要用他用汗水换来的脚力钱给我们从山外买些麻糖、水果糖、大米之类的稀奇东西。那时候，在我的家乡能够吃上大米的人家是很不简单的。爷爷的老家中江县就出产大米，所以他有时也顺道回一趟老家，给我们带些上来。爷爷不是羌族，是当时四川中江县城边上的一个汉族农民，因为当背夫在"龙安古道"上认识了我的外婆，和外婆结婚后才生息繁衍了我们这个家族。

后来，我上小学了，爷爷就再也没有外出当"背脚子"了，那是因为他常年奔波落下了哮喘病和痨病，再也不能给公家背东西了。爷爷回到家乡，开始干起了他的手艺活。在我的记忆里，爷爷有两大绝活是被当时白羊河谷的羌民们公认了的。一是他的烤烟种植生产技术；二是他的竹篾编制技术。人们说爷爷是第一个当年从内地汉族地区将烤烟种植技术带到咱们羌族地区的。他种植的烤烟叶片大，含烟油量丰富，产量高，在白羊河谷是小有名气的。他收获的烤烟除了极少数留着自己抽以外，绝大多数都送给了亲戚朋友，有时也卖些给山外那些不认识的"背脚子"，给我们赚几个油盐茶米钱。记得当年放学回家后，我们一项重要的活就是帮爷爷整理烟地、下种烤烟，给烤烟除草、施肥、修枝、除废芽，收割烤烟、晾晒烤烟、捆扎烤烟等等。那浓郁刺鼻难闻的烤烟味儿伴我度过了难忘的童年。也许正是因为此，我至今不仅从未吸过烟，甚至还很讨厌吸烟的人，尤其不喜欢那些抽叶子烟的人，总觉得那滋味太让人纳闷了。但我特别喜欢爷爷编制的篾货，如背篼、筲箕、簸箕等。爷爷之所以要从"背脚子"转行当篾匠，还有一个重要的原因，是他在"龙安"茶马古道上当背夫时就发现，所有运输物资的包装全是用故乡的竹编制而成的茶包。爷爷编制的茶包质量上乘，做工精巧，大小适宜，深受背夫们喜欢。于是，当时的生产队长便安排爷爷专门在家里给社上编制茶包，一个茶包评二分工，爷爷一天可编制五至八个茶包，也就是说每天可以为家里挣得十分以上的工分，这比当时一个全劳力的工分还高呢。所以，爷爷身体不好，只能在家里编制茶包，而砍竹、运竹就是我和两个表哥放学后的主活了。爷爷和外婆实际上也是很苦命的人，在我刚记事的时候，我的小舅因外出伐木从山上掉下悬崖摔死了。不久，大舅又因病去世了。后来，大舅母也改嫁他乡了，留下两个表哥和一个表弟与他们二老相依为命。为了给他们凑个人气，我母亲把我送到他们家里，与他们一起生活，一方面给他们做伴儿，另一方面也好利用放学时间帮他们干点零活。于是，我的童年生活基本是在爷爷家度过的。正是因为此，我与故乡那片水竹林结下了不解之缘。

　　昔日这片土地上到处长着苍劲挺拔、郁郁葱葱的翠竹。一眼望去，一树树，一丛丛，竹影重重叠叠，竹叶错落有致，风儿轻吹，摇曳出阵阵凉意，给人清新、幽美的感觉。

　　事实上，故乡的竹，是一笔取之不尽的财富。它全身都是宝，不但竹叶可入药，竹笋是美味，而且竹身可加工成羌人劳作用的扁担、箩筐、竹架等工具和竹席、竹垫、竹椅、竹床、扫帚之类的日常用品。哪怕是它枯萎了，死亡了，还能给人们做柴烧，落在地上做肥料。竹又是一种绿化树，是大地上一道耐看的风景，是一种精神的象征。它以坚韧不拔、能屈能伸的气节，不畏冰霜雨雪、不择土壤肥瘠的骨气，无花无果、朴实无华的正气，赢得古往今来无数文人的钟爱，为一代代诗人作家所讴歌和赞美。至今，无论是回故乡还是外出旅游，我只要看到了竹林竹园，就会情不自禁地跑过去，在竹荫之下小憩片刻，听着轻风吹拂竹子飘动的声音，一种生命的激情便会涌上心头，令人不知不觉淡忘了名利争夺。不追求名利并不是要碌碌一生，而是要像我的父老乡亲们一样，终生保持朴实坚韧的品质，在坚实的土地上默默耕耘，让生命更加灿烂，更加有意义。

竹韵悠悠，叫我一言难尽，一生难忘。曾闻苏东坡发出过"宁可食无肉，不可居无竹"的感慨，其实像东坡先生这种铮铮傲骨、潇洒豪放的通才、大才，也只有竹才是他感悟生命的菩提。至于那位难得糊涂的郑板桥，其画出的竹却无一片糊涂叶，而是叶叶俊朗，枝枝豪迈，阵阵清风。可叹的是，我家乡那片曾经养育我并留下我童年足迹的竹林被朱家湾人为了眼前利益毁坏了。而今，爷爷也走了，竹林也被人毁了，远离故乡的我，置身遍地铜臭的城市，只能徒生出许多的无奈和烦躁。这个时候，我便会渴望有一管袅袅的笛音，把我的灵魂引向故乡那已经消失了的水竹林。

我从羌山深处走来

一九八六年八月底，白草河畔夏风轻抚，但依然很热。傍晚时分，残阳斜挂在西边山顶上，人影被拉得很长，牵着牛羊的绳子也变得异常的长。太阳落山之后，牛羊归圈，雀鸟归林，整个白羊河谷飘逸着青草的芳香。是的，我闻着的青草味就是芳香的，至今如此。记忆中的香味让我常常在梦里思念我的故乡，以及故乡田野里的麦麦草、丝茅草、青藤菜、叉叉苗、肥猪苗、狗尾巴草、爬地草……

夜幕降临，劳累了一天的家人聚在堂屋里，一边砍猪草，一边听着木房子山花上的广播里传来的消息。那时候高考是在七月份，八月底公布分数，之后就是漫长地等待录取信息。那挂在山花上的低音广播是村里人能够接受外界信息的唯一渠道，邻居把广播的音量调到最大，保证我们每个人都能清晰听到，不至于漏掉我的录取信息。一天一天过去，本科院校的录取信息发布也进行了很久，我等得又着急又无可奈何，内心焦灼而疼痛。

那天傍晚，鸡入笼，鸟归林，翅膀扑棱棱打在树枝上，老牛在圈里反刍，小猪眼巴巴地摇着尾巴，哼哼着等着吃砍好的猪草。我和弟弟妹妹砍着白天从山里扯回的青猪草，猪草碎裂的声音清脆悦耳，一切都是原来的模样。大家一边干活一边听着广播，突然就听到一个熟悉的名字从广播里传来，"××师范专科学校，准考证号×××，×××……"家里一下子乱了套，弟弟妹妹欢呼起来，我也放下猪草刀，瘫软在地上，心弦紧绷了那么久，突然放松，人一下子不知所措起来。

那天晚饭，母亲吃了两个麦面馒头，她说，心里的石头落了地，肚子就空了。

从那天起，我成了我们乡恢复高考以来第一个考取大学的学生。

拿到录取通知书的头天晚上，我母亲做了一个梦，她说她梦见两条白鱼在村子下面的峡底跳龙门，一条顺利通过，顺着河流西南方向而去；一条跳了几跳，落回原地。我不是唯心主义者，但母亲这个梦确实意味深长，考得上考不上她都能自圆其说，也许这就是一个母亲对儿子无声的爱与期许。同时，由于家乡地处偏僻，很多事情无法解释时，故乡白草河畔的羌人们善于把它归结为图腾和"迷信"，这个词很万能，一词抵万语。多少年之后，当我把这件事讲给我的妻子听，她总能用一句话终结我的幻想："我的顺端公，你的老家比我老家还边远偏僻，是大山深处的半边街，人人迷信，当然会有'白鱼梦'了。"

我读的是川南那所高等师范专科学校——西昌师专，一年预科，三年专科，外语系英语专业。那时候，师范院校不仅免费，而且每个月至少还有二十多元菜票、三十多斤饭票补贴，能够保证我的基本生活需要，因此，在我读一年预科和三年专科期间，几乎未向家里要过一分钱。中间的酸甜苦辣不是一篇文章可以说完。但可以肯定的是，从此后我不再成为家里的经济负担，时不时还能通过在学校打暑假工和发表一些新闻、散文随笔之类的文章赚点稿费来补贴生活。在川南邛海之滨的那所美丽的校园里，我坚持采写新闻稿件和业余文学创作，积极向《凉山日报》《凉山文学》以及各级广播电台投稿，不少文字被这些报刊和电台采用，目的只有一个：就是想通过这种方式获取稿酬，以解生活上的燃眉之急。

贫穷如影随形，读书期间，贫困还是像钉子一样把我钉在校园里，难以外出看山看水，增长见识。但我毕竟通过高考走出了大山，脱离了在贫瘠土地上的辛苦劳作，脱离了羌山深处交通不便造成的信息闭塞。经济虽然窘困，但当时西昌师专严谨的治学、丰富的活动、广博的藏书开拓了我的思路。我虽没有条件行万里路，但读万卷书开阔了我的眼界，让我逐渐了解外面的世界，可以说西昌师专给了我另一种生活方式。

一九九〇年七月，我从西昌师专外语系英语专业毕业，服从组织分配来到了雪线下的阿坝县。那时候依然实行统招统分，我被分配到位于县城西南隅的县中学执教高中英语，成了一名高中英语教师，工资解决了基本的生活费用。当年还把家里最小的弟弟和一个表妹带来我所教书的学校读书，一个读初一，一个读初三，很大程度上减轻了父母和亲戚的负担。这中间，我继续坚持业余文学创作，有时也利用自己的专业知识，为一些商人和企业翻译诸如虫草、贝母、羌活、甘松、秦艽等中药材说明书。虽然没有赚到多少钱，但捋顺了我思考问题的方式。一九九四年后，被组织调至宣传文化部门工作，这一干就是十六年。可以这样说，在这个能够踏遍雪线下山山水水的岗位上，我凭借大学里学到的知识和对文学及新闻宣传的爱好与兴趣，终于完成了创作的原始积累，相继创作出版了散文集《相约阿曲河》《行走阿坝》《神奇的莲宝叶则》和长篇报告文学《洒满阿坝的阳光》《抗争百年顽疾》以及长篇小说《雪线》。当然，这些业余爱好也给自己带来了丰厚的收入。

如今，弟弟妹妹都有了自己的生活，成了家立了业，各自的生活过得有滋有味。

这些年来，我常常思考这样一个问题：假如我当年考不上大学，会是怎么样呢？我老家在四川西部的羌山深处，属白草羌区，明朝时期这里的白草羌人曾被封建统治者横征暴敛，朝廷还派兵进行过征剿，白草羌人奋起反抗，英勇奋战，与残酷的封建统治者进行过殊死搏斗。放眼望去，白草羌区全是大山和森林。绿林深处偶尔出现一小片一小片先辈开垦出来的良田。祖祖辈辈生息繁衍于斯的白草羌人们，春天播种，夏天成长，秋收冬藏。

我家里的姊妹多，算上我兄弟姊妹五人，我是家中长子。家里七口人，父亲在远离家乡的县城粮食部门工作，一年很难回家两次，只有母亲一个劳动力，挣不到多少工分。在计划经济体制下的集体化时代，全家自留地仅有一亩。在家的六口人，主要还是依靠父亲每月几十元钱的工资，生活难以为继。

那时候的农村，孩子多，自然会贫穷。交了公粮，口粮所剩无几，手里多了把"白条"，东拼西凑一个冬季，常常是过了年就再也没有凑的了。去借，亲戚朋友，左邻右舍，有多余粮食的都借过来。家里面借别人家的粮和钱，还是我工作两年后才还清的呢。

更难过的是，兄弟姊妹都上学读书，都要花钱，因为家里缺少劳动力，干活就母亲一个人，即使累死也没有人家过得好，家里自然就穷。贫穷是什么，我从雪线下的县中学调入县委机关工作后，县委党史办一位老同事告诉我，你一定要好好工作，毁灭一个人有三件致命的武器：一是穷，二是专业差，三是男女关系。人活着活着就活成了狐狸，活成了精，老同事就是一个人精，当然人精也不一定害人。他说得没错，贫穷是毁灭人最重要的武器。穷是扎进人心脏的刺，它让人时时心里犯疼。即使以后拔出来，也会留下伤痕。

小时候，我最怕农业劳动。每年过完春节就到了春天。在大山深处的白草羌区，劳作始于春天，播种土豆、准备种玉米的肥料……此时，小麦经过一冬的蛰伏，开始拔节般生长。这时候还要给小麦除草，上肥料，旱了还要浇水，春季庄稼也开始栽种。母亲开始不分白天黑夜地在地里劳动，常常双腿裹满泥土回家。我们这些孩子也不能闲着，放学回家要做饭，或者到地里帮助干活，或者上山扯猪草、砍柴，要不就上山放羊放牛。能够老老实实坐在教室里或者家里学习和做家庭作业的不多，反正我和我的弟弟妹妹们没有这种福气。

印象最深的是割麦子和收玉米。这些是夏天最热的时候，麦芒和着汗水扎在身上的滋味永远也不会忘记，玉米叶子划破的伤痕至今还留在手臂上。三伏天玉米地里捉虫、掰玉米，汗水在手上脸上身上纠缠，让人甩都甩不掉的痛苦，深深印在我年轻的生命里。

近年里，电视上出现了一些歌颂农村生活的文学作品，把农村生活虚构到了极致。我真想说，哥们儿，你真是干活没有干够呢。站着说话不腰疼，站着欣赏农田风光自然也不腰疼。

在那个时候，中国还未实行改革开放，辛苦和汗水都不算什么，农村人习惯了劳作，最让人为难的是生活在社会最底层的农民，就是待宰的羔羊，谁高兴都可以宰上两刀，农民连哭泣的资格都没有。记得最清楚的是交公粮，往往排队排上半天，轮到了，随便给个价钱，给个斤数，打个"白条"，农民就欢天喜地地拿着"白条"回家了。有必要解释一下"白条"，因为它已进入历史堆里了，会有年轻些的朋友不明白这到底是什么。公粮实行收购政策，收购时要给钱呢，但地方政府没钱，就给打个"白条"，证明欠了多少钱。政府的钱呢？谁知道呀，有没有咱也不知道呢，但没有钱，农民也必须交公粮。至于农民怎么生活，那是他们自己的事情。还有，中药材的收购，诸如党参等，都是由供销社统一收购，农民不能自己出售，一个品种一个价钱，给你多少钱一斤就是多少钱一斤，没有讨价还价的余地，除非你不卖。都从山上辛辛苦苦采挖回来了，又经过认真晾晒出来，怎么可能不卖呢？

村里上学读书的不多，一般到了小学毕业就回家务农了。父母支持我上学读书，而且还让我读完初中又到山外的岷江河畔上高中，曾经遭受到不少村里人的嘲笑。说我那么大了，都可以回家娶媳妇结婚生孩子了，还去山外的汶川读什么书。如今回老家，会碰到儿时玩伴，刚上五十岁的他们，已经像个十足的老头子了。所以，我要感谢父母，是他们倾尽所有坚持让我读书。我更要感谢恢复高考，否则我永远没有机会走出连绵的羌山，看到外面的世界，体会和山里人不一样的生活。我也要感谢自己，没有自己顽强的努力，我也许和儿时的玩伴一样，一辈子在羌山深处日出而作，日落而息。我要感谢西昌师专预科、专科的老师们，是他们让我从一个农民的孩子变成了能够靠知识改变命运的城里人。所以，在我的认识里，高考的确是我们这类农村孩子通向城里的一条重要通道！在我的情感里，对师范教育始终心存感念，因为，师范院校里国家的生活补助让我从上大学开始就逐步摆脱了贫困的折磨！

但如今，随着时代的发展，高考已经不是走出乡村的唯一出路，人们通过打工、出门学技术等方式，也可以出门见识外面的世界。但是，我仍然怀念高考、感恩高考。因为，过去的大学意味着"鲤鱼跳农门"，不知多少像我一样的农家子弟、贫困孩子借此实现了人生命运的转折。但在当下，大学生已不再包分配。大学提升传统意义上社会地位的作用随着分配机制的结束而已成为历史，大学生也已经不再像我们那个时代被称为"天之骄子"了。

现在大学的意义，重在教育培养人。但在市场经济中，许多没有读大学的人凭借各种机遇获得了巨大的财富，这就导致如今的大学生群体产生了极强的身份落差感，导致一部分人逐步接受不读大学也可以发财，不读大学也可以"成功"的观点。知识改变命运的说法在部分人眼里也从经济上被打败。

但我还是想说：别信什么高考无用论。高考尽管不会让你一夜暴富，也不会保证你以后是否成功，但起码在你以后求职的路上会少去很多艰辛，也会增加你的选择。那些说读书无用高考无用的人，也应该是被高考淘汰了的人，这些人进入社会除了抱怨社会还能做什么？因此，我要高呼：无论任何时代，我们都应该做好我们自己该做的，苍天绝不会辜负勤勉努力的人！

怀念我的父亲

又是一年端午时，窗外草长莺飞，我的心被青葱与灿烂挤得满满的，沉甸甸的。每当这个季节，我总会不由自主地想起长眠于故乡老家背后小山坡上的父亲。父亲去世五年了，总想为他写点什么。可一打开电脑，泪水总打湿键盘，让我无法敲下第一个字母。

每次回到故乡，站在父亲的坟前，我在自责和悔恨中苦苦煎熬，像躺在油锅里的鱼。父亲的坟墓无声无息地躺在我的面前，像似睡熟了。我的泪水伴着周遭的落叶轻轻地落到地上。我默默地说："爸爸，五年前，我们不是说好了一起在山下的老房子过端午节吗，你怎么就走了？"我在父亲的墓前絮絮叨叨地自言自语，泪水溢满了眼眶。父亲的坟墓安详地躺着一动不动，我知道，里面的他永远也不能和儿子说话了。

父亲生前是一位普通的粮油管理工作者，先后转战于松潘县的黄龙、小河、镇江、镇平、热务、白羊等乡镇和松潘县城。他一生像川西高原上的红柳，默默无闻地燃烧自己，奉献毕生心血，把浓浓的爱献给了粮油管理事业，也给了我和家人。父亲文凭不高，只上过高小，但他勤于学习，真正的文化水准超过了今天的大学本科生。他的钢笔字、毛笔字、粉笔字都写得很好,是我至今也无法企及的。他撰写的讲话稿、批阅的文件,条理清楚,至今读起来都觉生动。父亲不仅是粮站的领导,也是粮油保管员。我们小的时候,尽管父亲在体制内工作,但由于兄弟姊妹多,母亲是地道的农民,我们的家庭就是当时典型的"半边户",也就是说,一家人的父母亲中,一人在家务农,一人在单位上班。其实,像我们这样的"半边户"的生活也是很苦的,对于那时的我们,糖果都是稀罕之物,平时很少见,更别说吃了。父亲每次从工作的单位回来都会带一些好吃的包着花花绿绿纸的糖果、饼干,让我们高兴地在小朋友中自豪地炫耀几天。他逢年过节或休假时,都要回到故乡和我们团聚,给我们做的木制手枪、弹弓……样样都很精致。每次我和弟弟拿出去玩,村子里的小朋友们羡慕极了,大人见了也要竖大拇指。

记得,我小学还未毕业,暑假里去热务沟父亲工作的粮站度假。每次到他管理的仓库时,他都在忙忙碌碌地打扫粮仓、整理粮袋、抽查粮食存放情况,每间粮食保管室都整理得井井有条。父亲见我来了,停下手中的活,在我头上摸一把,逗我玩一会儿。我端起他放在小桌上的茶杯把水递过去。他用手一指旁边的大米口袋说:"去给我装米,这是国家的财产,要好好保存。"我便笨手笨脚地装起来,逗得父亲的同事们笑声一片。上初中那年,班里同学穿带拉链的夹克衫和白色网球鞋,走起路来潇洒极了。我真喜欢,就缠着母亲要买一件灰色的夹克衫和一双白色网球鞋,母亲一打听价格,吓了一大跳,买一件带拉链的夹克衫和一双网球鞋的价钱可是我们全家半月的伙食费了。再说那时的乡下也买不到。母亲直摇头,谁知后来父亲知道了,回家探亲时从松潘县城给我买了一件衣服和一双鞋。我穿着合身的夹克衫和柔软舒服的白色网球鞋，心里像喝了蜜一样的甜。父亲就是这样，只要孩子喜欢的，都尽其所能。

我大学毕业后工作了，仍让父亲操心。工作单位在川甘青三省结合部的阿坝县，离家很远，他常常写信告诉我，要我虚心向阿坝的老前辈学习，扎根雪山草地好好工作，一定要坚持不懈地练笔和写作，还要向《阿坝报》投稿，他希望在报纸上看到我的文章。他说读我发表在报纸上的文章就知道我的工作和生活情况了。那时候，我常常写些散文、随笔之类的文字，也积极向《阿坝报》副刊投稿。与父亲一起工作的弟弟告诉我，那时最受父亲欢迎的人是邮递员，每次邮递员把报纸送到粮站，父亲就会急急忙忙地寻找《阿坝报》，翻开报纸，在上面寻找我的名字，每当看到我发表在上面的文章时，他就会欣喜和激动。认真读完后，如果发现写的好时，还要向同事们推荐阅读："看看吧。这是我儿子写的文章！"言语间流露出无比的自豪。那年夏天，阿坝州境内发生大规模自然灾害，多处道路中断，放暑假时，我绕道红原、若尔盖去到父亲工作的松潘县热务沟粮站探望他。那是一个烈日炎炎的中午，父亲正大汗淋漓地在粮仓里整理和打扫，当我突然出现在他面前时，他显得有些激动，急忙放下工具走上前来接下我的背包。此时，我发现父亲还是穿着那件两年前母亲为他缝制的浅蓝色衣服，背上的衣服被汗湿了一大片，有些地方已经泛起白白的盐。我惊呆了，泪水在眼里直打转。我难以想象，父亲经年累月地在粮油保管这个平凡的岗位上忙碌，一件衣服要穿好几年啊！父亲叫我先回到他的住房，他上街买菜，晚了市场就关门了。我望着他渐行渐远的身影，泪水禁不住涌了出来。后来母亲告诉我，父亲为了让我们读书和每年过年时能穿上新衣服，他自己两年才缝制一次新衣服，而且只有应酬时才穿上。我终于明白了，一个父亲为了儿子可以不顾一切，他就像一棵大树，为我们撑起了一片天空，为我们遮风挡雨。

后来，改革开放向纵深推进，粮油管理系统实行了体制改革，有着三十五年工龄的父亲也就退休了。日子好过了，父亲领上了退休金。退休了的父亲没有在城里买房，而是回到了乡下的老家，与母亲和四弟一家住在一起。退了休的父亲也没闲着，而是在村子里开了一家小卖店，帮助四弟一家发展生产。他是一个自尊心很强的人，儿女们有些事，让他心里窝火。再说，四弟和弟媳妇也没工作，靠种地或打工过日子，两个孙子又小。母亲又没工作，一大家人生活，父亲那点退休金，杯水车薪。父亲心里苦啊！我们年幼时，靠父亲工资养活一大家人，而如今仍是这样。我恨我们无能时，更能理解父亲心中的苦。他直肠癌刚发病时，大便带血，为了省钱他不吱声，叫母亲用土办法给他治疗。他想是痔疮嘛，自己坚持坚持也就好了。幸好我们那个端午节回老家，他支支吾吾的，我们急忙把它送到绵阳医院，医生说还是晚了，现在只能做切除手术和直肠改道，但术后也管不了几年。我当时眼泪下来了："爸爸，小时候你为了我们，不舍得吃，不舍得穿，如今你都病成这样。你让我们这些做儿女的愧疚啊！"术后第三年的夏天，父亲带着遗憾永远地离开了我们！

父亲走了，很长一段时间，我心里空荡荡的，像丢了魂似的。每次回到老家，坐在空空的老房子里，面对泪流满面的母亲，我的泪浸满眼眶。望着那个空空的沙发，那是父亲最喜欢坐的位置。父亲生前，每次，我回到老家，他都坐在那儿。他会笑着问我一句:"你回来了……"话语里透着喜悦。精神也好,问这问那的。最后那天下午,我也刚回去,他也一样的精神很好,没想到那竟成了我们的永诀。仿佛有预感一样,他慢慢地向我交代着我母亲和家里的一些事。我说学校马上开学了,我回去处理完开学的工作就回来陪他,他说没事的,工作要紧,你去吧……那个黑色的下午,留给我们一个刻骨铭心的记忆。如今回到老家,空空的老屋子里已然没有了父亲的影子。我的心也被掏空了。

父亲在时,没得病前,每到逢年过节,他便忙碌起来,先打扫屋子,而后亲自到十多公里外的集镇采购,这样那样的物资要买很多。父亲喜欢热闹,逢年过节喜欢挂红灯笼,尤其是过年时喜欢买烟花、爆竹,长的、大的、短的要买几十种,有时自己也拿着烟花放,放的时候全家一起看,把一个年过得红红火火,全家热热闹闹团团圆圆。那些温馨的场面,依然历历在目。如今父亲走了,家里仿佛冷清了许多。父亲逝世三周年的那个端午节,我回到了故乡。我对母亲说,我们家不能这样过年过节,这是父亲最不愿意看到的。那个端午节,我把全家人召集起来,叫妻子和兄弟媳妇们弄了一大桌子菜,把父亲位置碗筷都摆好,就像他在一样,高高兴兴地过了一个端午节。我知道,父亲走了留下的痛,永远不能从我们心里抹去。然而,他老人家希望我们都能快快乐乐地活着,我要欣慰地告诉他,弟弟妹妹都变得成熟许多了,孙儿孙女们也渐渐长大了,我作为长子,已义不容辞地挑起了他留下的担子。

父亲带着遗憾永远地走了,给我们留下深深的内疚。作为子女,我们替他承担的太少太少,如果我们能多为他承担一些,多理解一些，他也不会有遗憾了，会放心去的。还是那个端午节，母亲在整理父亲遗物时，发现一块红布里，包着一沓厚厚的奖状和荣誉证书。她哽咽着说："这是你父亲一生荣耀的见证，他为了这些付出得太多太多，他为国家干了一辈子啊！"母亲说得对，父亲十九岁参加工作，二十三岁入党，政治觉悟极高，工作认真，成绩突出，曾经多次被授予优秀共产党员、先进工作者、优秀党务工作者称号。退休后他还时常告诫我们，不要忘了艰苦奋斗的革命传统，要对得起自己的入党誓词，更要感谢改革开放，是改革开放政策让我们过上了好日子。我对这点感触最深。

还记得，出殡那天，天空飘着绵绵细雨，淅淅沥沥的雨丝纷纷扬扬弥漫了天空。这是上苍对父亲无限哀思，在低沉的哀乐声中，雨滴轻轻地落向大地。你瞧：这悲悲切切的雨滴是来送葬的，它们挤着飘着在父亲的棺材周围飞舞，恋恋不舍的，在后面久久地尾随。还有什么情景比这更让人悲痛欲绝的呢？

父亲已经离开我们五年了，但他留下的精神财富，让我们一生受用不尽。他就像一面旗帜，永远飘扬在我们的心中……

春到九寨

也许你所了解的九寨沟只是指九寨沟景区，但大多数人不知道的是九寨沟境内不止拥有获"世界自然遗产""世界生物圈保护区""绿色环球21"三项国际桂冠和国家首批5A级风景名胜区称号的九寨沟景区，还有省级勿角大熊猫自然保护区、白河金丝猴自然保护区、贡杠岭自然保护区、甘海子国家森林公园和神仙池风景区、甲勿天池、黑河风光带、玉瓦石碴红叶风景区、喇嘛石大峡谷风光、杜鹃山、勿角白马藏族风情园等众多生态人文资源。九寨沟县二〇〇七年被命名为"中国旅游强县"！

步移景异，风光旖旎，一批又一批外地游客开启了朝着蓝天白云、旖旎山水前行的美妙旅程。甲勿池位于距九寨沟县城三十多公里的勿角乡境内，是一个没有开发的原始生态景区；嫩恩桑措（神仙池）是"仙女沐浴的地方"，与九寨沟景区遥遥相望；九寨沟大熊猫园又称九寨沟县甲勿海大熊猫保护研究园，是国家大熊猫公园体制试点项目；九寨沟爱情海是由金犀牛海、芳草海、九曲彩河组成的湖泊群；白河金丝猴自然保护区位于岷山南段东麓，弓杠岭的东北侧，总面积约二万公顷，是以保护金丝猴为主的保护区。漫步今日的九寨沟县，春可踏青夏避暑，秋赏红叶冬抚雪。这样的九寨才完美!

(一)

没有早先的约定,她脱掉了满心的疲惫,让风不再肆意疯狂,空气里没有荆棘。四月末,我徘徊于九寨沟,便有一种萌动的念头,不知不觉就感觉到了她的到来,虽然从未看到过她的容颜,也未曾触摸过她的身躯,但我却深切地感受到了她的存在。我知道她只是一个季节,她在九寨沟给予了我一个青春。

昼夜轮回,岁月被清风唤醒。她就这样坦坦荡荡地向九寨沟走来。一个童话世界的传说,让我细雨一般的梦,紧紧牵着清风的衣角,洒满九寨沟的千岭万壑。

回忆曾在九寨沟被夏日的阳光带入梦乡,才发觉她已悄悄地离我们远去,梦境不再安宁;回忆曾在九寨沟像秋风中的落叶一样失意,留恋深秋里捻在手指间的那朵野花,梦呓不再婉转;回忆曾在九寨沟含着冬天里的暖雪呼吸,寻觅的念头撒落身外,梦幻不再神往……她的缓步到来,从夜深如水中执拗爬出,抽象又陌生的幸福在憧憬的梦中飞翔,思绪轮换新的叶子,栖息中吞吐出脉络的延伸,鸟儿和虫子寄居于巢穴里,尽情演绎着哲理的思绪。

拥有对她的期待,九寨沟总会遇到寒流,痛苦中分离的快乐,常常将自己抚慰;岁月的火焰洗掠之后,九寨沟总会被朗朗的月光辉映成梦想的穹空;星光闪烁的迷惑里,曾经拥有的和失落的都在月辉中散步。所有的回忆不都在梦里,她在我的梦里也只是催我醒来,看看是否梦里的绿真是绿了。

四月末，伫立在九寨沟的湖边沟壑边，我的睡梦里有个绿的季节，她在好远好远的地方，慢慢地向我飘来、飘来，飘来无限的期待；我的睡梦里是个绿的季节，她在好远好远的地方，轻轻地向我走近、走近，走近如痴的等待。想象她的模样，是一个能让万物复苏的神灵。不是我不愿醒来，是因为这个季节在我的梦里太久太久。

在九寨沟，拂面而来的风有了温柔，我感觉到她轻轻地飘进了我的胸口，我呼吸着她的气息；光秃秃的柳枝露出绿头，干燥的树干慢慢松弛，我发现她慢慢地苏醒了。寂静的五花海流出了涓涓细流，诺日朗凝固了的血液有了颤微，饱满的鸟巢簇拥的生命，编写一线线勃勃生机，我欣赏她啾啾的鸣叫，和着她的旋律。她就用这一点点绿点缀我的心，穿过了时空，穿过了永恒，让我在这个季节的九寨沟生发出无尽的力量。

在九寨沟，感受生活的季节，生活变成了九寨沟春天的萌芽，永远期待在九寨沟的成长里，接受赐给和付出，只留下简单的声音唱出最美的歌曲，晦涩的时光中自己不再孤独。

生活成九寨沟春天的阳光和雨水，不管在哪儿生活，都会无比滋润和纯粹。生活成九寨沟的春天，九寨沟的春天就醒了，让心绿撒遍人间。在九寨沟迎接属于我的季节，她就在我的身旁。她的吻本来就是绿色的，她的呼吸也是绿色的，她的影子，她的拥抱，她的永远都是绿色的。

在九寨沟的密林丛中，有一种鸟儿总是在春天里展翅飞翔。梦想张开翅膀，飞翔的斑斓再三将目光点亮。

鸟儿飞翔的九寨沟，绿树和草叶开始失掉自己的色彩，歇息的足迹滑过露珠的湿润，让这些鸟儿自由地和雄鹰比试飞翔。

春天，九寨沟里飞翔的鸟儿，它们尽情表达的是追寻春光，脱胎换骨中让人惊叹的勇敢，收敛的翅膀折叠成美丽的锦裳，在美丽的传奇里寻找一场梦想的远航。向往涛浪的追逐中，自由是爱情的彼岸么？如果能够赢得真正美好的爱情，你又何尝不愿意来一次心灵的飞翔。

春天，九寨沟里飞翔的鸟儿，似九寨沟斑斓里飞旋的叶片，没有飘落的梦想，在九寨沟的树林里徜徉；它们的追逐嬉戏，放声歌唱，惹得树叶相思，花朵迷茫，在阳光的隙缝中作一次次迷恋的试探和穿越。

春天，九寨沟里飞翔的鸟儿，你们的梦想在哪里？飞不出九寨沟的林子里，留恋的不仅仅是时光。又见九寨沟的鸟儿飞翔，张开手指捉住的都是月亮和星光。

春到九寨，春风染绿了树枝，浓雾缥缈在雪山之巅，将天空拉得很近。诺日朗瀑布的水也更深更重了，渐渐地，凝成一块清透的翡翠。柳枝追赶着九寨沟的河水，戏嬉的鱼儿捉不住温柔的情话。绿在蔓延着萌芽的情感，听鸟儿藏在柳枝头将九寨沟的春天鸣唱。

春天里的九寨沟，是谁在躲避雨水的絮吟？缠绵的风儿绕过鹅黄的羽毛，吹向远方。又是谁秘密地寻找柳叶蔓延的情感和脉络？一声声鸟唱里，涌动一片片绿色的梦幻和期望。

一片片绿柳飞絮里，迷人的春天正在酝酿九寨沟温馨的浪漫和童话。柳绿湖岸，舒展着诱人的身姿。她用手轻轻一挥，太阳笑出了泛绿的春天，月亮亮出了秀丽的风光。雨水飘来飘去中寻觅表达的方式，却被收藏进入了年轮的圈套。只有几滴露珠在叶片上迷失，濡湿了心中的梦想。

绿柳正在构思九寨沟春天绿色的诗篇，将意蕴托付叶片收藏。而根须扎入泥土深厚的寄语中，任枝叶徘徊激荡。我们用耳聆听，思绪已融入九寨绿树丛中清新的鸟唱；我们用心感悟，心潮已在九寨绿树飘摇的春光中飞舞和荡漾。

任何一个去到九寨沟的人，最不能忘怀的，当是九寨沟的水。九寨沟的春水，似纤尘不染的眸子，清澈，纯美。九寨沟的春水，静时如处子，安然、恬淡；九寨沟的春水，动时似羚羊，灵动、敏捷。

刚刚抽芽的树枝努力倾俯着身姿，欲扑进水的怀抱；而刚刚解冻的雪水亦努力敞开胸怀，将树的绿影紧紧拥入怀中。它们相互凝望，一直凝望到彼此的心房。倾其所有的深情，相依相恋，携手走向春天，迈向夏天，步入金秋……度过岁岁年年。

（二）

发源于雪山之巅的溪流从幽暗的斜树下潜涌而出。它们不知疲倦地跳跃、奔流，踏着九寨沟春天的旋律，变幻着各种动人的舞姿。宠辱不惊，豁达超脱。春光下，它们一会儿如滑软飘扬的哈达，一会儿又翻卷成蛟龙的英姿。它们不畏艰难，不畏险阻，一路高歌，奔向远方。天鹅湖、老虎海、熊猫海、长海、五花海……像颗颗明珠镶嵌沟底；诺日朗瀑布、树正瀑布……像条条洁白飘扬的哈达，款款而来。刚刚借春光的细手，将五彩池跳动的珍珠抚摸，又小憩在珍珠滩上，聆听着一曲曲跌宕在岩石上深沉婉约的藏羌情歌。

春到九寨沟，天空充满喜悦，远处的雪峰折射的光在情人滩里泛落成摇曳的光波,为达戈和色嫫的相约点燃爱情的篝火。扎如寺的钟声还远未隐消出耳膜,诺日朗的冷烟就已经在我的祈祷声中轻轻拉起了夜的序幕。婉谢黄昏的挽留,把矫情的暮纱卷起,放进流连的心河。在宝镜崖前,对着一面面蓝色的镜泊,一边梳理凌乱的诗行,一边让脸上的笑容在醉人心魄的晚风里尽情地挥霍。

九寨的春水啊,是灵动的音符。阳光解开了你束缚的手脚,你在温暖的春风中蜿蜒飘逸;九寨的春水,脱去了厚厚的衣裳,离开雪山冰霜的禁锢,是为了春天的奔跑,还是为了把春情歌唱?九寨的春水,你流动的音符荡漾青草的绿韵,飘逸的靓影里撒播嫩绿的馨香,你涌动阳光的明媚,又隐含月色的美妙,将星星的谜语隐约成迷人的传说,让春雨的激情心中奔放。

原来,九寨的春水婉约,你总是眈着畅想的日子絮语,搂着如诗如画的春天奔跑;九寨的春水欢畅,不管山高路远,你雀跃的脚步就像鸟儿一样轻盈;九寨的春水喧哗,你迈着春天的脚步追赶时光的温暖,融化的又岂止是冰雪和风霜。

春日的阳光,在九寨沟缓缓穿行,偶尔的鸟鸣,证明这里仍在人间。如果,在这个季节里,你坐在这里一直守望着九寨的水,守望着九寨的湖泊……纵有万千心事,也会慢慢从心底消退。这多像遗留在春天九寨沟山间的一块无瑕白玉。多么想伸出手,将它紧紧拥抱。多么想将面颊贴近它,感受它的润滑清爽。

面对它的纯净,我们还有什么化不开的心结,还有什么抹不去的愁怨呢?九寨的春天来了,任心飞翔。素有"人间天堂"之美誉的九寨沟以另一种姿态呈现在我们面前……

遥望天空,遥望远方。白河消瘦的地方,有一缕清香,萦绕在九个寨子的身旁。三月八日,是女神的节日,却又成了九寨沟的生日。风里,柳枝舞动,呼唤着雪下的根。

握住春姑娘伸出的小手,接住目光里的九寨山水。悄无声息。忘却,只是个应付的虚词。伤痕处,文字真诚,肺腑含泪。枝头的鸟,叼回丢失不到一年的句子,望向树正群海的深处。诺日朗的瀑布,粉饰了沧桑。流水的尾音,拉长了神往的影子。一行鸥鹭,驮着封口的等待,踏上了归程。匆匆,箭羽声里,岁月清瘦。苍松翠柏,飞雪轻扣,感叹纷纷落下。

春到九寨,风中天籁。几只野画眉,不动声色,跳跃于密林的纵深处。遥望天空,遥望前方。启程,追上九寨的春天。

一扇即将开启的大门里,一幅唯美的山水画,做了回忆的封面。一地落花,装饰了午后九寨沟的时光。云淡风轻。信步,捞起二百多个日日夜夜沉入时光深处的从容。风,一笑而过。一寸烟火,点燃了九个寨子短暂的孤独,委屈的词牌上依稀可见被泪水浸渍的守候。一个接一个的海子垒砌的故事,细数着每个充满期待的日出日落,不经意地流淌,泄露了心事。

瘦影,丰满了留白。素描的浮生,因春天的雪水,醉了时光。溪边,日子被沧桑染色,柳枝扶着夕阳,准备与流转的时光彻夜长谈。归来的孩子,心,坦荡;目光,辽阔。一生的邀请,共赴春天的约会。风拭泪。抿嘴一笑,才是彼此期待的风景。

镜海里,一缕最好的时光。春风卷起的绿浪,浣洗着往事。感叹,随一枚枚被春水浸泡的文字,钉进那么厚的一本时光里。回忆,过于完美,留在对视的目光深处,参透了,一季花香。然后,我和你,牵着朝阳,把九寨沟的时光赶往春天。芦苇海边,落花处。单薄的影子,被风吹散。长堤上,只剩下一页瘪嘴的传说，留与游人回味。

　　一季春色，擦去所有虚词，露出还没走远的雪花。树梢，拴一匹东风，可以安心地住进心底的风景。

（三）

　　弓杠岭下，白水江畔，镶嵌着一颗翠绿宝石，那就是著名的九寨沟县。九寨沟县过去叫南坪县，古称羊峒，殷商以前至秦均属氐羌，大禹时属梁州，西汉时归广汉郡管辖。隋历唐至元、明，皆为扶州，城垣毁于清初"帕纳皇帝"之乱。雍正三年，清政府决定设立松潘厅南坪营，因扶州城毁坏，于是另选城址于扶州之南、西山之麓的南坪坝，至雍正七年筑成，遂称"南坪"。今天的九寨沟老县城尚能依稀可见昔日南坪城垣遗址。

　　因参加一个读书活动，有幸在九寨沟县城小住几日，身临其境地感受着这座大山深处新兴城市的美丽。从新城区出发，逆白水江而上，远远地就能望见对岸老城区背后山崖上那座风尘寺，在夏日晚霞中焕发出耀眼的光芒。据县委宣传部的黄副部长讲，传说这座寺庙初建时人们并不希望建在山顶，而是打算建在对面的山脚下。然而，当人们把建筑材料如木材、石材等搬运至对面山脚，准备就地建寺时，突然一阵风刮来，把人们搬运至山脚的建筑材料像风刮尘土一般全部刮上了今天建寺的山顶，于是人们认为这是上苍的有意安排，遂决定于此建寺，并取名风尘寺（像风尘一样降落于此山之巅的寺庙）。

　　白水江两岸，两条新近打造而成的滨河路犹如飘逸的哈达，款款逶迤。

盛夏的九寨沟景区是美丽的，但此时九寨沟县城所在地的新老城区却是多彩的。夏的婀娜，夏的妖艳，尽显在美丽的白水江两岸。看那岸边的月季花儿朵朵，看那随风而动的丝丝垂柳，看那粉红色的萝米花，香味醉了行人，看那红色的石榴花，忙坏了蜜蜂，野菊花也不甘落后争相开放，一起为美丽的九寨沟新老城区喝彩。看那高大挺拔的洋槐、银杏和落叶松，犹如个个绿衣卫士，庄严肃穆。看那飘飘扬扬的柳絮，宛如朵朵雪花飘飘洒洒，犹如人间精灵翩然而至，带来了九寨沟新老城区五月的浪漫，带来了九寨沟人五月的遐想。

薄雾中的九寨沟新老城区如漫画般美丽，发源于弓杠岭的一条小河与白河、黑河、九寨沟等支流在九寨沟境内的两河口汇合后形成白水江。白水江从九寨沟县城穿城而过，在甘肃文县境内汇入白龙江，白龙江又于四川广元昭化镇注入嘉陵江，最后与岷江一道汇入中华母亲河长江。白水江的风习习吹来，吹醒了九寨沟新老城区繁花朵朵，陶醉了幸福的九寨沟人。看，坐在洋槐树下的老人们，正用地道的南坪方言诉说着他们昨天、今天和明天的故事。听，银杏树上的小鸟在薄雾中也在说着什么，叽叽喳喳，是不是也在为薄雾中的美丽九寨而陶醉。看，对岸的风尘寺屹立在白云中间，寺在雾中，雾在寺中，是山是寺还是雾，云雾缭绕，宛如镶嵌在云端的一座殿堂，如龙般盘踞的白水江更衬托出九寨沟新老城区的妖娆多情。

夜晚的九寨沟县城新老城区更是如梦如幻。五光十色的灯光将九寨沟县城新老城区装点得宛如天堂般美丽多情，漫步在夜晚的九寨沟县城新老城区，你会恍然这是人间还是天堂？悠扬的南坪小调从滨河路的休闲广场上轻柔而来，多情滨河路，多情风景线，多情之路，多情妖娆的垂柳，多情飘飘洒洒的柳絮，多情九寨沟这座魅力新城，勾画出大山深处如此美丽的风景！

达古冰山畅想

黑水，一座低调而富有魅力的小城。这里四季风光分明，景色令人惊艳，可登冰川，可览彩林，可观海子，可居藏寨。从历史到人文，从风光到美味，到处都是"宝藏"。拥有冰川彩林两大奇观，堪称世界顶级风光，古城遗迹、红色记忆、非遗文化，底蕴深厚。境内自然资源丰富。达古冰川，全球海拔最低，年纪最轻，离城市最近的冰川；奶子沟彩林是中国面积最大、景观最壮观的红叶景区，亚洲最大的八十里天然彩林；七彩甲足，每一座藏寨民居都独一无二；羊茸哈德，"神仙居住的地方"；雅麦湖是"彩色深海"中嵌入的一颗碧珠；雅克夏雪山，翻越山顶，只见云层翻涌，气势万千。

各式自然景观汇聚黑水，丰富无比。

雅克夏雪山

雅克夏，是一座雪山。她泊在黑水河的源头，达古冰山是她至亲至爱的朋友。强劲的西北风从她的垭口刮过，猎猎经幡舞动在她的头顶。狂风踏过垭口，一缕浮云飘过碧野长空。

雅克夏的风从青草尖上响起，我坐在海拔四千多米的雪山垭口，静静地聆听花开的声音。远处的灌木丛里，走动着一位藏族姑娘，瘦弱的身躯一如干枯的柴火。贝母苗像金针银线一样使她流连忘返。桑烟和龙达的舞姿在雅克夏的垭口跳动。烈日在姑娘的头顶肆无忌惮地涌动，太阳帽下的脸庞黝黑又明亮……她的脚步是那样的沉重，虚弱的身体如雅克夏头顶上的那片白云。

雅克夏的白云深处，是雨的故乡。这雨，是她的朋友达古冰山馈赠的源源不断的给养。雨雾里的那捆柴火，在灌木丛中缓慢移动，挖贝母的那位姑娘，在雅克夏的胸部感受生活的艰辛，寻找人生的欢乐与苦痛。一颗颗洁白的贝母倾注了她一生的向往。

一首炊烟的老歌已经在雅克夏底部的沟壑里飘荡，那歌声的悠扬总是带着千年不老的忧伤。

萌动的黑水河

雅克夏山下的那条河，叫黑水河，抑或叫孟河，在达古冰山的沟壑中汩汩流淌。河床被刺骨的床被撕裂，成吨的巨石在河谷的地层的沉梦中被推向了一个陌生的世界。巨石碾压着碎石，碎石碾压着细沙，细沙挟裹着浑浊的浪花。黑水河两岸，深切的峡谷、高峻的群山被翠绿拥戴，静坐如禅。

来自雅克夏头顶冰融而成的涓涓细流，与达古冰山浸骨的雪水，汇聚成眼下的黑水河，一路经过诸如沙石多、芦花、红岩、麻窝、色尔古……美丽称呼的地方，在两河口与岷江不期而遇。

黑水河两岸的青草正在疯长、拔节，她们在静静地聆听宏阔的黑水河灿烂的歌唱。盛夏季节的黑水河，河床古旧的积层被深深撼动和割裂,时光的刻刀,已深触某种内核。于是,黑水河谷剧烈地扭动、挤压,使这条来自雅克夏雪山之巅的河流掀起殷红的浪花,河水中倒映的花朵,如千万条生命的一片片落霞。她一路走来,首先接纳了达古冰山的雪山融水,接着就是哈莫湖的绿浪清波,还有卡龙沟的钙化溶液……她平视深蓝天宇,不断摇头耸肩,梦像浮云一样游荡于世,试图接纳天下所有的绿水清波。

两岸高峻的群山,仍旧静坐如禅,静静地观望黑水河中那些欲望的膨胀,以及达古冰山跳跃时抖落的碎屑。在与岷江交合的那段岁月里,黑水河的威力渐趋平缓,但却持久不息。宏阔的河床越淘越深,巨浪回到了洪流的内心,河面平静,一派温和姿态,一如轻狂之后的老者。那些巨石、碎石与泥沙早已葬于一片恣意的汪洋。黑水河河道,渐渐清澈起来,我嗅到了河水中飘逸而来的气味,那是黑水河在狂躁的循环之后,达古冰山雪水的悄然回流。

盛夏季节,在黑水河畔抑或孟河两岸,一场激越的精神洗礼如夏日酷暑难耐的历练。两岸奇山击掌合十,默念万灵的今生与来世。

三 达古冰川

地质板块,位移中渐行爱情碑文。誓言隆成晶体,凝聚成仙颊鹅脂。这是否为白垩纪椎体发育史诗粗犷的意境?

日渐隆肿于青藏高原东南部边缘、横断山脉中段、岷山与邛崃山交汇处的这座冰山,就是多姿多彩的三达古冰川。那些诞生于中生代三叠纪的花岗岩。有的是白云母,有的却是黑云母。砂岩也罢，板岩也罢，还是灰岩、安山岩……它们都在海拔二千四百米至四千九百米之间，山脊狭长陡峻，沟谷深切。

我想，第四纪冰期最盛之时，岂止三达古，就是整个羊拱山脉肯定被一个统一的平顶冰帽冰川所覆盖。要不然，三达古这曾经三百万年的冰封世界，就不会以异彩纷呈的冰蚀地貌，在我们面前展示其波澜壮阔的地质运动。

我膜拜三达古冰川的仰卧姿势，像她源头的那条冰舌，白玉剑鞘般插入地壳瞳仁，逐日游牧。整群乌鸦盖住墨色，尝试衔走些许闲话。谁的心被美丽的冰姑娘含羞的笑靥俘虏？我的心在登顶三达古冰川之际失重滑落。

我对着三达古的源头高声呼喊：亲爱的，把我和你的名字镌刻进高原冰塔吧。让姓氏笔画冰冻几个世纪，尔后复活，你会不会依旧承认，我们是隔世恋人？

达古冰川，我的盟誓信物像野牦牛的乳汁，窖藏在无色容器里，被光年过滤为乳状的酸奶子。当黑水河水划过我的心海，一次雪崩却飞溅成了三达古冰川源头那忘情的婚约。猎鹰脱离地球引力，自由翱翔于冰山之巅。当季风不再拂过黑水河时，我的世界却被洗劫一空。什么东西可以像千年冰山一般溶解，塞满黑水河，并让达古冰山响动的沙粒绽放少女初夜的美丽？一幅册页膨胀后被切割成独立剖面的冰山，悠然地呈现在我的眼前。我穿越时空，沉睡于羊拱山脉温暖的怀抱里。

当传说中的隔世女神裸入梦境时，谁能把我们不朽的灵魂合葬成坟？星星、月亮、云、婚纱……还有开在三达古冰川下幽谷里质朴的花。那些素的、白的、亮的，随风潜入我灵魂的暗夜，像醒着的酥油灯，像陈年的青稞酒。那个迷人的夜晚，那位隔世的恋人向我倾诉着她的故事：一个农民的女子，从娘胎里出来就不得不以大山为伴、河流为友。直到有一天，有一天，雪山乍现，她才终于望见了达古冰川。她说，她的童年一半在达古冰山上。

冰山下的背篓里装着童年，山上的树枝上也挂着童年。她说，她不是基督徒，也没有皈依释迦牟尼，但她笃信宗教，一种宽泛的宗教。而这种宗教有图腾，有象征，或者有明亮的意象。作为冷色的极致，暖色的极致，达古冰川再适合不过了。她说，她像西藏、像耶路撒冷那些虔诚的宗教徒，一步一跪，一步一匍匐地来到达古冰川脚下，止步不前。跪着，趴着，仰望冰川，她心目中的圣山，这高不可攀的天体，这真实得近乎虚幻的蜃楼。

于是，星星、月亮、云、婚纱……还有那些开在幽谷里的质朴的花，突然从灵魂的黑洞逸出，像达古冰川倏然间扬起的火山灰，把骨灰撒向黑水河，撒向岷江，撒向大海。

芦花古镇

盛夏季节的芦花古镇。风凉，暑轻，雨细，一缕阳光在芦花古镇生根发芽。那是他们念念不忘的出生地。那些生活在土司王朝时代的人还在芦花古镇上流连，风雨声过耳，市井之声过耳，具有独特黑水乡音的句子正在消瘦。那些楼房抑或瓦屋卧在夏光里，使芦花古镇恍惚和生动起来。

我想做一回黑水人，在芦花古镇的茶楼上饮茶、听藏歌；品荞面面块儿、尝洋芋糍粑；用语调独特的黑水话与他们交流、和他们对话……我想和黑水人一样热爱生活，保持着一份好心情。

我想在芦花古镇上去吹一吹那来自达古冰山上的干净的风，看这座古镇和空气一样清新。在街心花园看商贾往来，听商铺里传来的优美乐曲。此刻，即使在芦花古镇做一株绿化带里的小草，也是幸福的。

巍峨的亚克夏雪山和达古冰山亘古相随。通往芦花古官寨的道路在马背上打开，多少狼烟在历史的天空飘散，飘远，只有一代一代的黑水人在黑水河两岸的高山深谷间对抗着岁月。曾经的土司王国依然宽广、博大、厚实。山坡上生长着能养活人的庄稼，秋天的果实还未从田地里收拾干净，瓦钵梁子就已经怀抱隐忍降下了白霜。阿爸阿妈赶紧把地膜洋芋往地窖里收藏。寨子外面的土墙根下，一堆老人品味着秋日的暖阳，浸润着醇香的咂酒。或回忆往事，或陷入沉默，他们偶尔也眯起眼睛眺望远处空阔的原野里那群孤独的羊。山上的苦荞花早已凋谢，沉甸甸的荞麦早已颗粒归仓。"三匹瓦盖一座庙，里面住着一位白老道。"这是人们对苦荞粒最形象的刻画。

人生一世，草木一秋。芦花太太的风姿一如那漫山遍野的苦荞，已经渐行渐远，多少向往者在马蹄声里隐去，只有芦花镇外面的那条黑水河，流水顶着雪白的盖头，悄悄地绕过芦花古镇，向下面的红岩、麻窝、色尔古……缓缓流去。

瓦钵梁子

小草的身子再低，也会高过仰望的目光。瓦钵梁子，茶马古道上的险要隘口，羌笛的孔音是羌人们曾经滑落的一朵雪莲，花瓣拥着花瓣。骑上一匹马去大唐以西的吐蕃。空旷的高山之巅，野棉花正如火如荼地开放。"瓦钵贝母",一个新的名词,正在黑水河畔传诵。刺梨儿一个劲地染红了黑水河两岸。八十里彩林在尽情地歌唱。她们为昔日的茶马古道点亮了一些过往的记忆。

瓦钵梁子上的风来了又去,去了又来,似金戈铁马的声音在历史的天空回响。当一盏酥油灯长明的光芒高过瓦钵梁子的顶部时,黑水河谷的千山暮雪、百岭卧云,显得更加安宁祥和。当你我的默想低于瓦钵梁子上的株株小草,众生平等,万物花开。瓦钵贝母的个头长得比黑水洋芋还要粗壮。

夏天的瓦钵梁子,在奔驰的马蹄声里燃烧,内心澄澈的人无法控制习习夏风。一支古老的羌笛吹奏着黑水河的潮湿,也传递着凉风的忧伤。马队里流动着天籁之音,音符似小草上的露珠跳跃,接近尾音时一抹孤独的金黄守候着对面羌山的轻雪。黑水河畔裸露的沧桑渗出血红的悲伤,瓦钵梁子满山的风一遍又一遍地诉说。

色尔古藏寨及其他

过去,我曾多次路过色尔古藏寨。色尔古藏寨,一个沿河的藏式村庄,参差错落的房屋很稠密。穿行其间的小路,有横有竖,也有拐角和弯曲。野鸽子悠闲地在路旁横晃,自由自在的是一群群散放的土鸡。牛、羊的间歇之声,听起来很熟悉。看家护院的小狗,在门前警惕地跑来跑去。趴在墙上的老猫,傲慢地眯缝着眼睛,置之不理。

如今,我又经过了这里。百年的历史累积,消失得几乎不留痕迹。甚至,觅不见碎砖烂瓦的废墟。色尔古藏寨里的老树,成了唯一的记忆。好在路旁的古碉楼,永远也抹不去村庄由来已久的名字。

一支离弦的箭,穿过丛林,刺破寂寞的原野,抛弃纤弱和卑微,紧紧地把心和土地连在一起;一群背负药材、山珍和梦想的黑水人,与色尔古藏寨挥手作别,踏上了艰辛的创业征程。这是一场战争。积怨和愤恨,入乡随俗的伤痛和陈年的旧影,变得异常清晰和舒展。唯独这永不消失的故乡,风吹树梢,篱藩撕裂。燃烧过后的灰烬,从容的身影,在每一个远走他乡的黑水人心中纠缠交错。

他们从城市里捡回的二十四节气,存放在四季纷繁的角落里。雾散尽,云淡淡地飘过。顶着月亮的光影,藏在独特的黑水乡音的背后。

远走他乡的黑水子民,听到了故乡的消息,激动地又一次浸泡在高粱和玉米的黄土里,又一次醉在了异乡的怀抱里。

金川梨花白如雪

"春风梨花开,宛若漫山雪花飞,秋寒催得霜叶红,五彩斑斓映朝晖。"金川就这样呈现在我的面前。

位于阿坝西南缘的金川县虽然只有七万三千多人,却栖息着藏、羌、回、汉等十四个民族,面积五千五百多平方公里。这里既有高原山地的雄伟之气,又有高原草地的壮阔之美;既有北欧版的大陆风光,又有史诗般的田园风情,素有"阿坝江南""嘉绒故土""东女故都""中国雪梨之乡"等美誉。

在这里,雪山与梨园共生,雪花与梨花同舞,人在花中走,花在画中流。除此之外,观音庙、情人海、独角沟……金川拥有太多未被发现的美景,充满了未知的精彩。

(一)

早就听说金川三月的梨花开得艳,那万亩梨园种植已有数十年,是金川县正在打造的观光旅游点和生态农业示范区。每年阳春三月,金川附近的人们便会呼朋唤友,三五成群到大金川河谷休闲赏花。甚至有许多外地游客也会在这个时节慕名而来,且有逐年递增之势。在万亩梨园里，梨花愉悦了眼睛，花香沁透了心脾。累了，尽可到梨园旁的"农家乐"品尝金川特有的农家菜，吃金川人腌制的腊肉以及一些纯天然的野菜，再喝几大碗金川人自己酿制的原汁原味的金川玉米白酒。醉了困了，大可在梨花树下南柯一梦。

今年三月，中外散文诗学会在金川举办"金川梨花美"国际散文诗笔会，我荣幸应邀参加此次活动，第一次来到大金川河谷踏春赏花。当满山遍野、重重叠叠的梨花乍现于眼前的时候，我真的感慨了，忍不住屏息惊叹大金川河谷春天那恢宏的气度。

沐春风，赏梨花，梨花映面别样情。大金川早春的天气，风是温柔的，阳光是明媚的。"丝丝缕缕梨花雨，浸得梨花不粘尘"，大金川河谷的万物都被刚刚开放的梨花温热了，它们复苏了，勃勃欲发。"探花只恐花睡去，惜玉怜香故人来"，清风带着花香轻轻地走来，使多少生命之花，紧紧追赶梨花的身影，在大金川河谷尽情地展示出自己特有的风采。

清晨，我们来到位于大渡河畔的安宁乡，花海簇拥的安宁，一些梨树已长出了嫩芽，叶子上淌着颗颗露珠，梨花带雨，是形容女人哭后满面的泪容，此种比喻真是贴切至极！一阵轻风拂过，梨花飘落，一片片像白色的精灵飞舞。这时的梨花是那样的清新、纯洁、淡泊、馨香。这使人想起白居易的名句——"梨花一枝春带雨""一树梨花一树香"。

今天，参加中外散文诗学会举办的"金川梨花美"国际散文诗笔会的文友们踏上了大金川河谷这片积淀蕴藏着深厚历史底蕴的红色土地，畅游在大金川河谷灿烂的花海中。大金川河谷那漫山遍野的花海，老远就已闻到一股细细的清香。向远处望去，如片片白云，轻浮山腰。近处细看，只见那粉妆玉琢，花团锦簇，洁白如雪的梨花，像绣球似的缀满枝头。参加笔会的作家们、诗人们、文友们，徜徉在梨花盛开的大金川河谷，感受着大金川河谷浓郁的民风民俗，倾听着大金川河谷厚重历史的回音，品尝着大金川河谷特有的农家风味，吟诗作赋。

素有四川阿坝新江南美誉的大金川，是阿坝州雪梨的主要产区。每到梨花盛开季节，漫山遍野的梨花怒放，形成一道亮丽的风景。面对洁白如雪的花的海洋，作家、诗人们情有独钟，感慨万千。文友们在赏，在嗅，感受花香醉人的春意，享受大自然的馈赠。当我们置身于大金川河谷花的海洋中，就仿佛走进了童话般的白雪世界。驻足顾盼，蜂飞蝶舞，步步踏香，浑身都浸着芳菲，是人在画中，还是画在人中，谁也说不清楚。有人说："天下的花中，要说白，当数梨花。梨花白清如雪，玉骨冰肌，素洁淡雅，靓艳含香，风姿绰约。"是啊，今天的大金川河谷，春风荡漾，梨树花开，千朵万朵，压枝欲低，真有"占断天下白，压尽人间花"的气势。大金川河谷梨花那种花团锦绣，一望无际的感觉，让人觉得荡气回肠而不忍离去。穿行于大金川河谷，和梨花来一次亲密接触，在清新的空气和阳光的微笑中，用嫩白的梨花愉悦我们那一颗颗困顿的心，是一件多么愉快的事啊。于是，我们在梨花树下留影，大家的脸上都洋溢着快乐的笑容。春风拂面，梨树微颤，伊人轻舞，梨花飞扬。艳丽的颜色，洁白的梨花，会让人由衷地感叹。自古人们爱梨花，我想不只是梨花的冰肌雪颜，淡雅宜人，更多的是梨花出尘的气质和品格。"花中奇绝"，就是在花的骨中，花的魂中吧。

行走在三月的梨乡金川，抬头，云如飞瀑，天如水洗般湛蓝；近处，花如瑶池仙子，冰清玉洁，飞舞于游人左右。大金川河谷被盛开的梨花覆盖着，一簇簇，一层层，像云锦似的漫天铺去，像雪一样洁白，亦如珍珠般透明。那含苞欲放的姿态犹如含羞微吐、冰清玉洁的仕女，在和暖的春光下，如雪如玉，洁白万顷，流光溢彩，璀璨晶莹。而空气中飘逸的淡淡梨花的香甜气息，使人像喝醉了醇酒似的，轻飘飘，晕乎乎，情不自禁地向梨园靠近。

我们在梨树下穿行，梨花花瓣如蝶般飘舞散入我们的发梢。放眼望去，那无边无际的白，竟至接天连地，张扬而不跋扈，热情而不轻浮，它们一味地只为了怒放。于是，包裹在我心中孕育了许多年愿望的花蕾，在不经意间就倾泻在了梨花嫩白的灿烂里，一片一片展开……许多年前，我生命的枝条就被文学簇拥着，慢慢凝结成了生命枝条上的花蕾。总想在心中为生命枝条上的花蕾寻找一个能让它绽放的季节，一个能让它芬芳的空间……眼前的梨乡，无论于我或是与我同行的诗人、作家们，都可以构建起自己心中桃花源的所在。这不正是我要寻找的生命枝条上的花蕾绽放的芬芳的空间吗？这里，少了繁华城市的喧嚣，远离了都市钢筋水泥的味道，让我们感受到了梨花的嫩白、山花的烂漫和野菜的飘香。在这虫鸟自由爬行和飞翔的天堂里，我们领略到了炊烟夕阳、农人耕作的梯田风光，以及那无须用石砌便能曲径通幽的小路………

徜徉在大金川河谷的繁花间，花事如泣如诉，仿佛音乐之声流淌，又若溪流般清澈。吟诵着古人描写梨花的诗句，只觉全身都浸透了梨花的圣洁清香，五脏六腑都有说不出的妙境，惬意极了。

据当地的朋友们讲，大金川河谷梨花的美也不单纯只在花开时节，它的变化也是极丰富的，像一首生命的交响乐。初，花蕾待放，树干光滑，但已有了春的生机与韧性，这时来到大金川河谷看梨花，看的是生命的孕育；花开，有如白云织锦、雪花飞舞，这时来到大金川河谷看梨花，看的是生命的释放；花残，在一片洁白中慢慢地透出翠绿却也是"花褪残红青杏小"，这时来到大金川河谷看梨花，看的是生命的希望。如果能够在大金川看完梨花打花骨朵、绽放、凋谢等全过程，就会感受到，有了花，有了果，生命就完成了它的自然节奏。这一过程，不正是人类生命的真实写照吗？

大金川河谷阡陌梨花白，寂寞落尘埃。此时此刻，相拥而开的梨花，你是否已随大渡河畔的花瓣雨飘落？细想，人生繁花似锦也好，落英缤纷也罢，都是不可多得的美景，也是太多对曾经的追忆。我的眼前仿佛又出现了大金川河谷洁白如雪的梨花在幽雅地飞舞。

（二）

三月大金川的舞台，与乾隆皇帝平定金川无关，与大渡河两岸的垂柳无关，你才是这场戏的主角——灿烂如雪的梨花！

春分刚至，大金川河谷的梨花便竞相绽放，舒展孕育一冬的氤氲芳香，吸引着千双万双的眼睛，向你聚焦。

我也乘兴来与你约会，第一次踏进大金川河谷，与《散文诗世界》的编辑们，相挽徜徉在花海。

纤细的脉络指点岁月文字，纯净而矜持的风姿，昭示着生命的自然。时间的底蕴陪伴你,在高原雪水的滋润下灿然,迷醉三月大金川河谷春风的纠缠。

此刻,我终于体悟到了你悠然的清韵。

此刻,我终于领会到了你这小小精灵的奇妙和生动。

清澈的大渡河在你的身旁蜿蜒成流动的音符,和着你绽放的节奏一起奏响《命运交响乐》。时光暗合阳光的风情,让人浮想联翩,一份梦境的憧憬,在阿坝新江南的温润里为你抒怀。

而你的一颦一笑,就此守候一个季节的承诺。

我只是一个匆匆过客,忙碌的脚步,迷乱在俗世。

星月下的一帘幽梦,注解着苦涩的追忆,怎能不钦慕你这绝世的素洁与高雅?

唯有这焚香净手的笔触,因你而拨动心的旋律。

一入三月,大金川河谷的梨花,一朵两朵,三朵四朵,十朵百朵,千朵万朵,一夜之间盛开在大渡河两岸,一些氤氲的期许散漫在三月的金川,诱惑着你我遥望的眼。

于是,你来了,我来了,他来了。你来自成都,我来自新疆,他来自广东……我们一起来到阿坝的新江南。

梨园里,农家乐里,沏一壶茶。看,满园梨花在春韵里蹁跹起舞;听,满树梨花绽放发出的清脆声音;闻,空气里飘溢的沁人花香。

片片银花,似云朵漂浮温情,似雪花洒满高原,簇拥三月的天空,纤细的脉络勾画出大金川河谷正午阳光的安详。

一些暧昧的诱惑,就此打开我视野里隐藏许久的梦境。

敞开胸怀,任凭遐思张开翅膀从远古涌来,淹没俗世红尘的喧嚣,期盼一份羞涩的情缘不期而至,迎着自然轻柔的呼吸。

马奈锅庄的雄浑，嘉绒藏歌的清脆悦耳，激荡和飘摇在你我一颦一笑之间，吟唱一曲三月的嘉绒小调。仰视的美丽，拥抱流水柔情。

梨花下的嘉绒姑娘，今夜你又将潜入谁的梦乡？

翻墙走婚的习俗虽已成为远古历史的记忆，传说中的东女国的女尊男卑已不复存在，但嘉绒姑娘眸子里燃烧的渴望，追逐迎风而立的情歌，在三月大金川的梨花里，想象阳光灿烂的日子，与朵朵梨花相亲相爱。

昨天款款而来，明天将姗姗而去，而一个妩媚的微笑，永远定格在那个瞬间，刻骨铭心。

一瓣一瓣的梨花在三月的大金川河谷浪漫，于枝头舒展春意的朴实和愉悦。那漫山遍野的梨花，是上帝赐予大金川河谷的棉絮，大地是大金川厚实的温床，大渡河是大金川的血脉。正是这天造地设得天独厚的自然环境，孕育了大金川流域灿烂厚重的民族历史文化。

素洁中的清丽一如嘉绒地区的马奈姑娘，清纯，静美，晶莹如雪。暗香袭来，春的气息娓娓述说一份思念的眷恋，相视的双眼，在大金川的大渡河两岸，一如这河水的清澈。

我是过客，你是过客，他也是过客。唯有这梨花年复一年盛开；唯有这梨花下的嘉绒姑娘脸上的红晕一次又一次绽放。含苞吐蕊，梦幻的世界凝入记忆的深处。整理凌乱的思绪，一份恬淡优雅的淳朴，就此悠然。回归，梦的角落，总有大金川河谷梨花白如雪。

（三）

又是三月，还是那一树树连绵百里的梨花，洁白细碎地开在大金川河谷的梦里。在每一个三月静静的夜里，大渡河两岸的故事，由如梦的梨花娓娓道来。

在每一个三月暖暖的阳光里，大金川河谷那剪不断理还乱的梨乡情缘，被如诗的梨花拉得老远老远。浓郁的金川方言似溪流潺潺，日日夜夜萦绕在耳畔。怎能忘记啊，那碎蓝的天幕下，大金川河谷簇拥的梨花仙子芳草迷离般的火热情怀，磁铁般吸引着八方来客。梨园里的每一道光洁如镜的石板巷，穿梭着南来北往的行人，操着南腔北调的语言，背着花枝招展的背包，举着等次各异的拍摄器材，将大金川河谷三月的娇艳摄入记忆的长河。

每年三月，一入大金川河谷，阳光就妩媚地笑了。灿烂的阳光照耀下，洁白如雪的梨花在大金川河谷飞扬。不知是谁的手指，横过大金川明媚的春天；也不知是谁的灵魂，铸成了大金川河谷不渝的闪电？一缕清风不经意飘来，梨树上飘下一朵雪白的梨花。紧接着，两朵、三朵、四朵……一地洁白如雪的梨花便呈现于眼前。此时此刻，思绪在大金川河谷弥天的洁白里，点亮了无数吉祥的时光，是悲伤，也是欣喜和激动。

三月的大金川河谷，梨花的心动了。簇拥的花朵亮起了大渡河畔漫山遍野白色的火焰，让歌声嘹亮四起。曾经有过的那么多的殷切盼望，以及想要走出家门的梦想，此时在大金川人年轻的心底苦苦煎熬。在三月梨花烂漫的季节，怀念母亲温暖怀抱的情愫愈见强烈。终于，挣脱开那双被金钱束缚了多年的已经难以飞翔的翅膀，离弦之箭般地回到了故乡，一头扎进梨花的海洋，游进母亲温暖的怀抱。年少时的迷茫，竟看不清凋零的花朵后居然还有硕果累累。

三月的大金川，美丽的梨花，如一地白色的蝴蝶。宁静的梨园,在一排排梨花中,在一片片洁白的灵魂中发出细腻的声音。我弯下腰,一枚五瓣梨花像嘉绒藏族姑娘,在骤然初遇的脸颊上,春天从此就红遍了大渡河沿岸。此时,微风从背后吹过,也掩饰不住内心的热烈。梨花因洁白而做着苦难的行走,演绎成风花雪月以及雄心的绝唱。梨园内的每一瓣梨花,都让目光擎向天空。或许,一朵梨花的高度和一句话的高度没有多少差别,正如醉与未醉,醒与梦全是一种感觉。

梨花开着,在山野、沟壑,那些引领的树干,引领我穿过田间小径。在梨花园,坐着的是春风,走动的是春露,而不走不动的是灵魂,却将梦打开。每一片花香,都让我心旌荡漾。一百多年的老梨树,还将她洁白的花冠展开,给今天看,也给我们看。

枝头的小鸟,会唱歌的花朵,把大金川河谷的春天次第打开。谁能听懂梨花的语言,在三月的大金川河谷,她诉说着一缕缕花香。我知道:梨花的凋谢和丰收始终连在一起。季节深处的风,眯着眼,在林间闲走。我遥想那俏立枝头的一个个硕大的雪梨,一如嘉绒地区成熟的姑娘,将最美的胴体,躺在大金川河谷的温床上,倾听爱情熟透的声响。

梨之梦,飞着,飞着。天鹅的洁羽,巫术一般,摇醒了大金川,摇成一片幻觉。我掠过花丛时,碰落了一地花粉,花朵们坠入——失眠的深渊。

夜幕降临,灯火阑珊,梨花仙子斜临春水。玉米酒如大渡河春水般开始在大金川河谷流淌。我因不胜酒力,品着梨花雨,就想起了美人泪。于是,看梨花是花,看人也似花了。

一花一世,我多想住进哪位仙子的小屋,再拉上玛瑙色窗帘,不再与尘世相关。一花一落寞,照过大渡河,大渡河水是感伤，香过花，花是感伤，恼过人，人将结出洁白洁白的痛。梨花仙子吟过我的诗后，让我思，朗诵动情得快要落泪。美，让大金川三月的夜晚静止，让三月的大渡河静止，让三月里整个大金川河谷静止。

三月的梨乡，一位绝世美人，在我的诗里，落下斑斑花雨，香泽了一夜月色……美丽的农家小院也曾深锁过，不少梨乡人一进雕花的门，门楣上就搁放着他们遗忘在童年的钥匙。

游走在外的游子们，思绪以千倍的光速一路行来，带着数十年的风霜，走进历尽二百年沧桑的华庭——古老的大金川，他们终于明白了，在梨乡的历史里，他们个个都是初生的孩子。

爱上马尔康

马尔康市是"达央阿瓦"的州府，藏语意为"火苗旺盛的地方"，引申为"兴旺发达之地"，位于四川西部，北靠阿坝、红原大草原，南与卧龙大熊猫自然保护区、四姑娘山紧邻。

这里依山傍水，整个城市夹在两山之间，是一座不折不扣的山城。卓克基土司官寨是阿坝州藏羌文化走廊上的经典旅游景区，官寨依山而建，坐北朝南，被誉为"东方建筑史上的一颗明珠"；西索民居寨子鳞次栉比、错落有致，远远望去犹如一座壁垒森严的古堡。松岗碉群是第五批全国重点文物保护单位，被称为云上天街；梭磨河大峡谷起于鹧鸪山山脚的刷马路口止于马尔康白湾乡热足，全长九十一公里，垂直高差八百九十米；昌列寺位于马尔康市的昌列山上。风中舞动的经幡，耳边流淌的水流，岁月静好，天高云淡。这，便是马尔康。

二〇一〇年夏，因工作需要，我离开了生活和工作过二十年的阿坝草原，来到位于深山峡谷中的马尔康。从梭磨河源头的第一棵独立的白杨树开始，远远地，马尔康就派生出一片葱茏与墨绿。遥望一缕夏风从遥远的天际送来的悠悠白云，为高原新城马尔康献上了圣洁的哈达。从此，一颗虔诚的心徘徊于梭磨河畔那条圣洁的朝圣路上。

　　光阴荏苒,岁月如梭。一晃三年,时光悄然而逝。鹧鸪山下独特的石碉房、水泥楼以及那迷人的田园和村庄,在夏日的燥热和冬日的严寒里以及春与秋的风沙里,变得明亮而鲜活,欢乐而又极具张力。午后的暖阳、嘉绒藏族人的歌声与汗水,为昔日冻结、干涸的深山峡谷注入了柔软和生机,仿佛一切都停止了喧哗,只有马尔康——这个正在崛起的高原新城,孕育着安康、宁静、清新与火热。

　　尘埃落定的故事、婆陵甲萨的传说、藏传佛教寺庙里的阵阵梵音以及火苗正旺的典故,向我走近。拔地而起的高楼、风格迥异的民居,挑起马尔康人的汗水,顶起了马尔康人的智慧,一滴滴、一件件,如同飞舞着的雪花,遍布这个被誉为"火苗正旺的地方"抑或"酥油灯点亮的地方"的每一个角落。

　　我喜欢太阳的热烈与真诚,更喜欢马尔康独具特色的造型。她骄傲地坐落于蓝天之下的峡谷缝隙间,美丽的梭磨河水从东向西潺潺流过。她沉静而厚重,不亚于一颗光辉的太阳。以大郎脚沟口为中心,马尔康的城市风貌向梭磨河两岸闪烁出灿烂的光芒,深深地嵌入藏羌民族的情感。

　　多少次,我在这个深山峡谷中放飞想象,窗外那片灌木林里成熟的叶子,与古老的藏寨民居一脉相连。我是月光下奔跑的孩子,从卓克基官寨到三家寨、红星桥、林管局、阿底大桥、军分区、金晶隆、马尔康大厦、绒兴家园、嘉绒大酒店……那么多跳动的星火将马尔康的黑夜点燃,时光巨大的秒针拨动这里,你、我以及正在路上飞驰的车辆们一起靠近这盏火苗正旺的酥油灯的温暖。

那穿戴整洁、服饰华丽的嘉绒藏族姑娘是谁？走在梭磨河岸边人行道上的她，娉婷的舞姿，宛如夜色里银色的彩练。那群手拉着手的孩童都属谁家？站在九州广场前的堤坝上，稚嫩的歌声，好像晨曦中快乐的百灵。我在安静的夜晚抚摸着马尔康丝绸般的面孔，黑暗以外的路程不再艰辛。我知道，这里，将被酥油灯再次点亮；这里，蹿动的火苗将燃烧得更旺；这里，将有一个春天绽放出的新绿。

多少次，我曾细数过马尔康的灯火，为黑夜里的那些远行的驴友们开启明媚。而此刻，吸引我的则是高原新城马尔康的白昼。高擎的楼房欲与梭磨河两岸的群山试比高，房顶上随风飘扬的经幡，织出的是马尔康热闹的春天。

匆匆而来的我，还没有准备好迎接马尔康的表情，就已经浸透了她的芬芳。但我在笑，不露牙齿地笑，深深地俯伏并融入了她的怀抱。

盛夏季节，格桑花悠然地绽放，纯洁的黄，馨香的暖，从古老的青藏高原走进马尔康我年轻的家。年轻但不轻率，所有的开始都是红红火火的，红红的日子与红红的酥油灯盏。啊，好兆头里的马尔康人，正以坚实的步伐，谱写着新时代的崭新乐章。

说实话，初到马尔康，也许是山高谷深抑或是过惯了草地生活的缘由，我对它没有什么特别的感觉，常常怀念二百公里以外有着牛奶飘香的帐篷；怀念沐浴着月光，唱着悠扬牧歌以及弹着六弦琴的安多藏人。阿曲河两岸的辽阔与坦荡，让我的青春与激情在那片土地上跑得飞快。而一座城市的崛起，是突然的，猝不及防的。一张老照片可以让历史开口，而现在，我手上的这些片段，应该是停止了的怀念。在春天，它们迎着朝阳，向着茶马古道的深处继续西行。

很长一段时间里,在梦里,我还像一名苦行僧一样继续西行。在通往朝圣的路上,一辆木架车、一大包破旧的行囊、一双牛皮鞋子,还有一本诗集,还约上了那个美貌的安多藏族姑娘。然而,那位来自内地的汉族姑娘却意已决,她坚定地告诉我:不必用文成公主做自己的名字,也不要皇室的嫁衣,更不要青史留名,只需挽上爱人的臂膀款款而行,与你一起西去!

于是,我们似乎总在醒与未醒之间,无奈于离别,无奈于相逢。如今,我不得不做一回寻常的多情人,可以没有青春的容颜,可以没有音乐与花环,但求天各一方的相知相惜,不要偶尔断了消息……

栖息于马尔康的岁月,马尔康人给我留下了深刻的印象,他们自信而阳光,宽厚而包容,一如山野里那些飞翔的小鸟,美丽而纯真。他们没有排外思想,可以接纳任何一个民族。他们自称为"绒巴"(农区人),而叫外地人为"格巴"。他们和其他地方的藏民有显著的不同,他们不像其他藏民一样生活在高海拔地区,他们生活的地区海拔仅在两千至三千米之间。农耕和游牧文化在马尔康这块土地上兼收并蓄,马尔康人祖祖辈辈过着半农耕半游牧的生活,并以农业生产为主。他们之间所讲的语言也和其他地区有很大的差别。他们说的话类似于一种方言,就像是四川人说四川方言一样。生息繁衍于马尔康这片土地上的嘉绒藏族是一个崇尚礼节和热爱生活的民族,他们最喜欢的食物就是酸菜包子、火烧馍馍、老腊肉及酥油茶等众多的风味饮食。"藏香猪腿"是马尔康人必不可缺的美食佳肴,也是给长辈拜年和亲朋好友间互送的最佳礼品。嘉绒藏族最有特色的服装要数当地人常穿的木衫，它是当地藏族女人用牛毛或羊毛纺线织布裁剪而成，其边上镶有藏族人最喜欢的"万"字金边。其颜色大多为黑白两色，看上去十分素雅，穿在身上既能防雨又能耐寒。传统的嘉绒藏族服饰色彩艳丽，线条变化丰富，其边镶有动物皮毛，穿上后显得格外高贵典雅；其配饰品种多样，并且大多为自然之物。

马尔康是嘉绒锅庄的故乡，是阿坝藏族羌族自治州的州府所在地，更是嘉绒文化的繁盛之地，系原嘉绒藏族十八土司之梭磨、松岗、卓克基、党坝四个土司辖地，故又称"四土"地区。这里遗留着最为完整的嘉绒藏族生活习俗，是嘉绒藏族的腹心地。千百年来，嘉绒藏族与汉、羌、回等民族长期繁衍生息于斯，让积淀多年的嘉绒文化在历史的变迁和文化交替中得到升华，凝结出了一种古朴与厚重。保留着古老遗风的嘉绒藏寨于梭磨河、足木足河两岸闪烁生辉，它们承载着嘉绒地区古老民族的建筑遗风，似颗颗璀璨的明珠错落有致地撒落于嘉绒大地。一处处民居均建筑在背风向阳的坡地上，择险而居。每幢房屋均就地取材，用片石、泥土精砌而成，呈上小下大的立体梯形，三至四层不等，高达十数米，高耸而坚固，给人伟岸、挺拔、粗犷的感觉。信步入寨，脚下古老的小道上一片片磨损的青石、路旁一棵棵参天的核桃树，无不印证着岁月的沧桑，铭刻着历史的变迁。跨入那些错落有致的藏寨民居，那木板梯的"咯——咯——"声，领着人们步入古朴、幽远而神秘的异域风情。站在屋顶大口呼吸自然的气息，舒畅的心随着房顶飘动的经幡和煨桑台上缕缕桑烟冉冉升起，一并融入两岸高峻的群山。

生息繁衍于马尔康的嘉绒藏族是一个能歌善舞的民族。当地有句俗话："不会跳舞的是根木头，不会唱歌的是头牦牛。"马尔康人最喜欢的歌舞是"锅庄"。嘉绒锅庄是从古老的宗教仪式中演变而成的一种民族舞蹈,它既是一种固定的对歌形式,又是一种舞蹈。开始跳锅庄之前,要举行咂酒开坛仪式。开坛的人必须是喇嘛或在当地寨子里既有学问又能说会道的长者。开坛的人说的都是嘉绒藏语,开坛仪式的第一步是祭祀山神,开坛的人先在柏树枝上放一些红灰,然后在挑一些酒糟放在上面,祭祀山神,祈祷山神保佑村寨风调雨顺,五谷丰登。

梭磨河水穿城而过,青山环绕四周。曾经的荒凉与寂寞已经成为永远的历史,于河滩废墟上崛起的高原新城马尔康正在成为一座"生态秀丽、环境优美、民俗浓郁"的明珠城市,正在成为川西高原上一座别致、幽雅、唯美、休闲的高原新城。整个城市依山傍水,沿梭磨河而建,呈东西走向。由十道街、一条路、六条巷和阿底新区、俄尔雅新区组成的马尔康城区,玲珑俊美,功能齐全,应有尽有,不同档次的大小宾馆、酒店及各类商场、歌城、音乐厅、茶楼星罗棋布。在这个海拔二千六百米的高原小城,在这片阳光明媚、空气清新的圣洁土地上,让人远离大城市的喧嚣与浮躁,宁静与舒适的感触油然而生。

夜幕降临梭磨河畔,大片大片的灯火亮起来了。我惊异于越来越亮的光芒。从"郎玛厅"里传出的歌声,从图书馆里透出的书香,从孩子们酣畅的鼻息声中传来的甜蜜,让我渴望黎明。我不远万里地寻觅,终究会如一只飞向草原的百灵鸟,随着季节流动,一直不忘自己的起飞之处,一年一年,看到它的变迁,一年一年,把遥远变成亲近,把凝固变成图腾。

原来,我已深深地爱上了你——美丽的马尔康!

梭磨河畔采韵

（一）

发酵于三月的梦想，坚守着一段峥嵘岁月，豪情驰骋于梭磨河畔的丛山峻岭间。这纷纷扬扬的叶片，是留给梭磨河畔最纯真的语言，如期而至的那份激情，渲染在沿途的每一个驿站。所有的诗句在这里都显得如此黯淡。

阵阵雁鸣在不经意间衔走了春天的故事，由远及近，由近及远。不需要更多的感慨，掬一捧梭磨河畔浓色重彩豪饮，我的血管里从此便流淌着五彩和斑斓。那份殷实的渴望在天地间成熟一季风景，沧桑与期待鲜活成梭磨河畔醉人的春天。

一阵春风拂过，春天，悄然降临梭磨河畔。梭磨河的旋律，让春风弹奏得清清爽爽。阳光的柔情，更显妩媚。然而，昨夜努力的春雨，还有远处山顶上那厚厚的积雪，却让人们将春天淡忘。于是，有人说，梭磨河畔的春天依然纯白。

行走于初春的梭磨河畔，明显感觉到天气在回暖，春天的和韵节拍，轻盈地走来。阳光下，暖意融融，生机盎然。空气中，飘荡着潮湿气味。春天是梭磨河畔一年之中最精彩最绚丽的季节,是美好祝福的味道,是无限憧憬的色系。

绕高原新城马尔康而过的梭磨河,春潮漫涨的日子似乎还很遥远,河水依然那样清澈。刚刚出洞的高原冷水鱼,像一串串快乐的音符,不时地拨动梭磨河的心弦,让水韵微微泛起羞涩的波纹,轻轻弹唱,缓缓而流。

不知名的水鸟忘记了城市的喧嚣,在梭磨河上啄着水纹,扇动着健壮的翅膀,把串串水珠高高洒落,水珠如珍珠般掉进水中,梭磨河的点点水花笑了。河边的马蹄叶露出了诱人的脑袋,嫩绿的叶子固执地撑着阳光,拥着含苞欲放的花蕾,灿烂的鲜花即将闪亮登场。

堤岸上的细柳,在春天的阳光下摆弄着轻盈的舞姿。远远望去,如长发秀女,秀丽端庄而又多情地站在河边,恰似嘉绒藏族姑娘的姿容,静中藏有羞涩的模样。走近观赏,它丰满迷人。高傲的姿态,如玉树临风,那种情窦初开之美,盈盈溢流出来。偶尔拂肩而过的枝条,送来了春天阵阵浓郁的清香,生命诞生时的辉煌就这样横呈眼前。

细柳下的野菊,流露出自然的心态。它们不是春天的情人,它们是梭磨河的女儿。所以它们不去拂水净容,只饮夜露润色,用纯真的笑脸,等候春风的拥抱。

蝴蝶翩跹起舞,蜜蜂嗡嗡吟唱,这些春夏的狂徒们,表达着对春天强烈的渴望。

刚刚耕播完的田野,让寂静和沉默占据着。这个大自然的舞台,要在春天里着实沉默一阵子。不过,听起来好像它也并不平静,同样也是暗流涌动,同样也是一支歌,一支绿色金曲独奏。

风,坚持在梭磨河畔行走,送来春天的味道,留下夜夜春梦。天空中多了蝴蝶和蜜蜂的翅膀。

嘉绒藏寨蹲在河畔,抑或河边的山坡上,守望着它的田野、村庄和树,守望着它的石碉楼,它的山峰,它的岁月。多像是饮醉酒的高原汉子,甜甜地睡去。

可寨子里那春梦中的呓语,更加醉人。

我漫步在素有"火苗正旺"之称的马尔康的街头,搜寻着春天的足迹。过往的路人,行迹匆匆依然未变。不同的是,走路时他们不再缩着脖子。不像寒冷冬季,用衣服和口罩把自己包裹得严严实实,而是挺直了身躯,摘掉了口罩,表情自如,筋骨舒展。每个人的脸颊上,写满了春天一般的柔情暖意,衣着色彩由深入浅地演绎。姑娘们的风衣中露出淡雅飘逸的丝巾,这是梭磨河畔春天信息的释放,告知季节的变换。空气中,不断渗入湿润的清新味道,含羞地发布时空前沿的消息:我就是春天。

这一刻,我感觉自己嗅到了梭磨河春天的味道,的确有种春天的气息。迎面吹来的阵阵清风,略带丝丝草香,是那样的轻柔,那样的和煦。被感染的心情愉悦起来,步履渐缓,沐浴春日的阳光。靠河边的树丛中,有小鸟和喜鹊在喳喳地喧闹。在雀鸟的欢叫声中,我看到了季节的变化。在梭磨河畔徐徐和暖的微风里,我幻想着春天的颜色。在微凉清新的空气中,我品味着梭磨河畔春天的味道。

(二)

偶然的邂逅,在梦笔山下的纳足沟内。我站在你的对面,缓缓行进在去往查柯寺的盘山公路上。极目远眺，梦笔山就在眼前。目光的尽头，查柯寺耸峙在苍松翠柏间。阿旺扎巴微闭双眸，慈眉善目，平躺在雪山之巅。我想，您即使就这样躺着，也是一座山。

我呆呆地望着，搜寻着储藏久远的记忆，目光的尽头，就是那根拐杖长成的苍松巨柏。我呆呆地望着，寻思着那烙印在心灵深处的一个挥手，思绪的尽头，就是大师生前慈悲为怀的谆谆教诲。一首诗词，一篇穿越时空的恢宏巨制，一幅气势磅礴的风云画卷。

请宽恕我吧，一个被现实侵蚀变质的灵魂，面对着信仰，此刻竟找不到一句有高度的语言来向您表白。

想象不出，您为什么要躺在这里，是放心不下吗，抑或是想聆听那一百〇八座寺庙里传来的琅琅诵经声，还是想永远守望这嘉绒大地的喧嚣与不安。

我不知道，我算不算一个虔诚的朝圣者。

我会把一个暗暗许下的心愿，留在梭磨河畔，留在纳足沟内，留在梦笔山下，留在查柯寺的经堂前面。

（三）

岁月在这里挖了一个大大的坑，风景里就诞生了一个响亮的名字——卓克基土司官寨。一缕轻烟从卓克基官寨的房顶抖落。

真的有一种力量在咆哮，有一种声音在呐喊。当一切历史在现实当中尘埃落定时，活着的就是当下的未来的"历史"。歌舞升平，朝暮之间，一晃都湮没于历史洪流之中。

试想当年，百年土司受封于朝，世有其地、世管其民、世统其兵、世袭其职、世治其所、世入其流、世受其封，那是何等的威风，真有"割据千秋意如何，雄图偏距仗岩阿。天环五岭开关塞，地束梭磨助甲戈"的雄伟气势。这就是当年通往土司官寨的古路，这就是当年土司头人议事的殿堂。就是这个四合院的土司官寨，当年可是"土司寨中锦作窝，梭磨入秋水生波，油灯万点人千叠，哈达缥缈摆手歌"。那时的土司头人是何等的意气风发。

如今，石崖、城墙、佛殿、碑刻、歌台、行刑场，在历史的烟云中都已成了废墟，或许连废墟的影子都没有了。

我矗立于梭磨河畔，不禁黯然神伤。面对这座古老的官寨，我心旌摇荡，忍不住想对着斑驳的土墙呼喊，让这些凝固了的黑色木料堆砌浪漫。我想高歌一曲，让遐想在官寨的楼宇间倾泻绚烂。

我把迟来的冲动，放进卓克基官寨前流淌的梭磨河水，让一泓清波妊娠出无数的眷恋。行色匆匆，我的脚印留在了卓克基官寨四合院里那些褐色的石板上，土司制度的辉煌历史在长长的梦呓里游荡。

（四）

川西高原的天空蓝了，鹧鸪山上的草黄了，一缕秋风来自广袤的青藏高原。枫红松翠，果肥树瘦，掀起阵阵波澜。秋天的脚步就这样坦然地向梭磨河畔走来，似乎还显得有些腼腆。这是一种生命的灿烂。

秋风饱蘸玉露，大手笔地写意，让层层叠叠的色彩，炫耀出梭磨河畔的热烈和温暖。鹧鸪山下的嘉绒大地，峰峰岭岭连绵起伏成色彩的璀璨。风姿绰约的秋色，一路走来，躁动的心被大自然精雕细琢。如潮的思绪，在得天独厚的梭磨河畔水墨丹青里迷失。也许，这个季节于梭磨河畔而言，本身就是这般拨动人的心弦。铺天盖地的色彩，释放出生命周期的最后冲动，铺排在梭磨河畔的群山沟壑间。

秋天来了，夕阳静谧、恬淡而优雅地携几朵彩云在天边烘托气氛。梭磨河的两岸，层层的彩叶，耐人品读。到处都是，普通的似乎可有可无，朴实无华得令人熟视无睹。面对这满山遍野的彩叶，我心旌摇荡。

当花朵姹紫嫣红，这婆娑的彩叶就是陪衬，当树木高大挺拔，这彩叶就是点缀。芳香的美，浓郁的美，俊俏的美，醉人的美，迷离了无数双眼，这婆娑的彩叶淡然地展示着自己的色彩。这就是梭磨河畔秋天里婆娑的彩叶。

谁能因为娇小，而忽视她的存在？谁又能因为繁多，而忘却她的价值？尽管随处可见，她们已经让自己变成了一件件隽永的作品。无论是山花烂漫的春天，还是阳光灿烂的盛夏，还是绵绵细雨的秋天，这些婆娑起舞的彩叶都将生命的风华默默地凝固成一种精神，渲染着梭磨河畔的每一片平凡。

我站在梭磨河畔，陶醉在这色彩之中，和每一片叶子窃窃私语，竟忘记了夕阳的感叹。我望着你，你望着我，感慨万千。你把有声的岁月和无边无际的壮景记录进年轮；你把梭磨河畔的热情和率真举过头顶；你把诱人的秋香埋进泥土。你就是梭磨河畔的一幅画轴，积淀着父老乡亲千年的哲思。

汇聚起平淡和灿烂，你就这么倔强地在秋风中灿烂，一次次地打动我，打动着每一个在深秋走进梭磨河畔的人。你把全部的心事交给了川西高原的梭磨河两岸。

我手捧一枚红叶，似捧着一本厚厚的线装书。读着你故事中醉人的色泽，读着你秋黄时每行诗句的韵味和意境，我读出了你生命的内涵。我的周围，有着许多和你一样的人，一年四季总有让人记起的灿烂。

合上双手，把这本书装进我的心灵，我的心经过侵染之后，变得更加清澈和舒展。每到深秋季节，你每天都经历风风雨雨，你每天都变幻着色彩。在深秋的梦呓里，你每天都第一个迎来晨曦，最后一个送夕阳归去。

（五）

梭磨河，一条流淌辉煌历史和神秘故事的河。你蜿蜒淌过尘埃落定的地方，轻轻绕过火苗正旺的村庄。你的灿烂浪花，粼粼光波，清脆涛声……今夜，让我心醉。

皎洁的月光，点亮了川西高原的梦想。我饮一缕河风，漫步走向月光下的梭磨河。川西高原的夜很静，很静。月光中的一切都疲倦地睡着了，梭磨河两岸的嘉绒藏寨，像一个个早睡的孩子，依偎在大山的怀抱中，细嚼着记忆中的香梦。唯有那些归巢的雀鸟和着田畴里此起彼伏的蛙鸣，还在月光舞台上弹弦轻唱。细细听来，便增添了梦的深度，夜的厚度。微风过处，万物私语，仿佛是梦中的呓语和微笑。

梭磨河的浪花和涛声，向我倾诉着嘉绒地区的昨天和今天，从末代土司官寨的风云变故，到一茬又一茬离去的人。你永远是忠实的守望者，是这座城市冷静的旁观者和见证者。沿河两岸的细柳，经过漫长冬季的养育，轻风吹拂，裹着绵绵细雨，一天天丰茂起来，给了你多情的炫耀。月光下的你，犹如一条飘扬的哈达，款款飘向川西高原妩媚的蓝天，勾起了沉沉的思念，让心难眠。

如果说梭磨河畔的月亮是情人的眼。那么，梭磨河就是一枚绿色的信笺。心灵中装起多少情人的泪和梦，溢出多少思念的情愫，让梦的心永远潮湿。

我爱你，月光下的梭磨河。你是潮湿的心，你是滴血的情，你是思念的梦。今夜，轻风吹拂，月辉泽润，让你在静静的夜里更显风情。你是月亮的女儿，妩媚多情。我坐在你的岸边，感受到一种久违的温馨，一种心语的感悟。你轻轻荡起的朵朵浪花，溅在了我的手上，让我捧在掌心，泪水盈盈。

浪花，是梭磨河浸润着的一颗月亮般的心，裹着酿醉了的相思梦。梭磨河，你这月亮的女儿，在温柔静谧的夜里，把深深浅浅的相思吹起，把人间真情舞动。

有人说你一入盛夏就桀骜不驯，总是让人无法捉摸。有人说你入春就温柔缠绵，总是让两岸的伊人相思成疾。然而，谁也没有把你的心思读懂。你是情人的唇，你是思念的眼睛。每每情到深处，你便充当了心的使者，梦的邮差。携带着唇边的温度，飘向岸边每一个爱你的人的梦境，静静地守候到黎明。

每每思念成疾，那滚烫的泪水让你心神不宁，你便随风远行，告知岸边所有关注你的人，一切安宁。

我热恋梭磨河逶迤蜿蜒的舞姿，翠绿泛青的颜色，如同嘉绒姑娘身着的长裙，风情万种；我热恋你脱俗的华丽，它昭示着爱的永恒。多少年了，你包容了多少文人墨客那骚动的墨笔心情；多少年了，你被多情的嘉绒姑娘编织成甜甜酸酸的梦。你，永远吟唱着不变的岁月歌声，把那份爱注入青稞烈酒，把那份情溶化。红尘滚滚，相思如梦。你用你丰满的醉红，诠释过多少岁月风情。

梭磨河，何需太多的诗情，只求你一次回眸，足矣。当我醉心地离去时，我把你浪花的语言和感动，都交给春天的月光。让飘飞的灵魂再一次沐浴你玉液琼浆的洗礼吧，只带走月光下，我晃动的身影。

走进天边的若尔盖

"达央阿瓦",有一个地方可以卧湖畔草滩,看鸥翔鹤舞,任云卷云舒。在那里,可以枕黄河涛声,观日落牧归,共水天一色;在那里,可以让时间静静地流淌;在那里,你永远不会知道什么叫单调,因为它把草原、湖泊、河流连缀成一体,让刚烈与温柔相济……这就是天边的若尔盖。

事实上,若尔盖的美丽比人们想象中的还要多样。她是四川、青海、甘肃三省交界处一片美丽的土地,黄河在那里融汇成壮美的蜿蜒,日出日落时分霞光漫天,美得让人恨不得私藏整个川西北大草原。

在我的印象里,流经若尔盖境内的黄河,她本不姓"黄",而是清澈见底的;整个黄河上游几乎都是水平如镜,没有雄浑,没有激昂,没有奔腾,没有咆哮,但她的的确确就是黄河。若尔盖境内,是白河与黄河的交汇处。在草原平坦的腹地,从红原境内查真梁子山南发源的白河,从南向北,在辽阔的松潘草地上艰难跋涉四百公里后,含情脉脉地来到黄河身旁。自北而下的黄河张开她有力的臂膀,将白河轻轻地揽入怀中,然后潇潇洒洒地回转身向西北方向流去,没走多远,又忽然转身西行,在若尔盖唐克境内形成了一个很大的弯,在这里绕形成九曲黄河第一弯。缠缠绵绵的黄河和白河,在若尔盖大草原形成了曲曲折折的河面,将草原分成无数的河洲、小岛。

还记得,在阿坝县广播电视局工作的一个夏天,应邀参加若尔盖县局的联谊会,第一次来到若尔盖,第一次见到黄河第一弯。第一次面对黄河,黄河第一弯就毫不客气地彻底颠覆了我脑海中对黄河的印象,原来年少时期的黄河竟然如此这般纯洁无瑕,温柔敦厚。是岁月的蹉跎,还是跌宕的人生,才使这条素有"中华民族母亲河"之称的河流在流至下游时竟变成了另一个模样?

人们常说"草地的天,女人的脸,说变就变"。当我们站在索克藏寺院后的山顶,俯瞰黄河第一弯,正在兴高采烈地欣赏那壮美景色时,晴朗的天空忽然狂风大作,乌云翻滚,豆大的雨点噼里啪啦地就打在了我们的头上。然而,正在我们躲无处躲,叫苦不迭的时候,刚才的一切又突然不见了影踪,风停了,太阳又悬挂于蓝天之上。此时此刻,天更蓝了,但见静谧的黄河,霞光万道,梦幻般的镜像,恰似那宇宙中庄严的幻影。更远处,一条难以想象的超大彩虹悬挂于蔚蓝色的天幕,在黄河第一弯的旷野上放射出七彩的光芒,一直指引着我们前进的方向。

离开唐克,离开黄河第一弯,在若尔盖县局同仁们的陪伴下,我们驱车前往位于热尔大坝的花湖。朋友告诉我,若尔盖草原湿地海拔三千五百米,它是我国面积最大的沼泽湿地,也是世界上海拔最高的大草原。红军长征时曾经过这里,这些湿地沼泽吞噬了无数红军战士的生命。我们上小学时在课本上读到过的《金色的鱼钩》和《七根火柴》等故事就发生在若尔盖草原上,人们常说的红军爬雪山过草地,"草地"的大部分区域指的也是若尔盖大草原。所以,长期以来,若尔盖湿地草原在我心中始终被无数神秘笼罩着。

望着眼前这片神迷的草原,我浮想联翩。当年红军是如何在围追堵截中,走出这无边的草原沼泽的呢?草原深处,没有森林,没有山脉,云彩从头顶层层叠叠一直到天边,从来没看见过这么深的云,没有朦胧,没有弥散,哪怕是最遥远的那一朵云彩,也清晰可见。从唐克到花湖的这段旅程,我们仿佛已经习惯了没有人烟,没有畜群,没有村落,更没有寺庙的感觉。刚进入热尔大坝的时候,偶尔还能看见星星点点的帐篷与牦牛。

我们说这里是草地,不如说是花海,自脚下到天边,全是无边的野花,五颜六色,这么好的美景展现给谁看呢?不由地想起"原来姹紫嫣红开遍,似这般都付与断井颓垣"这句唱词来,若尔盖断井颓垣都没有,就是无人之境,再美的景色也自生自灭了。但是,眼前的美景,却是曾经扼杀无数红军战士的地方。陪同我们的朋友说,一九三五年八月,中国工农红军被迫进入若尔盖草地已经很多天了,不断有战士沉入沼泽,无法救援。因为草原里没有人类的食物,朱德总司令的马也被杀掉了,战士们的皮带也煮着吃了,几乎没有粮食储备的红军开始吃草根。一条踩得稀烂的路,曲折通向远方,路边躺着饿死的红军战士⋯⋯后来,大部分人克服各种艰难困苦终于活着走出了草地。红军艰苦卓绝的创举,在人类历史上都是奇迹。为此,中国川西北若尔盖草地,是红军走过的地方,今天的若尔盖人因此有一种荣耀。

几十年后的今天,我们乘车穿越这片草地,没有道路的痕迹,没有任何遗留,没有人可以问询,这里虽然是安多地区的腹地,却很少看见游牧的人们。当年走出这片草地的老红军,也许大都不在人世了,没人能告诉我们当年红军行走的什么路线。

心虽悲苦,但此时此刻眼前的美景却令人赞叹,历史的故事令人动容。红军的后代们曾经发起"重走长征路"活动,不知道他们走到若尔盖大草原时,是如何理解他们的父辈的,是不是也理解了他们生命的意义与崇高信仰。

历史就是历史,无法重演,只能追忆。新修的一千多公里成兰公路,贯穿若尔盖草原。若尔盖草原虽然在青藏高原的东部边沿,海拔依然接近西藏拉萨,与西藏的那曲草原并称我国两大高寒草原。没有"天苍苍野茫茫,风吹草低见牛羊",也没有"大漠孤烟直,长河落日圆",只有无与伦比的无边野花,只有杳无人烟的寂静。这么美的景色往往使人忘记这里的海拔高度,以为这无边的水和美丽的蓝天白云会产生氧气,那就大错特错了。其实,这里空气中的含氧量只与海拔高度有关,和风景美不美,和有没有水毫无关系。

我们的车继续向草原深处奔驰,渺小得像一只爬行的甲壳虫。铺天盖地的白云一直跟随着我们,如何努力也跑不出它的笼罩,尽管如此,我们还是拼命地奔驰。我们的车渐行渐远,消失在川西北若尔盖大草原的野花深处。

随行的朋友告诉我,中国工农红军二万五千里长征期间,党中央在若尔盖巴西班佑寺召开过著名的"巴西会议"。很难想象,在这个人迹罕至、雪山高耸的高原,在缺衣少食、前有堵截、后有追兵的情况下,这支军队是如何爬雪山、过草地的,许多艰苦卓绝的故事涌上我的脑海。据说,红军爬第一座大雪山——夹金山之前,每人发了一串红辣椒,单薄的军衣外面穿一件羊皮背心，脚上赤脚穿着草鞋，冷了就咬一口红辣椒，辣得出汗就不觉得冷了。然而，一路上依然留下了许多保持着坐立或站立姿势的冻死的红军。下雪山的时候路不好走，红军就将身体团成一团，滚下山去，又摔死不少，或因雪崩被掩埋。草地就是我们现在说的湿地，表面上看起来是坚实的土地，一脚踩下去，下面却是深不可测的烂泥潭，多少红军战士的身体至今还埋在若尔盖湿地下面。

　　面对这片草原，听着同伴给我讲诉的这些故事，心一阵阵发紧、疼痛。那些红军战士，那些年轻的生命，就这样永远地留在了这里。现在这里有了柏油路，我们坐着自驾车，提包里放满了各种御寒的服装，手里拿着照相机、摄像机，跑到这里来观光旅游，我们的生活是多么幸福，我们不能忘记那些为了开创幸福生活而付出生命的先烈们。我在心里默默地为先烈们哀悼，向先烈们致敬。英勇的红军和二万五千里长征，必将青史永垂，英勇牺牲的红军战士们永垂不朽！

　　正午时分，我们终于抵达了花湖。若尔盖境内的花湖，因湖中盛开的一种白色小花而得名。花湖如童话世界一般静静地躺在若尔盖大草原深处，远处连绵群山下蜿蜒的河流从东至西静静流淌。热尔大坝，在藏语里有"神仙居住的地方"的美称，是世界上最大的高原泥炭沼泽湿地，也是中国仅次于呼伦贝尔草原的第二大草原。花湖的岸边，一条用实木铺成的栈道，向若尔盖草原深处延伸，看不到尽头。许多黑色的牦牛在栈道两边啃着牧草，一副旁若无人的样子。我们顶着正午火红的太阳走在栈道上，走得口干舌燥的时候，花湖终于到了。蓝天下一个巨大的海子呈现于眼前，天是蓝的，水也是蓝的；天上白云飘浮，水里也飘浮着白云；天上有黑颈鹤在飞翔，水里也飞过一只黑颈鹤。遥远的地方有一丝细细的天际线，如一条中轴线，对称地分出天和水，天边云卷云舒，水中倒影也是云舒云卷，第一次，我真切地感受到了什么叫水天一色。

行走在花湖岸边，我幸福得发晕，感觉真是来到了天堂，惊讶地张着嘴，轻轻说一句"好美呀"就不愿意再说话了，唯恐打破这里的安宁。于是，干脆盘腿坐在栈道的尽头，痴痴地望着水面发呆，由远而近地四下观望。一只水鸟在湖滩上啄食，跳来跳去，一直没有飞走。也许它认为，这里就是它的天堂，谁也别想把它赶走。岸边的草还没有转青，稻草般的金黄。这样的金黄色，点缀着蓝天白云的天和水，一种无法形容的美，一种能够引起心灵震撼的极致的美浸润着我的心田。

这里实在是太美了。走在花湖景区的栈道上，已经分不清湖水、沼泽、湿地了，有水天一色，也有野花无边，有半水半草，也有数公里乳突型草疙瘩。有草就有花，这里是花的世界，花草的香气浸透我们的衣服，钻进我们的鼻孔。高原空气透视度极高，整个蓝天白云倒映在水里，清晰度超出想象。分不清水中蓝天与头顶上的蓝天有什么区别。曲折的栈道弯曲在水草里，走到的每一个地方，都能看见蓝天倒影，更像是走进"天空之境"。我们不敢离开栈道，就怕一失足成为千古恨了。这里是无声的世界，这里是水鸟的天堂，天上飞的，水草里晃动的，伸出脖子观望的都是水鸟。它们知道人类无法在这沼泽里奈何它们，有恃无恐。一只大天鹅带领着它五个孩子一条线在湖水里游动，划破水中蓝天，像一首诗。面对此情此景，我想，我们一定是站在了若尔盖大草原一个微不足道的局部，可以想象整个若尔盖湿地草原,这样的景象应该有多少呢。

黄昏时分,我们来到了若尔盖县城,被若尔盖县局安排入住城郊一家"帐篷宾馆"。与我同行的阿坝局的几位同事已经被几个美丽豪爽的若尔盖姑娘很快灌醉躺在了帐篷里,剩下的同事们都到帐篷外花儿清香的草坪上和若尔盖县局的同仁们跳起了锅庄。

两县广电同事们玩了会儿"筛糠"也都回到了帐篷。夜色降临,那晚,我又一次听到了若尔盖姑娘们用那美妙的歌声演唱的那首深情的《请喝一杯下马酒》:远方的朋友一路辛苦,请你喝一杯下马酒,洗去一路风尘,来看看美丽的草原;远方的朋友尊贵的客人,献上洁白的哈达,献上一片草原的深情,请你喝一杯下马酒……

在若尔盖偶遇"梅朵措"

盛夏季节,位于川西高原的若尔盖大草原早已从冰天雪地、一片枯黄的寒冬里醒来。

盛夏七月,逐渐升高的气温和迟来的雨水滋润着高原草甸,季节的风已将广袤的草原晕染成了一片碧绿。各种各样的鲜花争先恐后,竞相开放。在这川西高原,夏风轻抚、一碧万顷、万物苍翠的季节,黑颈鹤、斑头雁、黑颈䴙䴘、棕头鸥、赤麻鸭等,或三三两两,或成群结队,徜徉在湖泊、湿地、草甸之间,在"天边的若尔盖"演绎着大自然生生不息的故事。

此时此刻,走进素有"若诗若画"之美誉的若尔盖,如同在倾听一首首意境深邃的诗,又像观赏一幅幅不同风格的画,更像聆听一曲曲云卷云舒、万象更新、生命轮回的颂歌。那川西高原的灿烂风光和深邃神秘的安多地区生活意境,还有那洁白的流云,夸张的色彩,随风而动的猎猎经幡,此起彼伏的高原浅丘,时时处处都流动着诗的韵律、歌的旋律,令人深思回味,浮想联翩。放眼望去,川西高原特有的强烈的冷暖、明暗、厚薄色彩的对比,像极了一幅写实的古典油画。而细细品味,随着光线和视角的变化,画风又随之一变。那素朴自然、天地相接、群鸟飞翔、缥缈神奇的意境,更像一幅山水画,给人以仙境般的感觉。远处延绵起伏的雪山,一望无涯的草原,蜿蜒曲折的黄河,星星点点的牛羊,谱写出最动人、壮丽的诗篇。而无处不在的红、绿、蓝、白经幡,在高原特有的疾风中猎猎作响,仿佛在高唱着太阳、生命、蓝天、纯洁的礼赞之歌。还有高原淡水湖边朝天交颈、引吭高歌的黑颈鹤,正在倾诉着爱情的天长地久和忠贞不渝。一匹骏马,奔驰在浑圆的山冈。那里天地相接,流云洁白,犹如天堂……这里还是红军长征走过的红色草原,如今已变成了花的海洋。二〇一三年夏天,因赴西北参加一个会议,顺道走进了"天边的若尔盖",在那片草原上偶遇了美丽的"梅朵措"。

"梅朵措"是安多藏语花湖的汉译。那天清晨,我是和县委宣传部的益部长一道骑马去的。她骑一匹大青马,我骑一匹黑得发亮的大黑马。

213国道像一条蓝色的哈达,从海拔四千余米的川甘结合部,款款飘向海拔三千四百余米的若尔盖。我们打马行经在仅次于呼伦贝尔大草原的热尔大坝上,前往"宇宙中庄严幻影"天然海子花湖。益部长告诉我,我们现在行走的这片草地以前属松潘草地,历史上,今天的若尔盖、红原、阿坝、壤塘乃至青海的果洛州大部分地区均属松潘卫管辖,所以,热尔大坝当年也属松潘草地。在藏语中,"热"指一种名为"热"的藏经,"尔"指军队。因当年吐蕃军队征服松潘草地时,出兵前念了一种名为"热"的藏经,故这里便以"热尔"命名。

放眼望去,热尔大坝上帐篷点点,走近后,时常会从帐篷里走出身穿藏族服装、年近古稀的老阿妈或老阿爸,他们中或许有人会用熟练的汉话向我们问好,我们也乐意和他们交流,向他们致敬！因为，很有可能，他们中就有失散多年的北上抗日的老红军的后代！

即使在夏季，"梅朵措"的气温也就在 5 摄氏度至 20 度之间。热尔大坝空气湿度大，温馨而清寒，只见花开，难闻花香。每一朵鲜花都是妩媚的小精灵，热情摇动着花朵迎接我们，马蹄用践踏来征服它们。碧波万顷的"梅朵措"，被花海随意割裂，在浮光掠影中更显幽深神秘。被花海割裂开的无数小的蓝湖，犹如草原上远牧的少女，时而思春低头一抹酡红，时而望月仰面一脸羞涩，体内的荷尔蒙促使我产生了浓烈的爱的味道。

夕阳西下，紫霞低飞。清澈碧绿的"梅朵措"里漂浮着一座座巨大的雪山的倒影。湖中的高原冷水鱼黑压压的，像要挤上湖岸似的。湖的岸边，驮满物资的牦牛队摆开一里多长的队伍，浩浩荡荡，气势磅礴地行进在鹅黄色的草滩上，行进在花的海洋之中。牧民们挥舞着"俄尔多"，吆赶着气喘吁吁的牦牛，口里不停地吼着："哦嚯！哦嚯嚯！"用"俄尔多"把石块抛向前方，足有三百多米远，"俄尔多""噼噼啪啪"的爆响声和着石块在空中飞行的"呼呼"声响彻在牛群的上空。

益部长教我如何使用"俄尔多"。我像那些骑在马背上的牧民一样，用"俄尔多"抛出了一块圆石，可是，那石块却不像他们抛出的那样飞得很远而且很有力量，而是轻轻地落进了明镜般的"梅朵措"里，激起一簇雪白的浪花，逗得益部长和路过的牧民们哈哈大笑起来。

益部长是本地安多藏族，从小在若尔盖草原长大，后来到山那边上过师范学校，毕业后又回到若尔盖草原参加工作，现在已是一名科级干部了。她告诉我，其他民族放牧牛羊，一般使用的是牧鞭，而他们一般都不使用牧鞭，基本上都使用"俄尔多"。"俄尔多"制作方法是用牦牛毛搓捻成粗毛线，再编织成毛辫。毛辫上端制一个直径约为三寸的套环，使用时将套环套在中指上。中间编一块巴掌大的椭圆形牦片，用来放石块、土块，末端用羊毛做鞭梢。

"俄尔多"主要用来驱赶牛羊和马匹。使用时用手捏住两端，牦片内放上石块或土块，提鞭挥抡，然后放开一端，石块便飞到几十丈以至一、二百丈远外，使头畜转换方向。在安多地区，牧民使用"俄尔多"的本领十分高强，有的小伙子可以打出百余丈远的距离，而且百发百中。俄尔多不仅可以赶牛羊，还可以用来驱赶野兽。据说百年前在西藏的江孜抗英战争中，俄尔多还是藏族人民打击英国侵略者的有力武器！

益部长放进一块鹅卵石到牦片中，驱赶大青马快速奔跑，疾呼"哦嚯嚯……"，将俄尔多在空中挥舞着，突然一松手，借助马速的卵石抛向了蓝天，逐渐成为一个黑点，这个黑点呼啸着向前飞去，竟飞出了两三百米远！卵石落地后很长一段时间，啪啪的砸地声才传过来。走在队伍最前面的领头牦牛，被飞来的鹅卵石惊得向旁边大窜几步。可能挨过砸的头牛生怕飞石落到自己身上，逐渐带着队伍改变角度继续前进。

我和益部长大笑起来。

若尔盖的"梅朵措"湖水清澈，鸟禽成群，野生动物成群出没，气象万千。走近"梅朵措"，我想起了李商隐的词《瑶池》："瑶池阿母绮窗开，黄竹歌声动地哀。八骏日行三万里，穆王何事不重来。"透明洁净的湖面上，金风送爽，波光潋滟，数十万只野鸟在"梅朵措"的上空盘飞缭绕，脆鸣悦耳。湖面映照着蓝得发黑的天空,湖中还有几座小岛和一些雪山的倒影。湖的两边是茫茫无边野草丛生的沼泽湿地。沼泽湿地中,野鹿点点,牦牛成群,绵羊成团,梅花鹿牦牛绵羊结队,一切都是那么悠然自得,和睦自在。"梅朵措"的西边是闪着银光的黄河。再往西,遥远的"天边",是一座被浓雾遮盖的雪山。这座高大的雪山银光刺眼迷人。黄河水流到这里,汇成了一汪碧蓝如玉的高原淡水湖泊。

清晨,无际的湖面像一面波动蓝色的丝缎,一叶小舟在湖面划出了白色的蕾丝,远处褐色的山脊雪线上,终年不化的积雪闪闪发光,湛蓝透绿的苍天与广袤无边的湖面,在若尔盖大草原上构成了一幅奇幻的花湖清晨图。

姹紫嫣红的云雾在"梅朵措"的湖面上随之而起,逐渐将湖泊四周的灌木植被半遮半掩,一切都在虚无缥缈的天宫之中。湖泊岸边的芦苇里,溪鸥、野鸭、黑颈鹤嬉水自乐;梅花鹿、旱獭、灰兔穿梭出没。成群的白鹤、天鹅、黑颈鹤,翩翩起舞,翱翔蓝天。红彤彤的朝阳又圆又大,从一座无名山脉的雪峰上喷射而出,洁白无瑕的雪峰被霞光辉映,像一根根即将融化的鲜红透明的玻璃柱。瑰丽的霞光给年轻漂亮的益部长脸上抹上了一层妩媚的色彩,她卷曲柔软的长发迎风飘逸,仙女一般婀娜迷人。嗒嗒的马蹄声敲响在亘古荒原,回荡在通明的碧空中。神气的小天鹅扑棱棱飞向岸边,益部长嬉笑着跳下大青马,脱掉藏装,在"梅朵措"的浅滩上轻轻跑步。那天,益部长藏装里面穿着一件单衣短裤,两座微微突起的胸峰轻轻地上下跳跃着,头发湿漉漉的,艳阳一照,彩珠耀眼。

多么自由的世界啊!多么新鲜的空气啊!我下马张开双臂迅

跑着,脚下溅起一束束水花,像只展翅飞翔的稚嫩的小天鹅。

益部长用手机播放出有规律的掌声和打击乐声,竟然在我面前表演起了大胆热辣的古老的藏族舞!益部长跳动这种古老而神秘的舞蹈,伸展出错综复杂的性感肢体动作。她快速狐步滑行,交叉摇摆双手,时而优雅柔美,时而性感娇柔,时而傲酷神秘。她有时还加上摆手舞的动作,自信地性感地任意地表现出自己的美。她一会儿快速晃动如群蛇狂舞,有时又缓慢伏地如群鱼潜底。她用腰胯、手臂、手腕、腿部、臀肌等部位的肢体语言,充分体现了她的妩媚娇柔和对美好生活的强烈向往,叫人如痴如醉。

马蹄嘚嘚,为其击拍;群鸟浅唱,为其伴奏;歌声悠扬,传向天际。太阳冉冉升起,空气中弥漫着清新的鱼腥味儿。再看那湖中的鱼儿,从黄河里急匆匆地游来,又络绎不绝地顺着一个方向游去。"梅朵措"里金黄色的花蕾,有的已舒展花蕊,清香馥郁;有的含苞待放,娇艳妩媚,令人浮想联翩,情欲潮涌。

我对岸边这些格桑花爱不释手,干脆就躺在格桑花丛中,采摘几朵细细品尝起来。我舒舒服服地躺在格桑花的天然地铺上。清风拂面,许多带有清香微苦的密密麻麻的格桑花瓣,潇潇洒洒地落到我身上,和着格桑花丛,把我遮挡得严严实实。透过晃动的格桑花朵往远处望去,眼前呈现出一个虚幻的世界,这个世界触手可及但似乎又不太真实。姹紫嫣红的云雾在湖面上随之而起,仿佛小岛的一切,都在虚无缥缈的天宫之中。

我们又骑上马一路疾奔,在若尔盖草原上任意践踏。骏马奋蹄,一大群梅花鹿被蹄声惊动,轰然奔走。骏马奔腾。一群牦牛懒洋洋地呆望着它们,悠然自得地吃草游玩。骏马飞驰。百鸟在我们的头顶蓝天下,随着骏马飞驰的方向展翅翱翔……

此时此刻,百灵鸟在热尔大坝上领唱。它百娇千啭、清脆悦耳的歌喉,引导着百鸟唱响了草原晨曲。盛夏的若尔盖大草原生机勃勃,梅花鹿奔跑欢叫,鸟儿翩飞,鸣唱和谐。草地上的走兽不断变换节奏地奔跑,蓝天下的飞禽变换无穷音律地鸣叫。这个引人入迷的动物大舞蹈,这支天籁之音似的草原大合唱,常常把我们从梦乡唤醒,开始一天探月追日的步伐。

远处红军爬过的雪山主峰如拔地耸天的玉柱,崚嶒黝黑的峰尖卷起一团团乌云雪雾,巍峨雄峙,显得神秘莫测。

天边的若尔盖又迎来了一个明丽的清晨,我们打马向着明晃晃的雪山飞驰,奔向未来!

在日干乔寻找秋草地的美丽

行走在红原草地上,我们会幡然发现,草与草站在一起,心里就感觉很踏实,它们谁也不想去欺负谁,只是理所当然地分享头顶那片蓝天。红原日干乔秋草地里的草,没有出人头地的想法,如果赶上一块水源充沛的湿地,它们便会以相同的思想高度,默默奉献出秋天最后的新绿。

我行走在红原日干乔金色的草地上,像一株寻找沼泽湿地的野草,一想到那片一望无际的美丽,脚步顿感从容和坚强有力。八十多年前,一支红色的军队曾从这里走过,无数鲜活的生命葬身于此。今天,他们的血肉之躯依然润泽着这片草地。这,就是日干乔湿地。

深秋的日干乔湿地,大雁飞来飞去,牧人醉卧帐篷,雪山影影绰绰,湿地依旧枯黄。红军走过的路没了踪迹,红军蹚过的沼泽绿水泱泱。守望高原的牧人头顶烈日,用沉默把寂寞打理。滚烫的阳光熨平了心灵的伤口,在日月轮回的缝隙守候着一个季节的到来。絮云悠悠,带来生的向往。牧人放飞心灵之鸟,伤痛的日子早已远去,幸福的时光正当来临,任凭日出日落、云卷云舒。

期盼太久的瑞雪滋润着日干乔草地，荒原恢复了绿意，曾经贫瘠的土地色彩斑斓，一切不再冷酷，一切不再枯黄。牧人们告别昨天，成了草原的主人，依山搭起帐篷，春暖花开的季节里尽情放牧牛羊，固执地守望着水草肥美的牧场，享受生活、播种希望。

犹记得，八十多年前，在翻越皑皑大雪山后，这支远征的军队就从这里开始穿越草地。这里曾被称为陆上"死亡之海"。

这个秋天，我循着红色足迹，来到这片承载着初心和使命的红色土地。在辽阔的日干乔湿地自然保护区，红军长征过草地纪念碑巍然矗立，在阳光的照射下显得庄严而夺目。放眼四周，玉带般的河流穿梭于草原之间，缠缠绵绵，千折百回，使辽阔的红原大草原少了几分苍凉，多了几分柔情，仿佛在为那场伟大却来之不易的远征欢呼着。

日干乔位于红原县瓦切镇北部，东临松潘，西连阿坝县，北与若尔盖接壤，海拔三千四百多米，面积约二百五十万亩。走过日干乔，麦洼草地仿佛传来了古老部落的诉说，色地草原牛羊滚动，一个叫麦洼的部落成了遥远的记忆。关于土司争霸的故事还震颤着牧人的心灵，一个部落为生而来，一个部落为生而去，迁徙的游牧民族苦度上天赐予的困苦，用生命的传承留下了伤痛的记忆。如同盛开的格桑花儿在死亡的日干乔湿地编织成灿烂的花环，日干乔湿地的日子就会滚烫成圣洁的哈达。

大风的歌唱阅尽了古老雪山的传说，万年的草原描摹成了心仪的画卷，沼泽深处的生命印迹汇聚在柔软的泥土里。大地生命的历程，不仅仅是来来去去，一样的悲欢离合，有着说不出的悲切，更有无声的惨烈，只有那远山暮雪，总是默默无语地守望着这片土地，滋润着这芳草地。人和自然的抗争，几人承受失败的伤痛，几人收获胜利的喜悦？

从此，哈拉玛的雪就挂在了树梢上，躺在了草原里。一个突如其来的名词被阳光轻轻地一吻，灵动起来，还流淌成了潺潺的音符，还挂在了银光闪闪的山巅。瘦了的哈拉玛草原的雪多像挂在风中的猎猎经幡。"嗡嘛呢叭咪吽"一饮风声就醉，醉成了月亮弯的一汪碧水，在沉默的季节里开始复活，随着粼粼的水纹舒展心事，等不及金秋的喜悦，那些游荡的梦呓已在丰腴的秋草地上酝酿暗香。

然而，一九三六年七月，这支远征的军队又从这里开始了闻名于世的沼泽草地行军。这支被称为红军的军队，为了摆脱敌军的追击尽快北上陕甘宁，专挑敌军想不到或不敢走的路线，雪山草地便成为他们北上的大道，而日干乔大沼泽是红二、红四方面军左路纵队穿越草地北上的必经之地。可是，前行之路，困难重重：草甸下积水淤黑，泥泞不堪，浅处没膝，深处没顶——行路难！物资缺乏，但草地才走了一半或不到一半，接下来的路程红军不得不吃野菜、草根、树皮充饥——饮食难！草地的天气，一日三变，温差极大，红军战士却大多衣单体弱，穿草鞋甚至赤脚的也不在少数——御寒难！草地到处是泥泞渍水，一般很难夜宿，露宿时往往要两人或几人背靠背，才能增大面积避免陷下去——宿营难！

"为有牺牲多壮志，敢教日月换新天。"即使这样，这支远征军前进的步伐却依然坚定，他们互相搀扶，步履坚定地朝着北方前进。用了一周左右的时间，终于走出了这片"吃人"的草地，队伍损失惨重。由于路线分歧，红四方面军刚走出草地便立即折返南下。一年后,红四方面军第三次穿越草地前往延安时,连一丁点干粮都筹不到了。同样的路,他们用了整整二十多天才走完,队伍也比二过草地时减少了一半。

今天,呈现在我们面前的这片草地,却是一片生机盎然的草地。海子如镜,天空如洗;骄阳似火,流云飘逸;野花盛开,草莽翠绿。到处演奏着春天的旋律,到处散发着生命的气息,到处洋溢着自然的神奇。然而,八十多年前,这里却是一片毛骨悚然的草地。多变的气候,突袭的冰雹,冰冷的阵雨,泥泞的道路,噬人的沼泽,是人烟的禁区。到处是魔鬼的诱惑,到处是恐怖的陷阱,到处是死亡的信息。可是,就在那个时候,这里仿佛又是一片充满激情的草地。行军的歌声,起床的号角,战友的鼓励,晃动的担架,牺牲的伙伴,宰杀的马匹……组成了夕阳下前进的长长队列,夜色中燃起了熊熊的篝火,风雨里飘扬着猎猎红旗。那时候,这里仿佛又是一片扑朔迷离的草地,昨天刚刚到达,今日又匆匆归去。昨天兄弟团聚,今日又战友分离。昨天冲出苦海,今日又重演悲剧。清风,读懂了天灾与人祸;草地,见证了坚韧与不屈。这里仿佛又是一片如泣如诉的草地。枪林弹雨中没倒下的英雄,在疾病中轰然倒地;万里跋涉中没掉队的"小鬼",在泥沼中无声离去;背负铁锅从没放弃的炊事员,在困倦中悄然安息。日干乔,一段红军长征途中最悲惨的记忆。红色草原,红军将士们一生最痛苦的经历。长征,中国革命史上一个最伟大的奇迹!

日干乔大沼泽,这片土地刻下了中国革命史上那段最为艰难、最为悲壮的征程,也正因此,红军队伍中人性和党性的光芒更加璀璨夺目。

透过日干乔烈士纪念碑的碑文，仿佛，八十多年前，我正随那支远征的军队踏上了这片草原。那时，我还年轻，与你们一样风华正茂，心中只有一个信念：爬过雪山、走过草地，天堑那边就是春天。可是，不小心自己身陷日干乔那汪泥潭。从此，我的身躯化作了沼泽一片，我的灵魂，变成了川西高原上的一枝雪莲，默默地生长在雪山之巅。

一百年前升起的那面旗帜，像一把熊熊燃烧的火把，我和战友们用生命将其点燃。那殷红的颜色有我们的鲜血点点。虽然你不曾知道我叫什么，我却依然为你展姿舞艳，我和战友们的灵魂，化作了夏天里盛开的格桑花儿，五颜六色地开在草原上，虽然你不曾认识我们，我们依然为你带去了馨香和芬芳。

离开你已经八十多年了，我们的灵魂像风一样，在九百六十万平方公里的土地上飘荡了几十年。我曾使用过的军号，走进了军事博物馆，八十多年抑或一百年过去了，风中有我，雨中也有我，我的母亲，我的祖国，你还记得我吗？

壤塘的路

巍峨屹立的香拉东吉圣山近在咫尺,人间仙境般的海子山令人向往,木楼石墙的藏寨依山傍水,安静如诗的小城时光悠悠,这里就是壤塘。

杜柯河峡谷里的红军足迹依旧可寻,藏传佛教觉囊梵音的魅力在风中飘荡,多少文人墨客曾在这里留下文学印记,这是人们向往的圣地,这里远离繁华都市的喧嚣,告别灯红酒绿的纷扰,依山傍水、丛林苍翠、民风淳朴,素有"高原林海明珠秀城"之美誉,这里就是壤塘。

世人称壤塘为"人间的香巴拉"和"壤巴拉圣境",有藏传佛教觉囊派现有的最大寺庙群,有"中国第一、世界唯一"觉囊文化中心之称。上南天路,这是一条穿梭于云端的天路,集森林、草原、湿地、云霞等自然风光为一体。境内的藏传佛教寺庙曾克寺是藏族地区规模最大的庙碉群,是以米拉塔、彩塔林和特色民居为主要景观;棒托寺坐落在壤塘县茸木达乡则曲河畔,距县城四十多公里,藏语意为"草坝上的寺庙";悬天修卡藏寨被称为凝固的音乐。行走在壤塘的路上,于山谷之间常常有惊人的发现。

与天相连的是彩色斑斓的彩林,彩林的边沿是拨动灵魂的神奇的经幡。玛尼堆洒下的咒语在阳光下闪烁,远古之光铸造的河床承载着奔腾不息的杜柯河水。

在壤塘的路上,有永不磨灭的精神与信仰。这是一条崎岖而又宽阔的天路,一条永恒的生命长廊。与壤塘的路相遇,注定要飞越眼前的高山,经历世俗与圣洁的洗礼。我们手牵着手,心连着心。因为,我们笃信在雪山的背后,在这条路的尽头,在我们的心中,注定就是悬天净土壤巴拉塘。

那千年不败的色斑是我梦想中的神圣天堂,在层林尽染的高原之上,面对神山,当落日划过暮鼓,一切都变得清晰可见。高空之上有一只苍鹰,以绝美的姿态飞翔,最后涅槃在岁月的岩石上,凝固成一尊美丽的雕像,再现出生命的顽强。

暂且把远行的碑竖在脚下,踏过灵魂的制高点,继续跟着朝圣的脚步行走在去往壤塘的路上。

初春的暖阳,静静地撒在香拉东吉圣山的身上。此时此刻,壤巴拉塘的阳光都开花了,神鹰时不时展着翅膀掠过财神坝子的上空,衔着阳光的种子在壤巴拉塘飞一路掉一路。体内初春的雪花早已弥漫成了淡淡的雾,朦胧了壤巴拉塘深情的眼眸。暮鼓晨钟之外,觉郎梵音热闹地喧嚣。壤巴拉塘的人们自顾自地生活在这片阳光明媚的高原上。

我不得不告诉自己,不要管朝圣的路有再多的曲折,毕竟,那一直在轮回的前方。

风,使壤巴拉塘在晨光中小跑,期望邂逅炊烟的味道;壤巴拉塘的云,浮在空中歌唱,携着龙达漫舞。早霜,在松枝上消融,与刚刚苏醒的画眉争风吃醋;挤牛奶的姑娘睡眼惺忪,抢在时间的前面去迎接朝霞，晨露在身后露出一地憨笑。这些，让我不得不回眸壤巴蓝塘的路，回眸壤巴拉塘那不食人间烟火的美丽，侧耳聆听壤巴拉塘雪风的低吟浅唱。银光流淌的壤塘，经幡在云端摇曳，财神居住的地方，一缕佛光在天籁萦绕，翩然起舞，醉了晨钟，醉了梵音，打破了亢奋的眼眸，巍巍红墙，确尔基寺高昂的白塔承载着千年的传奇，生命轮回于古老的经筒。在去往壤巴拉塘的路上，我伏地聆听，希望灵魂能永承佛、法、僧三宝的爱宠。在圣洁的阳光中，我只能面对壤塘的路顶礼膜拜。

在小金，追寻红军足迹

也许你听说过四川小金，只因蜀山之后四姑娘山，但被世人忽略的却是它西毗甘孜丹巴，南靠雅安，北接马尔康，东邻汶川，独特的地理环境造就了它浑然天成的世界级景观，汇聚着诸多绝美元素。一步一景，一步一天堂。如"东方圣山"四姑娘山、"川西秘境"玛嘉沟、"神仙私藏的隐世花园"龙头滩、"中央红军长征翻越的第一座大雪山"夹金山……从壮阔雪山到雄奇峡谷，从层叠森林到清澈湖泊；从自然草甸到人文风情，它足以让每一个去过的人惊叹。群山环绕，河水奔腾，蓝天之下，有一座红色的小镇，那便是小金。

今天的小金，有着红色革命历史的烙印，有着淳朴善良的人民，有着"最美县城"的美誉。小金，正向世界展示着历史给它留下的沧桑。小金，我们沿着革命先烈留下的历史足迹寻觅……夹金山、达维小镇、天主教堂、两河口，这些名字汇集在一起，构成了一个八十多年前发生在小金的长征故事。

"雪皑皑，野茫茫，高原寒，炊断粮……"当年，红军长征翻越的大雪山，正是夹金山。而在夹金山下的一次会师，则开启了红军长征的新征程。

如今，当人们走进小金，来到达维古镇，在该镇老街东侧三百米处的沃日河河岸上，就会看见一座小木桥，当地人称之为"会师桥"。而在"会师桥"北岸公路旁，一座"红一、四方面军达维会师纪念碑"傲然屹立，颇为引人注目。

因送一名驻村干部到达维镇冒水村驻村帮扶，同时接一名三年前派往小金县木坡乡开展脱贫攻坚工作已经圆满完成任务的干部回单位，专程走进了小金。陪同我在小金县城溜达的是当年党校中青班学习时的同学李贵亮。贵亮是小金本地人，对小金今昔了如指掌。我们在小金县城的街上边走边聊。他告诉我，一九三五年一月二十日，正在长征途中的中央军委下达《关于渡江的作战计划》，指出："我野战军（指红一方面军）目前的基本方针，在由黔北地域经过川南，渡江后转入新的地域协同四方面军由四川西北方面实行总的反攻，而以二、六军团在川、黔、湘、鄂之间活动，来牵制四川东南会剿之敌，配合此反攻以粉碎敌人新的围攻，并争取四川赤化。"中央军委随后将该计划电告红四方面军，于是就有了五个月之后在懋功（今小金县）实现的红一、四方面军大会师。

《过雪山草地》歌词中写道："雪皑皑，野茫茫，高原寒，炊断粮，红军都是钢铁汉，千锤百炼不怕难，雪山低头迎远客，草毯泥毡扎营盘……"这首长征组歌中所描述的故事，发生在一九三五年六月的小金。那年六月八日，中共中央、中央军委在长征路上做出决定，中央红军今后的战略任务是"以主力趁虚迅取懋功、理番，以支队掠邛崃山以东迷惑敌人，然后归入主力，达到与四方面军会合，开创新局面之目的"。此时，红一方面军刚刚占领今四川雅安市的天全城，穿过芦山城，向灵关开进。前方，他们长征途中的第一座雪山正静静地矗立在会师的必经之路上。夹金山海拔四千多米，终年积雪，空气稀薄，气候恶劣，人迹罕至，有"神仙山"之称。

次日上午，我们把刚刚派往小金达维镇冒水村的驻村干部、培训处副主任王吉杨同志送到岗位上，并与镇、村干部们就"乡村振兴"工作进行了座谈。当地村民们说，夹金山下达维镇的老百姓中有首关于夹金山的歌谣："夹金山，夹金山，鸟儿飞不过，人不攀。要想越过夹金山，除非神仙到人间。"他们说，夹金山上气候变化无常，阴晴雨雪难以捉摸，狂风雷暴、冰雹闪电更是说来就来。早晨与傍晚的风雪更是无法抵御。要过山，只能在上午九点到下午三点之间。而当年来到雪山脚下的红一方面军，却是刚刚经历了上万里的长途转战，疲乏虚弱、脚踩草鞋、衣裳单薄。一九三五年六月的川西高原骄阳当头，却毫无往日威风，山风冷得刺骨。六月十二日拂晓，红二师师长陈光率领红四团，由藏民莫日坚和汉人杨茂才带路，先行向夹金山进军。

后来，我在车上翻阅了杨定华的《过雪山草地行军记》，他在书中写到："所谓'乌烟瘴气'的俗语，对于夹金山是最适当的形容词。照例想来，上山走快一点，身体发热，就可以御寒，然而空气却不容许你这样想。因为山上空气异常稀薄，呼吸异常困难，只好缓慢地一步步来走。喝辣椒水的办法，结果只对身体强健的人起了作用，对身体弱的人则不生效。"当时，夹金山冰雪漫山，开路的红六连手执木棍，用刺刀、铁铲在冰雪上挖出脚窝，后面的人员沿着他们踏出的道路前行。呼吸尚且困难，讲话更不可能。渴了抓把雪解渴，累了却不敢休息，一旦坐下来就有可能再也站不起来了。

据书中记载，红四团到达山顶后，有位战士发现，抱枪躺在雪上往下滑，既省力又安全。于是全团官兵一起躺在雪地，滑行下山。一口气滑出几百米，站起身来，已经远离山顶，气温渐回。绿色植被就在眼前，让从冰天雪地走出的官兵格外振奋，一扫疲劳，歌声豪壮。有人说，在红军的脚下，任何人间险阻都能被征服。中央红军强大的意志力，把夹金山与国民党川军一同甩在身后。与此同时，由今绵阳市涪江流域西进的红四方面军已将川军主力阻挡在北川河谷以东地区，将国民党中央军胡宗南部阻挡在松潘、平武一线，牢牢地控制了岷江两岸。此刻，已经没有任何力量能够阻止两军胜利会师了。

在中央红军翻越夹金山之时，红四方面军总部和川陕省委已经进驻茂县。收到与中央红军即将会师的喜讯后，各部队欢欣鼓舞，四处筹物资，人人织毛衣。为了给两军会师创造条件，红七十四团兼程西行，大小二十余战，打通前往懋功的通道。据有关史料记载，一九三五年六月八日凌晨，红七十四团与红八十团攻占懋功，并继续清扫懋功地区的主要城镇。六月十日，红七十四团第三营以牺牲六十余人的代价，在巴郎山一带消灭了最后一股有组织的国民党川军武装。六月十二日中午，夹金山脚下的树林中响起了枪声，望远镜中看到有人背着枪在走动。红四团官兵警惕前行，双方距离几十米时，对面的喊话清晰起来："我们是红军，你们是谁？""我们是红四方面军的部队！""我们是中央红军部队！"一万多公里的跋涉，二百多日夜的征战，六月十二日十二点，两大红军主力前锋部队终于在夹金山下的磨盘石会合了。红四团与红七十四团的官兵们携手回到今小金县达维镇，红二十五师的主力部队早就翘首以盼。两个方面军如久别重逢的亲人，在达维会师桥一带饱含热泪,紧紧拥抱,蹦跳欢笑……

达维镇冒水村的老百姓你一言我一语地告诉我们,红四方面军总指挥徐向前收到会师的喜讯后,连夜起草了以张国焘、陈昌浩、徐向前三人名义给毛泽东、周恩来、朱德的信,信中写道:"红四方面军及川西北数千万工农群众万分热忱地欢迎我百战百胜的中央西征军。"张国焘也向中央报告了红四方面军的部署,并对中央红军表示慰问。"万余里长征经历八省险阻和山河,铁的意志血的牺牲换得伟大的会合。为着奠定赤化全国巩固的基地,高举红旗往前进……"

不管老百姓给我们讲述达维会师的时间、地点是否准确,抑或有待考证,但毕竟他们对这段长征史是刻骨铭心的。我在掌握的资料中读到,六月十四日晚,中央军委总政治部在今小金县达维镇举行了"胜利会师庆祝大会",周恩来主持会议,毛泽东、朱德发表重要讲话,干部战士同声高唱由陆定一编写的这首《两大主力会合歌》,晚会一直持续到深夜。六月十六日晚上,红军政治部在当时小金县天主教堂组织团以上干部举行联欢会,亦称"同乐会"。到会人员千余人,还吸引了不当地少群众参与庆贺,会场高呼:"庆祝胜利翻越夹金山!""庆祝一、四方面军两大主力胜利会师!"等口号,气氛欢快、热烈。

然而,我后来在延安学习时,在延安革命历史博物馆里读到红四方面军二十五师师长韩东山的回忆录,他对"达维会师"却是这样描述的:"一九三五年六月十七日凌晨,毛主席、周副主席、朱总司令和刘伯承、王稼祥等中央领导人从新寨子出发,翻越了海拔四千多米终年积雪、空气稀薄、道路险峻的夹金山,于当日下午来到了达维。'毛主席来了!''中央红军来了!''欢迎一方面军老大哥!'达维小镇顿时欢声如雷,惊天动地的欢呼声响彻云霄。早已在此等候的红四方面军二十五师指战员们列队夹道欢迎中央红军领导的到来。但由于以前红一、四方面军各自征战,彼此素未谋面,别说是红军基层官兵之间互不认识,就是红一、四方面军高级将领也大都是只闻其名而未见其人。"

韩东山在文中写道:"我急忙迎了上去,可首长们一个都认不得,我只好一一敬礼。正当我焦急万分的时候,我的老师长陈赓同志突然出现在我面前,紧紧地握住我的手。因为我以前听说老师长从鄂豫皖根据地回上海养伤时被捕了,还担心他被害了,这一见面甭提多高兴了。在老师长介绍下,我才认识了毛主席、周副主席等中央首长。这时,一、四方面军的指战员早就像久别重逢的亲人一样,紧紧地握手,热烈地拥抱在一起,人人都满含着激动的泪水,跳呀蹦呀,喊呀说呀……"毛主席等中央领导同志在韩东山的引领下住进了一座喇嘛寺庙,这是当时小金达维地方最好的建筑。中央领导同志非常关心红四方面军的建设情况,刚刚安顿好,就立即关切地询问起四方面军的情况来,询问得十分仔细,从军队的建制、干部的成分、思想状况,战士们的生活、训练、学习,一直问到师团的历史、党组织建设、部队战斗力、军民关系等等。由于韩东山初次经历这种场面,心情十分紧张,说得有些急比较乱,毛主席等中央领导便和蔼地叫他慢慢讲。周恩来副主席爽朗地笑着,边递过一碗水边说:"师长同志讲得很不错嘛,别慌,别慌!"在中央领导的鼓励下,韩东山开始放松下来,把他知道的关于红四方面军的情况都扼要地讲了出来。最后韩东山说道:"我们部队的指战员都是来自鄂豫皖和四川的贫苦农民,打仗都非常顽强勇敢,一上战场没有一个怕死的，都是拼命地往前冲。"毛主席听后高兴地笑了，从座位上站起来："是啊！这就是红军的作风！我们从江西出发那天起，飞机在头上飞，敌人在地上追，我们还是闯过来了，而且……"毛主席边说边把两个拳头举到胸前，有力地合到一起，"更发展了，更壮大了！"屋内所有的人都会意地笑了。这笑声里充满了对蒋介石的蔑视，对会师的喜悦，更充满着对明天胜利的希望。

当天晚上，红军总政治部组织了一、四方面军联欢会。联欢会场设在达维镇外的一个晒场上，在晒场一端搭起了一个简易的讲台，讲台四周悬挂着几盏油灯，四周挂上了许多军用篷布，以便挡风。联欢会由周恩来主持。周恩来第一句话就是："今天，我们在这里召开联欢晚会，欢迎四方面军的同志！"话音刚落，台上台下立刻爆发了一阵笑声和掌声，周恩来这种"反客为主"的风趣开场白，立刻使会场活跃起来。当主持人周恩来宣布由红四方面军代表韩东山讲话时，中央领导和一方面军同志们热烈地鼓掌。韩东山第一次经历这样大的场合，心情万分激动，尽管早有准备，但是一上台就把原来想好的词全给忘光了。韩东山急中生智，猛然想起徐向前总指挥在交代给他任务时的指示，想起了红四方面军走过的战斗道路，就放声讲了起来。他的话音刚落，还没有来得及敬礼，就掌声雷动，口号声四起了。红一方面军的同志们高喊："向四方面军学习！""感谢四方面军对我们的帮助和欢迎！""庆祝伟大的会师胜利！"红四方面军的同志则高喊："向一方面军老大哥学习！""向中央首长致敬！""争取更大的胜利！"千百人的欢呼声像松涛，似狂潮，压过高空长风，在无垠的旷野中久久回荡。

紧接着，毛主席、朱德先后发表了鼓舞人心的讲话。红四方面军的官兵们第一次聆听毛主席、朱总司令的讲话，大家都屏住呼吸，仔细听着每一句话，千百双眼睛都聚精会神地盯着毛主席和朱总司令，听到精彩处，都情不自禁地鼓起掌来。韩东山等人对此印象极为深刻。据韩东山回忆，毛主席在讲话中说："这次会师具有伟大的历史意义，是红军战斗史上的重要一页，是中华苏维埃有足够战胜国民党反动派政府和完成北上抗日任务的力量表现。我们在中央苏区就知道四方面军同志在党的领导下，作战勇敢，创建了川陕苏区，消灭了很多敌人，各方面都有很大成绩。我们中国工农红军是打不垮的队伍，是劳动人民求解放的队伍。我们从离开苏区那天起，每天都是同超过我们几倍的敌人作战，但是敌人前堵后追没能消灭我们，而我们却大量消灭了敌人。战斗中虽然有一些伤亡，但我们却锻炼得更加坚强，扩大了革命影响，沿途埋下了革命种子……今天胜利会师了，我们一、四方面军是一家人，要在党中央领导下，努力工作，互相学习，搞好团结，为彻底消灭蒋介石反动派，赶走日本帝国主义而共同奋斗！"

朱总司令在讲话中谈到了各地红军的历史作用和达维会师的意义，以及今后任务。

讲话结束后，周副主席宣布军委文工团的演出开始。那些既简朴又生动、歌颂红军艰苦卓绝征程的节目，真实地反映了红军的现实生活，广大红军指战员倍感亲切，并受到很大鼓舞。许多节目在雷鸣般的掌声中只好一次次重演，晚会一直持续到深夜。散会后，达维满山遍野的歌声还经久不息！

六月十八日清晨，一轮红日从雪山峰顶后升起，整个达维笼罩在彩色夺目的朝霞中。毛主席一行即将告别红二十五师官兵，前往川西重镇懋功（今小金县城）。红二十五师全体指战员早已列队完毕，依依不舍地等待着欢送一方面军的同志。毛主席等中央首长虽然整夜未睡，可依然精神抖擞地来到队伍前面。韩东山疾步而出，向毛主席等敬礼请示。毛主席亲切地握着他的手交代当前的主要任务就是警卫布置好，提高警惕，掩护部队顺利通过，并将五军团三十七团交给他来指挥，等懋功重要会议召开后二十五师才能向懋功行动。

"明白！徐总指挥也早指示我们要在这里坚守七天，坚决完成掩护警戒任务！主席放心，我保证完成任务！"韩东山坚决地回答道。

"好，好！韩师长同志，再见啦。"毛主席再次紧握了他的手，又转身对部队全体指战员挥手喊道，"同志们，再见！"

"再见！""再见啦！"

几千人的辞别声在达维的山谷中轰响着，几千顶军帽在手中挥舞着，几千双眼眶里滚动着泪珠，几千颗心脏都在沸腾着、激荡着。当时许多红军将士都以为最艰难的岁月已经过去了，黑夜消失了，黎明来临了。全体红军都将在中共中央直接指挥下行动，中国革命的胜利就要到了！

毛主席等中央领导告别红二十五师官兵后，开始率部向懋功前进。这时，等候在懋功的红三十军政委李先念及八十八师的部分官兵们早已按捺不住激动的心情，迎着中央红军赶来的方向前去接应。他们自从六月十二日到达这里之后，一直在做各方面的准备工作。许多同志晚上睡不着觉，有的天不亮就起来到镇外高坡处，向夹金山方向眺望，这样的日子已经过了五六天了，指战员们早就盼望党中央和一方面军的战友来到懋功。

这一重要时刻终于来临了！当李先念、郑维山正率八十八师官兵行进时，其先头部队向李先念报告："在山前大路上发现一支部队，正向懋功方向走来。"八十八师政委郑维山立即举起望远镜观察："只见队列里的人衣帽褴褛，各式各样的服装都有，不少人还穿的是国民党的灰军装，但帽子上没有青天白日徽章。"据此，郑维山命令部队原地停下来，用军号询问。但问了好久，也问不出个名堂来。郑维山后来回忆道："可能是中央红军！"李政委经过观察分析，做出了判断。为防万一，他们当即派出小分队前去侦察、联系，同时部署部队做必要的战斗准备。不多时，小分队回来了，说："就是中央红军到了！"

"中央红军到了！欢迎中央红军！"顿时，部队沸腾起来，战士们再也顾不得队形是否整齐，飞也似的向中央红军扑去。就在这夹金山、红桥山汇合的谷口，两支兄弟部队会合了！

"欢迎党中央！""欢迎毛主席！""欢迎中央红军！""中国工农红军万岁！""中国共产党万岁！"

满山谷爆发出了震耳欲聋的口号声、欢呼声。指战员们高举着枪支，挥舞着红旗，跳着、喊着、唱着，每个人都热泪盈眶，尽情地享受着会师的欢乐。

为了让经历了无数艰难险阻、远道而来的兄弟部队休息好，红三十军请中央红军住在懋功城内，自己住在城外小金川岸边的村庄，同时派部队担负了懋功城外四周的警戒任务。

当晚，毛主席、周恩来、朱德、张闻天等同志和一方面军的几位领导人，在其所居住的法式建筑风格的天主教堂内会见了红三十军政委李先念。李先念第一次见到这么多中央领导同志，心情特别激动，也有一点拘谨。毛主席充分肯定了四方面军的成绩，给予四方面军很高评价，然后说，过去两支红军独立作战，现在会合了。这样，我们的力量更大了。他打开地图，边看边问：岷（江）嘉（陵江）地区的气候怎样？地形怎样？人民群众的生活条件怎样？还能不能再打回去？李先念则汇报道："岷、嘉两江之间地区，大平坝子很多，物产丰富，人烟稠密，是汉族居住地区，部队的给养和兵源都不成问题。从战略地位看，东连川陕老根据地，北靠陕甘，南接成都平原，可攻可守，可进可退，回旋余地大。如红军进入这一地区，有了立足之地，可以很快休整补充，恢复体力，再图发展，而且这时茂县、北川还在我军控制之下，可以打回去，否则再打过岷江就难了……"

懋功会师，使中央红军和红四方面军的指战员备受鼓舞。两支兄弟部队开展了互相慰劳的活动。当李先念得知聂荣臻骑的骡子在宝兴过铁索桥时损失了，就热情地送给聂荣臻一匹骡子，后来，聂荣臻就是靠这匹骡子的帮助，一路长征到达陕北的。红四方面军第九军司令部把十万分之一比例的四川地图送给中央红军红九军团司令部。红四方面军的部队还进行了慰劳中央红军的捐赠活动，从北川、茂县、理番至懋功的沿途，络绎不绝的马队、牦牛队把一批批慰劳品送到中央红军驻地。

会师后，两支兄弟部队广泛开展了互访、互学活动。朱德总司令到红四方面军部队驻地，询问红四方面军部队休整的情况，介绍中央红军长征的经历，表达对红四方面军的关怀。李先念和郑维山当时住在一起，被朱老总突然"袭击"了一回，朱总司令径直来到他们的住处。通信员要把他们叫醒，朱总司令不让，说："他们很辛苦，不要喊，我坐下等等。"便和通信员悄声聊开了天。郑维山睁眼，发现这是日想夜盼的朱老总时，非常激动，又非常不安,一面喊李政委,一面连鞋也顾不上穿,立即翻身下地。朱老总见状,边笑边慈祥地说:"莫急,莫急,穿好鞋,洗个脸嘛!"俩人哪顾得上洗脸,边穿衣边和朱老总攀谈。

为庆祝两大主力红军会师,总政治部召开了一次联欢庆祝大会。在会上,红八十八师政委郑维山代表红四方面军致欢迎辞,表示坚决听从党中央的指挥,一定虚心向中央红军学习,团结奋斗,并肩前进,争取新的胜利。毛主席、朱德分别发表了讲话。毛主席在讲话中指出:"两大主力红军会师,开创了中国革命史上的新纪元,是对国民党反动派的重大打击。"他号召红一、四方面军的同志要在党中央的领导下,互相学习,搞好团结,开创中国革命新局面。他们的讲话不时博得阵阵热烈的掌声,口号声此起彼伏,气氛非常热烈。

六月二十一日,在懋功一座富丽堂皇的天主教堂里,中央红军和红四方面军举行了一次干部同乐联欢会,使庆祝会师的活动达到了高潮。

两军会师,未来如何行动,大政方针如何确定,亟待议决。毛泽东、张闻天、周恩来、朱德致电中共中央政治局常委、红四方面军领导人张国焘:"兄亦宜立即赶来懋功,以便商决大计。"由于张国焘尚在茂县,毛泽东等中央领导人决定进至懋功以北七十里处的今小金县两河口镇,在那里迎接张国焘,并召开中央政治局会议。六月二十五日下午三时,张国焘飞马抵达两河口,毛泽东、张闻天、周恩来、朱德、王稼祥、博古、刘伯承等率中央及军委机关四十余人步出两河口驻地外两里多冒雨相迎,握手、拥抱,十分热情。一行人相携入会场,标语、口号四处可见,红旗也早早挂起。毛泽东和张国焘各自的致辞中,充满了会师的喜悦和必胜的信心。千余红军将士鼓掌欢呼,欢腾非常。

然而,当红军战士高唱"会合"的时候,他们并不清楚,这两支刚刚走到一起的红军队伍实则面临着分裂的危险。我们从有关资料中了解到,早在五月十八日,张国焘在茂县就主持召开会议,研究迎接中央红军的具体事宜。会上,张国焘宣布成立"中共中央西北特别工作委员会",又于五月三十日宣布成立"中华苏维埃共和国西北联邦政府",并以主席的名义发布《中华苏维埃共和国西北联邦政府成立宣言》,《宣言》称:"中华苏维埃西北联邦政府的成立,树立了西北革命斗争的中心,统一了西北各民族解放斗争的领导,从此南取成都、重庆,北定陕、甘,西通青、新,进一步与中央红军西征大军打成一片。"

这一系列行为在后来被认为是张国焘野心的证明,而张国焘却有其理由。我曾读过张国焘的《我的回忆》一书,他在书中回忆到:"当年设立西北联邦政府,是因为对于西北少数民族,政策的尺度不仅要放宽,还要帮助他们组织区域内的少数民族自治政府。这些自治政府派代表会同汉族所推举的代表,共同组织一个西北联邦政府。"事实上,关于战略方针的分歧,在中央红军翻越夹金山之后,就已经逐渐显现出来。六月十三日,张国焘撰写文章《新的胜利和新的形势》,文中提出,红军的发展方向,应该是或者向川北甘南至汉中一带发展,以西康为后方,或者移到兰州以西的河西走廊地带,以新疆为后方。这两种规划分别被称为"西进计划"和"川甘康计划"。六月十六日,朱德、毛泽东、周恩来、张闻天致电张国焘、徐向前、陈昌浩,认为今后一、四两方面军总的方针应是"占领川陕甘三省,建立三省苏维埃政权,并于适当时期组织远征军占领新疆"。

张国焘与朱、毛的战略设想南辕北辙，但是当中共中央提出迅速北上建立川陕甘根据地的战略方针时，张国焘也没有直接向中央表明自己的意见，而是同意建立川陕甘根据地，但提出要第一步向西进攻，在川西北和西康等地站稳脚跟。六月十八日，张闻天、朱德、毛泽东、周恩来再次致电张国焘、陈昌浩、徐向前，指出"目前形势须集中兵力首先突破平武"，再绕攻松潘，希望张国焘等人"即下决心为要"。张国焘不为所动，六月十九日再次致电中央，称平武地形不利进攻，只同意打松潘。六月二十四日，《前进报》上登载了张闻天撰写的文章《夺取松潘，赤化川陕甘》，他分析形势后强调，"夺取松潘和控制松潘以北地区，消灭胡宗南的部队，目前成为整个野战军与四方面军创立川陕甘新苏区的最重要的关键，也是目前我们红军的紧急任务。"同时，文章不点名地批评了张国焘"避免战争"的"逃跑主义倾向"。双方你来我往，却始终无法达成统一意见。化解分歧迫在眉睫。

为了统一战略思想，一九三五年六月二十六日，中共中央政治局在今四川小金县两河口关帝庙中举行了扩大会议。中央政治局委员毛泽东、朱德、周恩来、王稼祥、张闻天、博古、张国焘参加会议，刘少奇、林彪、彭德怀、聂荣臻、李富春、刘伯承、林伯渠等人也出席会议。会议通过了周恩来提出的战略方针总报告，即集中主力向北进攻，创造川陕甘革命根据地。在讨论周恩来的报告时，张国焘首先发言。他接受了中央政治局决定北上在甘肃南部建立根据地的战略方针，但仍对此持半信半疑的态度。他承认一、四方面军会合后，消灭敌人更有把握，但对具体战略方向，又含糊其词。

六月二十八日，中共中央政治局发出《关于一、四方面军会师后战略方针的决定》，指出，"在一、四方面军会合后，我们的战略方针是集中主力向北进攻，在运动战中大量消灭敌人，首先取得甘肃南部，以创造川陕甘苏区根据地，使中国苏维埃运动放在更巩固、更广大的基础上，以争取中国西北各省以至全中国的胜利。"同一天，中央政治局常委召开会议，任命张国焘为中华苏维埃共和国中央革命军事委员会副主席，徐向前、陈昌浩为委员会委员。会议结束后，红一方面军迅速行动，准备发起松潘战役。六月二十九日，张国焘致电中央，再提川、康边方案，主张分兵进攻，中央红军向阿坝前进，以一部向西康发展；红四方面军主力向西打松潘，向南进攻天全、芦山、邛崃等地。

六月三十日，毛泽东等中央领导人在抚边与张国焘分手，率队向松潘进军，张国焘则返回理县。在此期间，张国焘看到了凯丰在《前进报》上发表的批评其"西北联邦政府"的文章，便去质问张闻天："中央机关报发表凯丰这篇文章，用意是不是要展开西北联邦政府的辩论？"当时，为了争取红四方面军共同北上，中共中央慰问团正在红四方面军驻地进行慰问。七月六日，张国焘便向中央慰问团团长李富春提出"统一组织""改组司令部"等问题。事关重大，李富春急电中央告知此事。七月九日，川陕省委致电中央，重申张国焘向李富春提出的要求。七月十日，张国焘再次致电中央说明战略意见，并再次提出"我军宜速决统一指挥的组织问题"，否则"不能以坚决的意志，迅出主力于毛儿盖东北地带，消灭胡敌"。

为了解决张国焘关心的组织问题，七月十八日，中共中央政治局在今黑水县芦花镇召开了常委扩大会议，任命张国焘为红军总政治委员。

在小金寻觅红军足迹，睹物思人，八十多年前的今天，在小金、在阿坝发生的这场红军与恶劣的自然环境、红军与国民党军队、红军内部这三场惊心动魄的伟大斗争，至今尚历历在目。达维会师在中国工农红军长征史上具有非常重要的意义，此次会师壮大了革命力量，长征由此掀开了新的一页。

如今，小金县的两河口会议会址、达维会师桥等已是夹金山下的重要旅游景点，也成了红军长征阿坝遗迹的组成部分。在小金短时间停留期间，当地的朋友们向我们介绍说，小金县除拥有丰富的红色文化资源外，自然风光和风土人情也别具一格。比如四姑娘山，它就处于小金境内，距四川省会成都二百二十公里，景区内面积有四百五十平方公里，由四姑娘山、双桥沟、长坪沟、海子沟四部分组成。四姑娘山不仅有雄奇伟岸的大雪山，还有千年遗存的古冰川，茂密葱绿的原始森林，绿茵似毯的高山草甸，广袤无垠的高山花卉，串连成珠的高山湖泊，成列娟秀的高山瀑布，蜿蜒奔放的河谷溪流……如今，成都都江堰至小金的轻轨"小火车"铁路建设项目业已开工，不日的小金将迎来文旅大发展的春天！

告别达维镇，我们原路向汶川返回，在巴郎山下的今四姑娘山镇停留了一阵，四姑娘山管理局的同志们说，四姑娘山主峰海拔六千二百多米，仅次于被誉为"蜀山之王"的贡嘎山，是四川第二高峰，有"蜀山皇后"之美誉，人们常说的"四姑娘"多数时候也指这座雪峰。正因为幺妹峰的山势奇险，使她成了国际户外玩家心中的"东方户外天堂"，吸引了国内外众多专业攀岩者前来打卡，二〇一四年开始举办的"环四姑娘山超级越野跑"，也成了户外爱好者的年度盛事。

  站在四姑娘山对面的黄土梁回望小金，昨日下午与贵亮同学走在小金美兴镇街头的情景再次浮现眼前，我们深切地感受到这个深山小镇的的确确就是小金县的政治经济文化中心，这里有天主教堂"同乐会"（红军一、四方面会师遗址）、三关桥、猛固桥、小金营盘街清真寺，道教圣地观音阁，红军会师广场，喇嘛寺江西广场等景观。

  小金县作为川西重要的嘉绒藏族聚居地，来到这里一定要走进美丽的嘉绒村落和藏寨，好好感受一下这里神秘多彩的民俗风情。在小金县期间，贵亮同学告诉我们，结斯河发源于霸王山西麓，全乡面积四百八十多平方公里，为藏族聚居乡。相传这里是藏族美女"达哇卓玛"的故乡，来到结斯，可以住进当地藏民开的藏家乐，参加藏民的嘉绒锅庄晚会、唱山歌、跳锅庄，观看藏戏、吃嘉绒藏餐，感受最地道的嘉绒风情。沃日土司经楼和碉楼，乾隆皇帝打大小金川古战场遗址——龙灯碉也在这里。这里厚重的土司生产、生活、习俗、制度、宗教信仰等文化，是感悟那段传奇的藏族土司历史的好去处。除了这些，小金县还有众多未被开发的处女秘境，走进这些地方就像走进了仙界的入口，你一直向往的藏地探险就从这一刻正式开始。比如玛嘉沟，嘉绒语意为"盛产牛奶和酥油的地方"，沟长二十公里，由布郎瀑布、甘海子、月亮湖、巴扎沟和沟尾子五个部分组成。走进这条沟就像走进了北欧的童话世界，沿着长长的林间栈道，你会一路走过高山草甸、原始森林、七彩圣湖、山谷木屋、藏地人家……在沟里闲情漫步的牦牛、野猪等动物会不时出来和你打个招呼，邀请你去当地藏人开的月亮湖烧烤小屋，对着高山圣湖吃个原生态的石板烧烤，你才懂什么叫人生……还有大小龙头滩，位于抚边乡境内，大龙头滩在左，小龙头滩在右，大龙头滩宽阔蜿蜒气势磅礴，小龙头滩林深境稚静谧幽然，是隐藏在深山的绝美山谷，说这里是绝世无双的人间仙境一点都不夸张。每年春夏，龙头滩都举办"耍坝子"活动，当地藏人会携带家眷、呼朋引伴，在草坪上丛林中嬉戏玩耍、唱歌跳舞，还有传统的看藏戏、赛马、对歌等，爱好摄影的你千万别错过这个民俗摄影的大Party……还有汗牛乡，嘉绒藏语是"恩奇杰布登萨"，意思是"户外最好耍的地方"，全境以草场、险峰、溪流、峡谷、湖泊等自然奇观为主，是川西北高原一块尚未开发的、不可多得的"世外桃源"。

　　这些年来，我不知不觉中养成了一个习惯，无论走到哪里，都比较关心当地的特色餐饮，当然，对舌尖上的小金依然也不放过。原来，小金的味道更是令人回味无穷，高原宝藏县城小金可谓人杰地灵，这里生长出来的舌尖上的美味都自带养生功能，纯天然无污染的高原天地馈赠，你我都真心值得拥有。诸如小金松茸，生长于海拔二千八百至四千五百米的高山丛林地带，体形肥大，形若伞状，是纯天然的珍稀名贵食用菌类，被誉为"菌中之王"。还有小金虫草，主要分布于小金崇德乡、新桥乡、木坡乡、抚边乡、两河口镇、结斯乡、美沃乡、四姑娘山镇等海拔三千一百至四千五百米范围，尤以崇德乡产量及品质最好。更有小金苹果，小金县素有苹果之乡的美誉，是优质苹果的主产区，海拔二千三百至二千六百米，昼夜温差大，纯净无污染，苹果色、香、味俱佳，名声经久不衰。特别是四姑娘山沙棘，达维镇冒水村的村干部小古告诉我，他们现在基本上都是饮食鲜榨沙棘了，四姑娘山及周边地区盛产富含多种维生素的沙棘果，用沙棘果实加工的沙棘果汁每 100 克含维生素 C 500-1500 毫克,是猕猴桃的 2.3 倍、山楂的 20 倍,被科学界誉为"维生素之王"。更有高山玫瑰,小金县海拔高,光照条件好,昼夜温差大,这里出产的大马士革高山玫瑰,花朵含油量重、香味浓郁,用这些花瓣生产出的玫瑰醋饮、玫瑰鲜花饼、玫瑰鲜花茶、玫瑰面部能量精油、食用玫瑰花瓣等产品远销海内外。

如今,红军长征走过的红色故土小金已经发生了翻天覆地的变化,走进小金,行走在风景壮丽的嘉绒藏土上,追寻红军足迹,人们依然可以真切感受到当年的燃情岁月。

游阆中古城

中秋前的夜晚，我和妻子来到阆中古城。时过九点，但这里仍然人头攒动、灯火通明，宛然一座"不夜城"，使我们深深地感受到了川北重镇阆中古城那浓郁的夜生活氛围。

在犹如白昼的古城步行街上，人流涌动，装饰风格着力彰显古色古香特色的商店里、小吃店里……挤满了人，商家们也都使出浑身解数，以期能够吸引顾客。一时间音乐声、叫卖声、欢笑声夹杂在五彩缤纷的灯光中，形成了一道独特的风景线。我和妻子见到一家三口正在中天楼下的商铺购买"张飞牛肉"，便走过去问问他们的感受。那位年轻的爸爸说："白天上班执勤忙，到晚上有了空闲，出来感受一下夜色，陪老婆孩子逛逛商店、品品小吃、看看街景，很有情调嘛！"这就是阆中人的生活啊，多么温馨、多么让人陶醉。

妻子感叹地说："阆中古城的夜色真美啊！"旁边一家专卖丝绸服装店的店老板听到了，激动地说："是啊，我们古城这么美的夜色才使得这么多的顾客在夜市光顾我的店。我的店在夜市中的营业额远远大于白天，我太喜欢咱们阆中古城的夜了。"我和妻子不禁有些感触：现在全中国人民群众的生活富裕了，生活不再只是单纯地为了生存,更多的是为了享受人生的乐趣,消费水平也在不知不觉中提高了。难怪这位服装店的老板会这么高兴。阆中古城的夜是美的,但生活更美。

阆中古城作为一座已有两千多年历史的古老城市,与时俱进,紧跟着时代前进的步伐,在实践中不断完善城市功能,从提高人民群众的生活质量入手,在客观上提升了"中国春节文化之乡"的城市品位,阆中人夜生活的充实,便是一个很好的明证。

"真想留在阆中古城不走了。"妻子半开玩笑地说。我不禁一乐,这不就是"阆中古城夜色美如画,游人忘返不思归"吗?

中秋之夜,我像一个幽灵遁入了川北阆中古城的夜色里。

我不知道那时是几点,我想我不需要知道。因为只要这座古城还有灯光,路上还有行人,店门还未关闭,我便要走上她的街道。我甚至不想去问,这座古城到底哪里最值得一看,路上该注意些什么,何时应该回到我居住的那家据说是诗圣杜甫曾经居住过的"草堂客栈"。我想,只要到了那里,我自然会知道,自然会有自己的判断,因此我无须多问,也无暇多问,只要告诉我一条去到这座古城最热闹的地方的捷径即可。

多年来,我在川西北高原上行走,养成了喜欢独行的习惯,提着单反相机,像一只勇敢的自由鸟,在自己想去的地方自由飞翔,因为我觉得,陪伴的人越多,约束太多,选择太少,自由缩水,痛快难得。独自在这样一个陌生的地方采风,就像浅水里游泳画圈跳舞一样,我尽可能舞动自己的四肢,以求扑腾一点水花,跳出些独特的舞步来。

夜游阆中古城便是如此。古城的中天楼下,大小商铺门前有大红灯笼,从那里右转拐入一条小道,径直往前走便是主街道。

然而，人生地不熟的我，却误入一条幽静的小巷，路稍黑，但看似可以通往嘉陵江边的观景台。行前我所知道的关于这座古城的全部信息，就是草堂客栈总台服务员的这两句交代，为了能沿嘉陵江堤岸看古城对岸的夜景，顺便逛逛古城夜市，我有些急不可耐。我就那么一脚踏进了那条小巷，无知也无畏。我不去多想，因为我不敢多想。当年在山西平遥古城我创造了自己人生中最为大胆的纪录，我想正是因为这无知无畏，才有了那段刺激的经历。我觉得这样挺好，我甚至忘了自己身在异乡，忘了自己栖身阆中古城的客栈，忘了自己眼睛在夜晚不怎么好使，也忘了自己其实一直怕黑，怕这异地他乡的独自夜行。我就那么一个人，那么悄无声息地走出了客栈的大门，像川西高原上一只孤独的土拨鼠，一头扎进了一个陌生的泥洞，在那条僻静而狭长的小巷里穿行。

小巷有光，虽然昏黄，但足以看清眼前路况。路边有青砖垒起的高大砖墙，路不宽，一两个人并排走起，别人便无路可走。这样的狭窄，这样的僻静，让我想起了小时候的一段经历。那时我上山打猎，不小心掉进了一个山洞，一种夺命的窒息感让我呼吸困难，要不是后来被同伴发现，将我拉出，就算不被困死，也会被自己吓死。眼下在这异地他乡，在这样的夜晚，这种念头很是不祥。幸好那时客栈服务员还没提起阆中古城闹鬼的传说，没说起很多年前草堂客栈那条街道上曾经发生的故事，否则我那纷至沓来的想象会令我没法朝前迈步。幸好路上有人，虽然不多。我尾随其后，配合着他们的步伐或快或慢，我不急于超越他们，因为我不想暴露自己的孤单。我想只要前后有人，我便无须害怕。

我很清楚，人大多是被自己吓坏的，被自己的想象吓坏的，可我偏偏经常困于自己的想象。我的联想力会在特殊的情况下蓬勃生长，一旦陷入无人之境，即便是在大白天，我也会全身长满鸡皮疙瘩。我会幻想出无限的可能，而每一个都足以摧毁我那可怜的胆量与勇气，即便是一只狗，或者一只猫，只要它是突然蹦出来，我都会被吓到。而如果是一个人，一个总是不紧不慢尾随在我身后的人，那简直就是要命。此刻的我，正处于这么一种状态。这没办法，我也不知道胆怯会在此时苏醒，我想若这会碰上坏人，我肯定束手无策。

所幸这诡异的狭长通道很快便走到了尽头。我来到嘉陵江边一条小街，小街的道路全是青石板铺就，两边都是商铺，经营内容异彩纷呈，吃的、住的、穿的、玩的、赏的、唱的、跳的、闲聊的，应有尽有。这些店铺门面大多不大，可内里自有乾坤。店长或服务生将古城好客之风发扬光大可谓到了极致，不仅开门纳客，还热情有加，只要你一踏进门槛，马上有人迎上前来，和你搭讪，为你介绍。你先尝尝？觉得好吃再买，不要紧的。试试吧，不试怎么知道？喜欢啊，喜欢就买一个，不贵，纯手工，拿去送人自己用都好，别的地方买不到的。进来坐坐吧，这里临嘉陵江，看夜景最好，要不给你倒上一杯？要茶，还是咖啡？一个人啊，没事，大家也都一个人，进来亮一嗓子？尝尝吧，这乌手工醋味道好，酸酸甜甜的，还很香，卖一桶回去做佐料，吃了肯定还想吃。要不，来一桶？这样的热情，这样的坦诚，你是无法招架的。

来到川北阆中，我才发现世界上居然还有这么一个角落；来到阆中古城，我才知道这里夜市也可这么火；来到阆中古城的老街上，我才明白什么是大融合大荟萃。我本来就是一个很容易被感染的人，偏偏这里的东西我还喜欢，偏偏这里还遇见了一些奇人奇艺，偏偏这里还听说了一些奇事奇谈，偏偏这里的每一块招牌都那么放肆地激荡着我的思绪。除了满街的"张飞牛肉"和各种醋店是阆中古城的特色外，还有以三国文化、魏晋南北朝文化以及唐、宋、元、明、清等历朝历代文化元素命名的店铺、酒楼、客栈，更有红军文化遗址、纪念场地等等。还有什么"为了你，我已等候千年""邂逅一个人，艳遇一座城"……此时此刻，我什么都想看看，什么都想试试，我总觉得，若什么都不去碰，不去体验，那简直就是白来了阆中古城。于是我在"三国演义"餐馆前止了步，听那姑娘一边演奏，一边清唱。我走了进去，在那霓虹闪烁的迷离光影中，听那扎着头巾的青年男子浑然忘我地弹奏电子琴。我试探性地步入了"郑家小院"，听那茶客讲述在这座古城奇遇的轶事趣闻。我登上了那些颇有气势的塔楼的楼顶，细看那霓虹光带下的窗花砖雕、翘角飞檐，看那肃穆的大门、红红的灯笼，以及那庭院花木。站在门前，抚摸那清凉的砖石，想象着当年古宅里生活的人们，想象那功成名就后满门风光的荣耀，也想象着宅院里如今可能会有的光景。古宅的美，在这种昏黄的灯光下尤其显得庄严，显得肃穆，也显得迷人。夜的黑，灯笼的红，光带的白，衬得那青砖黛瓦雕花木窗、石柱石墩石门框、高墙护院门槛的古屋，愈发神秘而深邃。这样的地方，怎么能移得开脚步呢？

来到阆中古城，还有一个不得不去的地方——贡院。贡院又称作"考棚"，是科举时代士子们应试的考场。阆中贡院位于阆中古城学道街。据《阆中县志》记载："顺治九年壬辰（1652

年），全川未靖，补行辛卯科乡试，围设保宁府。甲午、丁酉、庚子三科皆在保宁，至康熙二年癸卯（1663年）始移成都。"
"嘉庆二十二年，川北道黎学锦率属重修……"

走进阆中贡院考棚，总觉得依然气势恢宏，三进四合庭式建筑纯穿斗木结构，房舍整齐规矩，高出街坊民居一头。前院是考场，后院是斋舍，四周都是号房。考试时按天、地、玄、黄……编号，每间号房有进出小门一道。与大门相对的正厅是一楼一底的殿堂，为考官唱名、发卷、监考的地方。庭院中间为十字形走廊，走廊两边栏杆连带靠背木椅，供考生休息候点。斋舍为一楼一底四合院，楼下庭院纵贯走向。

查阅《阆中县志》，原来阆中同成都一样，是全国兴办学校最早的地方，人才辈出，文风炽盛。一九八七年十月，全国历史文化名城保护工作会议就是在这个贡院里召开。目前，已在阆中贡院里建成科举博物馆，现有孔子塑像、清代衣妆、应试考物等，游客可自主参与，自得其乐。阆中贡院复原了清初四川学子赶考的旧貌。于是，我索性现场亲身体会了一场科举考试，在考官的高声"开考"中，在"衙役"的锣声中，真实地过了一把复古的瘾。成绩还不错呢，一不小心就中了个一甲"探花"，还差点就"榜眼"了呢。

发轫于隋朝的中国科举考试制度，像古代奥林匹克大赛一样，坚持了一千三百余年，对中国和世界的影响巨大而久远。一位西方学者这样评价我们的科举考试制度："古代中国文武官吏所由产生的这种……无可比拟的制度，被东亚邻邦所仿效，并被西方社会借鉴采用，形成西方的文官考选制。"被西方学者誉为中国"第五大发明"。至今，从联合国到大多数国家，官员仍须由考试擢选；在中国，考选人才更关联着每项事业，每个家庭每个学子……原来，历史青睐人文荟萃的古阆中。这里珍藏的至今尚为完整的古代贡院，定会将人带进历史的时光隧道，又引向辉煌未来……

夜幕下，我对着那拍打非洲手鼓的少女出神；流连于那些雕刻精致的根雕、石艺，一脸的好奇；惊讶于那舞台上正在表演的川剧"变脸"，满心的疑惑；摩挲着那些精美绝伦的古石磨，保宁醋抑或手工醋罐，揣度它们的前世今生，想象那些艺术家们是怎样化腐朽为神奇；惊异于那一件件精妙绝伦的手工制品；臣服于那些青花瓷般的蜡染工艺；在书斋画院里来来去去……可以说，在阆中古城的每一条巷道都有发现，每一家店铺都想流连。这样的时光总是容易流逝的，这样的诱惑也总是难以抵挡。不知不觉间，我手里也多出了几样特色产品。

夜色下，我不知道在这座古城转了多少条巷道，走过了多少个街口，进了多少家店铺，看了多少老院子，我只知道阆中古城内街道上来来往往的人流渐渐稀落起来。我知道时间大概已经不早了，我知道第二天还得早起赶路。但我依然不想打开手机看时间，不想被那个所谓的数字束缚了我的阆中古城夜行。我想只要那些店铺还没有关门，街上还有行人，那流光溢彩的霓虹灯还在闪烁，那银河般的光带仍在嘉陵江两岸闪耀，在江水中摇曳，一切就都不是问题。我甚至不怕迷路，我知道阆中古城并不算大，就算它千头万绪，就算它巷道星罗棋布，只要还能看见嘉陵江，看见江上的桥，看见那被霓虹灯装饰得熠熠生辉的塔楼，我便踏实，便心中有数。不过，走了那么久，看了那么多，我也的确有些累了。于是，我放弃了那些七绕八绕的巷道，放弃了那些五花八门的店铺，索性走进一家泡脚店。这可是阆中古城的又一大特色，用当地生产的生醋将疲惫的双脚浸泡，满身疲惫顿时烟消云散，那快意、那舒坦，是用语言文字难以表达的。

醋完泡脚，决定沿嘉陵江右岸上下走一个来回，在这国庆、中秋"双节"来临之际，我是断不肯错过这川北古城水色灯光下的绝美夜景的。

阆中古城真的不算大，站在中天楼上，放眼望去，似乎一眼便可望到头。那立于水边的游轮，那横架于嘉陵江上的大桥，几乎走到哪都能看见，走到哪都是光彩照人，这让我总会产生一种错觉，觉得走来走去都在原地踏步，转来转去总还在原地转圈。我是来自川西北高原大山深处的，我的故乡也依山傍水，但这里的山，这里的水，显然并不同于我的故乡。山清水秀不足奇，人杰地灵世间稀。山环水绕阆中古城在，造化独钟阆中古城。这里山不高，但足可屏障；水不深，但足堪舞台。山为幛幔江为台，阆中古城就是那水中仙。这样的古城，这样的夜色，加上这流光溢彩的梦幻霓虹，怎不让人疑作仙子凌波起舞？那舞姿轻盈曼妙，动静咸宜；那目光眼波流转，顾盼生辉。那份妖娆，那份妩媚，让见者动容，近者失态。你可能会呆了，叹了；就是不会厌了，倦了。你可能会喊了，笑了；就是不会撇了，弃了。你可能会觉得闹了，甜了；就是不会恼了，腻了。是啊，阆中古城这么好的景致，依托了这夜的黑，夜的静，如此突兀地呈现在我的面前，还有什么好埋怨的呢？你看，嘉陵江对岸那静默的小山，嘉陵江里那旖旎的水，水上那飘逸的桥，古城中间那挺立的塔楼，粉妆玉琢的城墙，明暗相间的古院落，都在这夜的黑里绚烂，夜的静里喧腾……一切都是那么美妙，那么鲜活，有什么理由弃了这一切去城边的草堂客栈抱被沉睡？

尽管我不想也不愿就这么走了，但毕竟我已逛了那么久，看了那么多，就算我心里有不舍，就算我贪婪到想要穷尽这座古城的一切景致，我还是得回去，回到那个可以让我安眠的草堂客栈去，与诗圣杜甫在梦里来一次奇幻邂逅。我知道就算我不回客栈也不睡，我也没办法在这短短一夜间，看尽阆中古城的所有胜景。我知道这是一座有着两千多年历史的古城，知道这里有着丰厚的文化底蕴，知道这里出过政坛英杰文艺大师，我也想探访他们的成长之源，探究他们的成功之路，可这岂是一夜之间匆匆一瞥就能实现的？我知道这古城乃至它的周边还有不少奇山异水人文景观值得深入，值得细细品味，但这又岂是我等碌碌之辈能穷尽的。有人说，不来遗憾，来了更遗憾，此言极是。如果说，没来阆中古城之前，阆中古城对我来说是个谜，可来了之后，我发现自己要解的谜更多。正可谓谜了，也就迷了；迷了，也就更谜了。

我终于决定要回到草堂客栈了。可等我想要原路返回时，我却傻眼了。因为那条回草堂客栈的街道我怎么也找不着了。

邛海唱晚

重回月城西昌。等你，在邛海之滨。沿着渔歌唱晚的邛海岸边，梳理那一湖的月光。邛海不是海，她是地地道道的湖，在清风中一桨一桨地摇曳，在我寻梦的心海里摇荡。

傍晚时分，晚风吹落了月城西昌满天红霞的夕阳，白天的喧嚣正在缓缓消退。暮霭沉沉的时候，泸山脚下已是华灯初上。整个西昌泛起了层层密密的霓虹闪烁的光波。此刻来到邛海之滨漫步，心情，轻松明快。

微风吹过，邛海宾馆外的月季花散发出迷人的馨香，浓郁芬芳。而细碎的紫红色花瓣如星星一般，飘洒在树下，满地幽香。零星点点的落花渲染着邛海之滨的春色，岸边小径旁的树下依稀散落着一些被昨夜雨水打落的花瓣。春有落花，那是大自然注定的一场唯美谢幕。

沿着邛海岸边的林荫小径款款而行，迷蒙的薄雾由树丛中慢慢向海面飘来，忽然感觉像穿梭仙境一般。雾渐浓，邛海平静，海面倒映着灯光，朦朦胧胧。耳畔传来了远处泸山寺庙里的悠悠钟声。此景此情，犹如在云中漫步，飘忽如雨，走一段薄雾淡云，走一段春意如诗，走一段岁月静好。不远处的一片树林里，归巢的鸟儿叽叽喳喳，不时传来几声低沉的斑鸠鸣叫，为宁静的邛海夜色增添了几分清幽和诗意。

初春的邛海之滨，乍暖还寒，柳枝上燃烧着青春的激情。我寻梦而来，今夜星光闪亮，朦胧中的邛海，像一位娇羞的新娘。满海面的月色，在水光山色中低吟浅唱。再次走近你，只为寻找那梦中的霓裳，来寻找曾经因不得不离开你的叹息，以及当年那烟波浩渺的水域，满载泪水与伤心的感怀。记得当年在泸山脚下求学时，曾在邛海之滨留下过轻轻的、多少次的不辞而别，悄悄的，多少次梦里神伤。

这样的时光里漫步邛海之滨，就像当年放学后一样，一个人静静地漫步海滨公园，思绪放空，把白天上课、考试的紧张、忙碌统统忘掉，给自己的大脑放个假，放飞心情，用心去感受每一缕迎面而来的春风，轻嗅空气中的淡淡花香，十分惬意。

三十年后的今天，我依然这样漫无目的地在邛海之滨随意走走，天色渐暗，邛海边的路灯被淡淡的雾气笼罩，若隐若现，似天上的繁星点点，如梦如幻。薄如蝉翼的薄雾弥漫于海面上，泛着梦幻的色彩，景色比三十年前更加迷人，不禁有一种遁然尘世、飘飘欲仙的心境。

邛海，我心痛你的累累伤痕，你的呻吟曾断过我心肠。你千疮百孔的体肤，却能留下千古绝唱。那千年前的剧烈摇动，摧毁了月城西昌古老的城墙，却没能摧垮你那坚强的脊梁。

忽然间，一阵轻风吹来，带来丝丝凉意。只见邛海边上的树叶沙沙作响，和着鸟儿在枝头扑着翅膀的叽喳声，在寂静的海面久久回荡，仿佛那薄薄雾气跟海水一起泛起了层层涟漪。渐渐的，渐渐的，一波波，又渐渐平静。我感受着这淡淡的春风，薄雾轻柔如水，心中一阵甜美。迈着那闲碎的脚步，似乎轻盈了许多。

轻挽着从海面吹来的徐徐晚风，踯躅于海边的弯弯小径，享受着这静好时光。此刻的心情，如邛海水般寂静。不知不觉间，一丝丝温情从心底缓缓溢出。邛海，来自地球深处，所以它的海水才如此透彻清亮。那温凉的海水，捏在手中，若隐若现，轻柔无骨。一种透彻到骨髓的宁静和安详震住了我。我真想像三十年前在这里求学时一样，一头扑进邛海水中，将自己的身体与它融为一体，并躺在救生圈上随波逐流，直到海枯石烂，地老天荒……

这时，邛海忽然激动起来，哗哗哗，哗哗哗，哗哗哗地朝我涌动。海水扑上石阶，湿润了我的脚，我的腿，一不小心竟扑上了我的身体，涌进了我的嘴巴。哦，那甜滋滋的邛海水，顺着我的喉咙，流进了我的胸中。我不解地抬抬眼帘，幽茫茫的海面，一艘幽茫茫的小船，正不紧不慢地驶向幽茫茫的地平线。依稀传来了笑声和歌声，我的眼前仿佛又回到了三十多年前的那一幕。

记得那时尚在西昌师专读书，调皮贪玩儿，周末邀了几个同学一起到邛海里戏水。那时候，邛海及其周边海岸尚未像今天一样进行统一规划和科学管理，岸边是一块块肥沃的良田，每到春天，豌豆花、胡豆花开满了田园。我们一群同学从学校出来，闹哄哄地涌向邛海，一边涌，一边脱衣服。只见沿途的田埂和豌豆花上，都抛着大小不一的衣裤，有若无名花次第盛开。

到得海边，大家身上除了遮羞的所谓游泳裤外，早脱了个一干二净，大呼小叫扑通扑通地跃进邛海里。那些女同学呢，则在左侧划定的水域小心翼翼地脱下长衣长裤，露出里面早换好的各色游泳衣,再矜持地撩起邛海水,拍打在自己的胸脯胳膊肘和大腿上,最后,才相互搀扶着,嬉笑着,小心谨慎地一步步走入水中。哎,那是一种什么样的情景呀!悠悠邛海靠近泸山方向的浅水区里,下饺子般挤满了师专的同学们。大家你碰我,我挤你,一不小心,就撩着一个光光的屁股;胆子大点的同学还直接游向左侧女生们游泳的区域,一个转身,迎面就是一张张激动得满面通红的脸蛋。那时我就暗暗发誓,一定要好好学习游泳,一定要像那些会游泳的同学一样,自由地游到左侧区域去,在邛海里进行一场真正的戏水,尽享烂漫的风景和无边的美丽……

瞧吧,今夜,夜色里的邛海,依然激荡着无边的清波,一列列自夜色深处朝我涌来。扑在我的脚踝,我的身心,再消失在我的身后。此情此景尚在,但昔日那一片水域里的伊人就像岸边的田野一样,早已不见了踪影。

邛海湿地公园的春色,缱绻着一种宁静、悠远、深沉的情调,十分美好,如诗如画亦如歌,令人遐思,陶醉,别有一番情趣。喜欢这恬淡静美的邛海春日傍晚,它不争不抢,不娇不艳,守着那份宁静,婉约成一阕清雅恬淡的诗篇,醉美邛海,醉美春日月城西昌的夜色。想不到,这样一个平淡、平常、不起眼、不招摇的邛海,竟然有着这么美好的景色,不禁让人感叹。

此时此刻,这里仍有恋人低语,有情人浅笑,有渔歌晚唱。八方云集的宾客,游人往来,你和我,醉在了泸山脚下的诗书画廊。曾经,在邛海上荡舟摇橹的彝家女孩,轻轻向岸边回望,摇橹荡起的涟漪,激荡了邛海年轻的心房。如今,还是一样的月色,却是不一样的时光。娇媚的身影,羞涩的脸庞,那一湖满满的月色,为我披上了梦的衣裳。碧波荡漾的邛海,我吟我唱,摇一支叶帆，笑在梦里的月城西昌。

其实，人生也应该像邛海一样，没必要太过于招摇，有时候不与天抗，不与世争，与人为善，平淡安生，也不失为一种别样的美。毕竟，人生，无论你怎样奔忙，也追不上时间的脚步，无论你如何挽留，也留不住逝去的韶华。人生辗转，四季轮回，有时需要的只是一份平常心。只要用一份坦然安静的心态，看淡一切，不再追求完美，不再忽视身边的平淡。将自己置放在一个宁静的港湾，让一颗浮躁的心安静下来，静静享受大自然的馈赠，慢慢地去发现生活中的诗意，放慢节奏，过着平静简单的生活，同样会拥有一种宁静的生命和诗意的人生。

再回母校

重新回到西昌这座熟悉的城市，怀着忐忑而激动的心情来到阔别二十八年的母校——西昌师专。学校早已更名升格为西昌学院了，原来封闭式的校门已不复存在，取而代之的是一个层叠式的滴水花园。校门前的马路也比原来宽阔了许多，门口那些熟悉的小商店已经不见了踪影，脑海里总是浮现出马路对面那家小卖部，记得店主叫杨伯，是一位很和善的老头，曾经给了我很多帮助，也不知他们搬到哪里去了。

学校的大门还在原来那个位置，面朝邛海方向开放着，迎接着四面八方的学生。门口的保安穿着刚刚配制的工作服，笑容可掬地拉开大门旁的侧门。周末的校园，静静的，没有琅琅的读书声，却见满目的花草树木，竞相拔节，正你追我赶地闹出一片美丽的校园。

初春的校园，充满生机与活力。几栋新楼房点缀在绿林丛中，那些我们当年觉得高大的楼房现在看来已经很矮小了，但并不显破败。田径场改成了塑胶跑道，绿草茵茵，看上去比原来的大了许多，一些学弟学妹们在田径场上奔跑着，还有一些在校园的绿林里三三两两地说说笑笑。那矫健的身影，那似曾相识的笑声和背影一下子把我带到了昨天。

　　沿着校门口那段林荫坡路上行,每个位置的情景不用从记忆深处去打捞,便能清晰地浮现在我的眼前。正对校门的新教学楼紧缩在两座楼房里,接纳了今天的学弟学妹们。大片大片的空间,换成了原来不曾有过的学生食堂、免费提供的存有上下铺铁床的宿舍和一部分教师的家眷。今昔昨昔,这已是不能再去简单地比拟了。一如现在和过去的我们,年少时,总羡慕成人班学生们的自由和潇洒,盼望着快点长大,好摆脱那没完没了的管束。而长大后,体味到生活的艰辛时,又不能不怀想起青少年时期的无忧无虑,免不了几多怅然若失的感慨。

　　走在我们当年通往宿舍的水泥路上,对面走过一个人,没猜错的话,他应该是一位老师,年龄也与我相仿。因为陌生,彼此没有仔细打量。也许在他的眼中,我是一个与这所学校毫不相干的外来人。是的,如今站在这里,我满目的生疏和孤寂,静默得如同置身于黑夜中的野外,没有一张可辨认的面庞,没有一句耳熟的话语,没有谁能把我引领到记忆的深处去。但我却不由自主地沉浸在其中,不知不觉泪流满面。当年我们的校长,号称"弹头儿"的且冰如校长,多年前已经永远离开我们了,听到这个消息已是今年的春节。且校长严慈有加,给了学生们太多的鼓励。他是学数学专业的,给数学系的学生上《数学分析》专业课程,但他热爱文学,喜欢写点东西的学生。有一次我们班搞活动,他竟跑到课堂上为我们讲解,还表扬了我发表在《凉山日报》上的文章。记得我师专毕业后不久,他就调至成都四川教育学院工作了。有一年春节,我和几个同学去成都拜望他,师母说:"你老师可喜欢你了,你给他写的信,他都拿出来念给他的朋友们听。"

为师的博大啊，竟这么轻易地就被满足了，浅浅的两页信笺，便盛满了他的胸怀，我还能有什么理由忘记的呢。其余的少数民族预科部、外语系、中文系的十几位老师，因为退休，大都告老还乡了，想起他们，唯有默默的祝福。

当年在泸山脚下、邛海之滨被老师们托起放飞出去的我们这些学生，毕业后踏上社会，各奔前程，被分配到了祖国各地，由于种种原因，大都失去了联系。所得的信息基本上是耳闻的。难忘在泸山脚下、邛海之滨的同窗岁月，从睡眼蒙眬的清晨到披星戴月的夜晚，我们一起静静地死记硬背过英语单词，为一道翻译题讨论得面红耳赤，我们一同围在校园草坪上共进午餐，吃得津津有味。为了不洗碗，大家通过猜拳来决定集中洗碗的人，我往往输得一塌糊涂，常常"赢得"几十个别人的碗独自清洗，晚饭时还要将这些"赢来"的碗筷分发到那些主人的手上。尽管自己累了，但觉得其乐无穷，无论是输了的，还是赢了的，所有的脸都是那么的青春灿烂。还有那朦朦胧胧的少男少女情怀，至真至纯的目光，清澈得成为我们人生履历中不可多得的情感精华。

向西望去，校园围墙内，还是往日的那个操场。每年田径运动会期间，方圆四百米的操场上，跑着的、跳着的、扔着的、助威喊着的，所有的人各尽其力，热闹非凡。椭圆形的草场，洋溢着年轻人任意挥洒的活力，每一次参与，都是以汗水去超越自我的挑战。任何时候，我都明白，我是从大山里走出来的羌族孩子，家乡的沟沟壑壑给予了我坚韧的性格，只有保持强健的体魄，才能走过一切磨难。

一阵微风吹过，片片桃花轻盈地旋转着，告别那株翠绿，寻找新的方向。恍惚中，母校站立成了一棵无限高的大树，枝枝叶叶流动着鲜亮的血色,延向四面八方——我终于明白,无论我走得多远,无论世事何等纷杂,母校给予我的敢于奋斗的勇气和浑厚绵长的底蕴,才是我能走到今天的答案。

学校门卫告诉我,学校门口这条路阔建了两次,母校已然变成我最熟悉的陌生地方。我努力地寻找曾经住过的宿舍楼,可怎么也找不到它的踪影。一位路过的老人告诉我,早就拆了建起了现在的女生宿舍,心中不禁有些失落。我加快脚步去寻找那些曾经在梦里出现过无数次的影子,可随着脚步的移动,心中的失落越来越重。

转过林荫小道,忽然看到了曾经的图书馆,在一座座新楼的比衬下显得有些沧桑,可我却恍惚见到了自己的亲人,心中倍感亲切。我的心跳有点加快,三步并作两步走上前去,发现门窗上满是灰尘,显然已经好久没有用过了,或许现在就是个仓库吧。我在图书馆前拍了张照片,我想,它或许就是我唯一的记忆了。可是,令我意外的是,当年我们用过的那栋厕所还健在,小红楼、实验楼、青楼(当年的女生宿舍)、高讲楼……依然屹立在那里,多少让我找到了三十年前的美好回忆,尤其是教学楼右下角那棵我当年亲手栽下的柏树已经长成了参天大树。

再次走到校门口,回眸校园,新的教学楼、实验楼、宿舍楼、食堂……一切都是那么的富有生命力,所有这些让我看到了母校的未来和希望,心中无限感慨。母校,你是我一生的情结。再过二十年,我还会再来看你,相信到时的你依然年轻。离别时欣然为母校写下了这首小诗:"阔别母校三十年,场景依稀似昨天。若饥若渴兄与弟,如醉如痴凤和鸾。也曾调皮荒学业,感谢恩师挽狂澜。亲栽柏树已参天,树犹如此人何堪!"

邂逅攀枝花

春节刚过，川西高原尚在积雪和寒风中挣扎。然而，川南大地却早已春意盎然了。寻着春的足迹，踏上了攀西这片神秘的土地。

初春的攀西大地，阳光明媚，大地葱茏，河水清澈，空气洁净。田野里的油菜花正如火如荼地开放，玉米、西红柿、大豆等农作物和蔬菜蓬勃生长。"攀枝花"就像它的名字一样在这个初春与我邂逅了。

在帮伦、新兴、红玖等同学的安排下，沿金沙江、雅砻江驱车前行。走走停停，停停走走，感受着攀枝花这座城市独有的文化与魅力。一边走，一边寻觅，一边思索。原来，"花是一座城，城是一朵花"这话对于攀枝花市来说还真的很贴切。攀枝花是四川南部的工业城市，坐落在金沙江畔，虽算不得繁华，但却别有一番风情。也许是过去去了太多的城市的缘故，这一次，不想再去那些所谓的一线城市，只想找个僻静的地方，安静地待上几天，享受享受初春暖暖的阳光。

同学们为我们预订了攀枝花学院学府酒店。一到酒店，瞬间就让我早已疲惫的心充满了活力。好蓝好蓝的天，好暖好暖的阳光。酒店后院的湖泊在阳光下波光粼粼,沿湖的岸边垂柳依依,好一派怡人景致……心情那个激动啊,无法用语言和文字来形容。于是,草成七律:"攀大院内水一洼,小桥浴影健步跨。春光气息无心换,云影痴情随意滑。波光粼粼同广袖,垂柳依依独风华。晦明圆缺凭晴雨,曲径通幽入我茶。"

第二天,根据帮伦同学的安排,在红玖同学夫妇的陪同下,我们来到红格温泉,让老人们尽情地享受温暖的阳光和温泉的沐浴。温泉泡够了,就坐在太阳伞下,泡一杯树茶,看一本喜欢的书,晒着暖暖的阳光。书看累了就望望天,发发呆,真的好希望,日子就这样一直一直过下去。

后来,我们去了位于雅砻江上的二滩电站,因为红玖同学夫妇曾在这里打拼过整整八年,为二滩电站这个国家重点建设项目作出过积极的贡献。望着他们亲手建成的工程,我由衷地敬佩!

在攀枝花,其实我最喜欢的是掩映着这座城市大片大片的绿茵,特别是那大朵大朵盛开的鲜艳的攀枝花(也叫木棉花),在阳光下感觉充满了生命力,这就是我一直在寻找的,对生活的热情与希望。

红玖同学的丈夫氢全先生给我的印象是真诚、善良、渊博,他告诉我,攀枝花也叫阳刚英雄,还有斑芝树、英雄树、木棉树、吉贝、烽火等别称。攀枝花为落叶大乔木,树身高大自立,树干上长满刺瘤,不准闲杂人等乱爬,树枝轮生平伸,像是向天空宣告主权,开花时没叶子,花掉光后再生叶子,真有气魄。

初春的攀枝花开得就像我的这些老同学一样,红艳但不媚俗,它们壮硕的躯干,顶天立地的姿态,英雄般的壮观。它们花萼的颜色红得犹如壮士的风骨,就像英雄的鲜血染红了树梢。那真是"春天一树橙红，天绿叶成荫，秋天枝叶萧瑟，冬天秃枝寒树"。四季展现不同的风情，令人赞叹。氢全先生虽然生于新疆长于新疆，但在攀枝花已经生活了二十多年。他说他最喜欢的就是攀枝花，攀枝花花呈橘红色，每年二至三月树叶落光后进入花期，然后长叶。氢全先生还说，最早称攀枝花为英雄的是清人陈恭尹，他在《木棉花歌》中说："浓须大面好英雄，壮气高冠何落落。"自此之后，人们就称攀枝花树为英雄树了。

高大的攀枝花树、鲜艳的攀枝花朵告诉我们，珍惜你身边的人，珍惜你眼前的幸福。

面对那高大挺拔的攀枝花树和树上盛开的艳丽的攀枝花，我感慨万千，这被称为英雄树的攀枝花树不就是我的这些同学吗？他们扎根攀西大地，默默耕耘，真可谓"英雄树郁瘦相逢，红橘木棉烽火浓。刺瘤满身正气进，雄魂入骨桂枝钟。花无绿衬更鲜艳，佛有霞晖索靖共。珍惜一声萌草出，风情四季可寻踪"。

如果说有一见钟情这回事，那么对于这次攀枝花的初春之行，我还真的有了些感觉。邂逅攀枝花，再见二十多年前的老同学，在这个初春季节，真是感到满意之极，简单的心情，没有刻意安排的行程，只有蓝蓝的天，暖暖的阳光，整片整片的绿茵，一切的一切，都是那么的美好而简单。谢谢攀枝花市的同学们的盛情款待，希望所有的同学都能感受到攀枝花的阳光，感受到攀枝花的温暖，感受到绿茵的生命力。如果你的身心疲惫了，可以休息，但是千万不要放弃，要像攀枝花一样，要永远对未来充满信心和希望！

蒙顶山上茶

初夏的蒙顶山苍翠欲滴,漫山遍野的茶树妆扮出茶乡的俊美,空气中弥漫着清茶的馨香。

蒙顶山位于四川雅安名山县境内,四川盆地西南部,横亘于名山县城西北侧,山势北高南低,呈东北至西南带状分布,延伸至雅安境内。

从雨城雅安出发,驱车不到半小时工夫就到达了名山境内的蒙顶山。其实,朋友高先生的家就住在蒙顶山万亩茶园里,他们家是茶农。

细雨过后的蒙顶山薄雾缭绕,潮湿的空气清心养肺。行走于蒙顶山的万亩茶园,陶醉于茶文化的浓郁氛围里,别有一番滋味。

刚见到蒙顶山的招牌,随行的何女士就脱口吟出"扬子江心水,蒙山顶上茶"这流芳千古的名句,勾起了我对蒙顶山和蒙顶茶的向往。我知道,这是咏茶诗文中最为著名的一对茶联。据说从前的茶馆多拿这对茶联挂在门口作招牌。时至今日,成都、重庆、雅安等地的茶馆,还依稀可见这样一副茶联:"虽无扬子江心水,却有蒙山顶上茶。"

"扬子江心水，蒙山顶上茶"仿佛是蒙顶山的"镇山之宝"。我们行走在蒙顶山上，到处可见这句话的题刻。为此，我们相信，这句话就是蒙顶山茶悠久历史与崇高地位的象征了。然而，这联名句为何只见一联，来自何处，作何理解，随行的朋友们却没有一个能给予我准确的解释。

幸好蒙顶山茶文化博物馆的史料给出了令人信服的答案，此联最早出自元代李德载的一首小曲《蒙山顶上春光早》："蒙山顶上春光早，扬子江心水味高。陶家学士更风骚，应笑倒，销金帐，饮羊羔。"李德载把饮茶作为一种雅致高尚的行为在作品中大加赞赏，对不谙茶事的粗鄙行为非常轻蔑。全文充满了对品茗饮茶的推崇之情。"蒙顶山上春光早，扬子江心水味高"是托物言志的，更是借景抒情的。所托之物"蒙顶山上茶"和"扬子江心水"是作者心中的圣洁与高雅，代表最好品质、最高境界的茶中极品。

在朋友高先生的家里，身为茶农的高父为我们沏了一壶纯正的蒙顶茶。品着老人家亲手采摘并炒制的新茶，聊着蒙顶茶的昨天、今天和明天，好不悠闲。今年六十多岁的老高夫妇经营着五亩有余的茶园，每年仅茶叶一项收入就达六万多元，再加上其他副业收入，老两口年收入在十万元以上。当过兵、做过村干部的老高性格开朗，淳朴厚道，他说，好茶需好水，正如红花与绿叶。

是啊，所谓"茶者，水之神；水者，茶之体，非真水莫显其神，非精茶何窥其体"。茶质更需借助水质，水质优劣直接影响到茶质优劣。古人饮茶，不像我们今天这样冲泡，而是煎煮而饮，所谓"烹茶"，用水也就非常讲究了。

前不久，到浙江杭州出差，顺道去了西湖。途中阅读陆羽的《茶经》时发现，其对于饮茶用水的问题进行过精辟的论述。茶人张又新曾经还撰写了一篇名叫《煎茶水记》的文章，专论天下宜茶之水。他把"扬子江心"的中泠泉评为"天下第一泉"。中泠泉位于江苏镇江金山，由南零、中零、北零三眼组成，而以中零涌水最多，三眼泉水总称为中泠泉，汇聚于扬子江中的金山寺旁，据说《白蛇传》中的白娘子水漫金山寺的故事就出自那里。那里有一个著名的渡口名叫扬子驿，那一段的长江被称为扬子江。据说金山寺早先屹立扬子江心，四面环水。据《中泠泉记》记载，取水时须依时辰乘船至江心，用专门的器具伸到石窟中取水，"若寻千尺，始得真泉；若浅深先后，少不如法，即非中泠真味"。后来由于扬子江泥沙淤积，河道不断北移，至清末，金山开始与南岸陆地相接，金山的中泠泉就不再是"江心水"了。由此，我们可以看出，"扬子江心水"是指位于扬子江心的"中泠泉"，是一种宜茶的好水，与"蒙山顶上茶"共同构成茶中极品。

蒙顶山茶产自四川西部，而扬子江水却在江南，两地相隔数千里，二者相融碰撞产生的奇美佳味从古至今令人叹服。由此可见，饮茶除了茶叶好，真还得须水好呢。今天我们取得蒙顶山原茶已经是件很容易的事了，但要用扬子江水来冲泡肯定不可能了。但一边品味鲜开水冲泡的蒙顶茶，一边吟诵这名句佳谚是可以的。

明代陈绛《辨物小志》中说："谚云，扬子江中水，蒙山顶上茶。"由此可见，这联名句已从李德载的小曲中脱胎出来，形成了脍炙人口的谚语，又被人们用为茶联，得以广泛流传。据记载，郑板桥也曾为他人写过这对名联。由于茶联是一种独特的文学样式，最易为人接受，"扬子江中水，蒙山顶上茶"内涵丰富，意境悠远，所以成为茶联中的"首品"。在流传的过程中，"江心水"有时也被用作"江中水"；"蒙山顶上茶"有的被传成了"蒙顶山上茶"，包括一些著作也如此引用，由于有特定的含义，字面的变化并未影响它的本义。

在浙江，关于此联名句的来历，还流传着一个苏东坡以江边水应付老师王安石的故事。说是苏东坡欲过扬子江，王安石便嘱他取江心水来煮茶。而苏东坡因醉心山水，上岸时方才想起，便以江边水应付老师，结果被王安石识破。

唐代诗人白居易也有吟咏蒙山茶的著名诗句："琴里知闻惟渌水，茶中故旧是蒙山。"此联出自白居易晚年时期的《琴茶》诗，非常形象地表现了他诗酒琴茶相娱的心态以及对蒙山茶、渌水曲的挚爱之情。"兀兀寄形群动内，陶陶任性一生间。自抛官后春多醉，不读书来老更闲。琴里知闻惟渌水，茶中故旧是蒙山。穷通行止长相伴，谁道吾今相与还。"这首诗恰如其分地表达了一生何求，心境融融，恬淡闲适的情调。"渌水"据说是当时非常有名的曲子，既有层次又非常流行。至于"茶中故旧是蒙山"中的"茶中故旧"，一些人将其解为"茶之故乡——四川名山蒙顶山"。其实，"故旧"一词当是"老朋友、老交情"的意思。后面一联"穷通行止长相伴，谁道吾今相与还"，说的是无论穷愁潦倒失意还是运气亨通一帆风顺，无论蜗居休闲还是仕途旷达，都是"渌水曲"与"蒙山茶"这两位老朋友，长伴不离，说明作者一辈子都非常喜爱当时已经入贡皇室的蒙山茶。在文学史上，刘禹锡、孟郊、苏轼、陆游、梅尧臣、文彦博、文同等唐宋时期著名的文人都有吟咏蒙顶茶的佳作，明清时期的文人也留下了大量描写蒙顶茶的作品。

从攀西返回的途中，顺道来到名山蒙顶山，这完全是一次动机简单，无欲无求的旅行。在蒙顶山，看黛山如碧，走曲径通幽，临江汲水煮茶，悟会人生故事。与陌生朋友并肩徒步，访古探幽，看江山美景，真是一次品味人生的旅行。

后　记

　　川西高原最美是阿坝。"阿坝"是藏语"阿里瓦"的音译，简称"阿瓦"，这本散文集《达央阿瓦》就是"净土阿坝"的藏语音译。我是土生土长的阿坝人，十分熟悉阿坝的一山一水一草一木。多年来，我一直是发自内心地描写阿坝、讴歌阿坝、宣传阿坝。这本散文集里，共收录了我这些年来零星写就的散文三十六篇，除少量篇章外，全是描写阿坝的。对我们阿坝境内的名山大川特色小镇或者小山村都有涉及。

　　阿坝各县有特色的地方大多我曾去过，有的地方甚至不止去过一次两次，因此写出来有些亲切感。阿坝人看了，一定会唤起一些美好的回忆。外地人看了，就会对阿坝有一个大致了解，产生一个好印象和想来阿坝看一看的愿望。

　　记得小时候我就好动，爱到处乱跑，长大后便养成了喜欢旅游的爱好。可以这样说，"读万卷书，行万里路"是我的追求。"读万卷书"确有必要，因为没有大量的知识积累是写不出好作品的，所以，一直以来我坚持不断地阅读。"行万里路"也有必要，因为不深入生活也不会写出好作品的。因此，在美丽的阿坝大地，我常常找时间外出，看不一样的自然山水和名胜古迹，感受不同风格的风土人物，开阔视野，从书本和大自然中不断汲取营养。

我把这些年外出旅游或调查采访时的所见所闻以及所思所想记录了下来，写了许多游记。收入集子的也只是我二〇〇八年以后写成的一部分。旅游也是学习的一种方式，学习是在书中旅游。自然和社会是无字的书本，在旅游中仔细观察、悉心聆听、用心感悟，就能听懂自然物语，就能明白这个世界的风土人情，就能收获满满。

我曾在川甘青三省结合部的阿坝县工作二十年，做过中学英语教师、县委宣传部新闻干事、副部长，县广播电视局局长、县发改委主任。因工作需要，我先后深入阿坝的农区、牧区及村村寨寨，见识了形形色色的人物和一些匪夷所思的事情，为我积累了大量的写作素材。后来又调至马尔康民族师范学校、中共阿坝州委宣传部、四川省威州民族师范学校等单位工作。自此开始，我一方面安心工作，另一方面静心读书，我不断地阅读，通过阅读不断吸吮各种养分，然后又寄情于文怡情于字，一篇一篇叠加起来居然厚成一册，让我欣喜，也算是对我这些年来安心写作的一个回报和安慰。

写作增添情趣，阅读怡神静心，阅读是一种纯粹的个性化的心智活动。要忍受得了寂寞，厚积才能薄发。写作的过程就是反思自己的过程，也是不断积累的过程。写作一定要热爱生活，多深入生活感悟生活，要有充沛的感悟能力，细致入微的观察能力和丰富的想象能力，有真情实感，才能写出让人喜欢看的东西。

刚刚调离阿坝县的那些时日，一直静不下心来，浮躁的情绪仍在蔓延，从脚跟一直到头发，有些是冰凉的，还有些是热气腾腾的，冰火两重天的感受曾让自己陷入不可名状中无法自拔。

还记得在中共阿坝州委讲师团工作期间，我开始了长篇小说的写作，在小说的创作中，虚构的情绪左右了我，让我处于茫然无措中，凌乱而又粗糙地应付疲惫的生活。从二〇一八年由上海文化出版社出版我的第一部长篇小说《雪线》以来，我努力调整自己的心态，在时光和岁月的打磨中，渐渐褪去不安和慌乱，开始了以一种更加务实和沉着的态度面对生活。

"不驰于空想，不骛于虚声"，人到中年，对人生多了更深层次的思考和领悟。特别是在岷江之滨、姜维城下、南沟水旁，在素有"山水间读书处"之美誉的四川省威州民族师范学校工作期间，闲暇时分，我喜欢靠在阳台上，沐浴着岷江大峡谷的暖阳，泡一杯清茶，执一本书刊，在时光的氤氲中，怡然自乐。

这些年来，特别是二〇二〇年八月因身体原因做过一次不小的手术后，对生活、对人生有了新的领悟和认知，甚至当时觉得这本册子里很多篇章似乎已经成为我留在世上的"遗言"了。于是，我慢慢地疏远了虚构、疏远了小说，重新回到了真实的世界里，从内心的自虐中跳跃而出，又继续漫步于真实散文的边缘，欣闻灵性文字散发的清香，忘我地陶醉。在散文的写作中，我不断地锤炼写作功底，推敲语言文字，用散文这种"形散而神不散"的文体，表达抒发内心的情怀。在这本《达央阿瓦》散文集中，有很多篇文字我是有感而发，一气呵成，没有追求文字的华丽，没有刻意表达内心的不安，在平铺直述中把昔日的点滴生活感悟和所观所思罗列了出来。

结集出版的这本散文集，很多是我离开阿坝县后写下的文字，有心得体会，有人物散记，还有游记，也有不少回忆录等，是我这一阶段对于人生和生活的感悟。我希望用朴素无华的文字在浅浅的岁月中留下深深的烙印，在以后的时光中慢慢品悟和回忆。

感谢四川大学教授、博士生导师张放先生为散文集作序！感谢所有帮助、支持我的朋友们！

顺定强

2021 年 7 月于山水间读书处